BABSY TOM

Als du im Schlaf ihren Namen sagtest

ROMAN

Für Elif Aliyah

W0290726

ISBN: 9798669100902
Imprint: Independently published

Coverdesign by Babsy Tom
Foto: Shutterstock/vgstudio/114922801

DAS BUCH

Sina ist außer sich. Fünf Jahre, nachdem die Liebe ihres Lebens über Nacht spurlos verschwand, steht Glenn plötzlich vor ihr – als wäre nichts gewesen. Fünf Jahre zu spät, denn endlich ist Sina wieder glücklich. Ihr Verlobter Leo hat nicht nur die alten Wunden gekittet, obendrein ist er ihrer Tochter Josephine ein fürsorglicher und liebender Ersatzvater geworden.

Auch wenn Glenn Sina für immer verloren glaubt, so muss er heute alles auf eine Karte setzen und um ihre Liebe kämpfen. Denn eines hat er in den letzten Jahren gelernt: Es gibt Schicksalsschläge, die dich zwingen, Unverzeihliches aus den richtigen Gründen zu tun, aber wenn dein Herz dennoch woanders schlägt, verlieren selbst die besten Absichten irgendwann ihre Bedeutung.

Eine Geschichte über gebrochene Herzen, falsche Entscheidungen und die Frage, warum man sich nicht aussuchen kann, in wen man sich verliebt.

KAPITEL 1

GEGENWART - GLENN

Nervös sehe ich zur Uhr: »Vivien, beeil dich, Schätzchen«, rufe ich, als sie auch schon um die Ecke kommt und mir mit verzweifeltem Blick ihre verknotete Strumpfhose hinhält. »Kuck mal, Papa, die ist kaputt.«

Ich stelle eine Schüssel Müsli auf den Tisch: »Iss Liebes, da sind leckere Erdbeeren drin.« Kurz schießen mir Claudias Worte durch den Kopf: Viel Obst und Gemüse, wenig Zucker. Vivien setzt sich und beginnt zu essen, zuckerarmes Müsli ohne Gemüse, dafür mit Obst, denke ich, während ich ihre Strumpfhose entknote und über die Stuhllehne hänge: »Ich hab sie repariert. Wenn du aufgegessen hast, zieh sie an, okay?!«

Ich zwinkere meiner Tochter zu. Sie nickt stumm und wieder mal durchströmt mich eine Mischung aus purem Vaterglück und dem ewig schlechten Gewissen, ihr das wichtigste im Leben genommen zu haben. Ihre Mutter. Als du im Schlaf ihren Namen sagtest ..., höre ich Claudias Stimme im Hinterkopf, obwohl ich weiß, dass sie die Worte niemals laut ausgesprochen, sondern lediglich als Zeile in einem Abschiedsbrief hinterlassen hat. Ich höre diese Zeile jeden Tag seit ihrem Tod. An dem ich schuld bin. Weil ich im Schlaf Sinas Namen gesagt habe.

Ich beobachte Vivien, die wie ferngesteuert ihr Müsli isst. Nach alldem, was die Kleine im letzten Jahr durchmachen musste, beurteile ich ihre nach außen hin wirkende gefasste Gemütslage eher als Warnsignal, denn als Geschenk. Fast jeden Augenblick rechne ich damit, dass ihr kleiner Körper oder vielmehr ihr Geist das Geschehene in gesamter Konsequenz begreift. Und sie von einer Sekunde auf die nächste von der Lawine des Wissens um Endlichkeit überrollt wird und den Tod der Mutter bewältigen muss, der selbst mir nicht in den Kopf geht. Doch bis jetzt funktioniert die Kleine, als sei überhaupt nichts passiert. Es kommt vor, dass sie abends beim Zubettgehen fragt, ob Mama jetzt wirklich für immer schläft. Wenn ich ihr dann erkläre, dass sie nicht zurückkommt, schließt sie tapfer die Augen und entflieht in eine Welt, in der sie mit ihr zusammen sein kann. Selbst der Umzug nach Berlin scheint spurlos an ihr vorbeigegangen zu sein. Sie fragt nicht nach ihren alten Freunden und hat sich in der neuen Wohnung schon eingelebt. Heute ist ihr erster Tag im neuen Kindergarten und sie wirkt weder besonders aufgeregt, ängstlich noch verzweifelt. Vielleicht ist sie ja sogar erleichtert, dass das Leben und der damit verbundene Alltag endlich wieder in normalen Bahnen verlaufen. Ich beuge mich zu ihr hinunter und atme den vertrauten Duft ihres Haares ein. Auch ich habe meinen ersten Tag im Maklerbüro. Ich hatte einige gute Empfehlungsschreiben alter Arbeitgeber, weswegen mich die Grundstücksagentur nach nur fünf Minuten Vorstellungsgespräch unter Vertrag genommen hat. Ich schätze, heute wird nicht viel los sein. Ich werde mein Büro beziehen, man wird mich mit den Kollegen bekanntmachen und mich in die neuesten Projekte einführen. Das wird sicher easy. Der Nachmittag ist das, was meinen Blutdruck zum Kochen bringt. Als du im Schlaf ihren Namen sagtest ..., schießt es mir wieder durch den Kopf. Der Gedanke, der Frau, deren Namen ich im Schlaf gesagt haben soll, nach all den Jahren gegenüberzutreten, lässt mir kalten Schweiß ausbrechen. Sechs Monate lang habe ich gegrübelt und abgewägt und den Wunsch, ihr noch einmal nah zu sein, immer wieder verworfen. Nur damit er sich tags wie nachts aufs Neue in meine Gedanken und Träume drängt. Es geht nicht anders. Ich muss mich der Vergangenheit stellen und Sina treffen. Denn wenn ich es nicht tue, war Claudias Tod völlig umsonst. Ich werde Sina heute gegenübertreten und sie um Verzeihung bitten, auch wenn die Chancen bei eins zu einer Million stehen, dass sie mich anhören, geschweige denn mir vergeben wird. Ich muss es trotzdem versuchen. Denn die einzige Alternative ist, genau wie in den letzten Jahren, nachts keinen Schlaf zu finden und mich jede Sekunde nach ihr zu verzehren. Ich weiß, wie groß das Risiko ist, dass sie mich nicht anhört. Vielleicht wird sie mich auch anschreien oder mir vor Wut die Augen auskratzen wollen. Alles ist möglich. Jedoch ist alles besser, als der

Gedanke an die endlosen Nächte, in denen ich im Schlaf ihren Namen sage oder wachliege und ihr Gesicht vor Augen habe. Einzig das Verlangen, sie wieder in den Armen zu halten, bei ihr zu sein, und ihr Lachen zu hören, beherrscht mein gesamtes Denken und Handeln.

»Papa, wir können los.« Vivien steht auf und stellt die leere Müslischale in die Spüle. Ich schaue hinunter zu meinen Händen, die ich beim Gedanken an das Wiedersehen mit Sina vor Anspannung zu Fäusten geballt habe. Ich atme tief ein und mit geschlossenen Augen langsam wieder aus. Alles wird gut, spreche ich mir Mut zu.

»Dann mal los, Spatz. Es wird Zeit, dass du neue Freunde findest.« Ich lächle Vivien zu und wünsche mir, dass sie statt der Besorgnis in meinem Innern lässige Zuversicht in meinen Augen sieht.

KAPITEL 2

GEGENWART – SINA

»Holst du uns nachher ab?«, frage ich und umschließe Leos Hand, die auf der Gangschaltung liegt.

»Um fünf?«, fragt er und schaltet den Wagen in den Leerlauf.

Ich nicke. »Wie immer.«

»Komm, Mama, knutschen könnt ihr noch, wenn ich ins Bett gehe.« Josephine, die hinten sitzt, öffnet ihren Sicherheitsgurt und steckt ihre Nase zwischen unsere Vordersitze.

»Die Josephine wird jeden Tag frecher«, sagt Leo mit verstellter Kinderstimme und drückt ihr einen Abschiedskuss auf die Wange.

»Und größer auch, Papa«, ruft unsere Tochter beim Aussteigen, die Arme in die Höhe streckend.

»Frecher und größer«, stimme ich zu, nehme sie bei der Hand und schicke Leo einen Luftkuss, bevor er den ersten Gang einlegt und davonbraust.

»Jetzt aber schnell, sonst verpasst du das Frühstück«, mahne ich zur Eile und ahne, was gleich kommt.

»Ich will aber in deine Gruppe«, nörgelt Josephine wie jeden Morgen.

»Du weißt doch, dass das nicht geht. Mütter, die in einem Kindergarten arbeiten, dürfen ihre eigenen Kinder nicht betreuen«, antworte ich, wie immer.

»Aber warum denn nicht?« Josephine stampft mit dem Fuß auf und schiebt die Unterlippe vor.

»Das hab ich dir schon tausend Mal erklärt. Ich würde dich bevorzugen und vermutlich nur auf dich achtgeben und die anderen Kinder alle vernachlässigen, weil ich dich doch am meisten liebhabe.«

»Aber du musst mich hier gar nicht so doll liebhaben und du musst nicht auf mich aufpassen. Ich kann dir sogar helfen, wenn Tim wieder Unsinn anstellt.«

»Mit Tim werde ich schon fertig, kleines Minifräulein. Außerdem wirds heute sonnig, wir sehen uns nachher sowieso draußen beim Spielen.« Meine Worte beschwichtigen Josephine. Sie zieht sich die Hausschuhe an und hopst den Gang hinunter in ihre eigene Gruppe. Ich schaue ihr hinterher und staune, wie schnell sie vergessen hat, dass sie den Tag doch lieber bei mir verbringen würde. Warum sie es jeden Morgen aufs Neue versucht, bleibt mir ein Rätsel.

»Sina, kommst du mal?«, weht Paulas Stimme über den Flur. Ich gehe ins Büro meiner Chefin, die seit etwa zwei Jahren zu meinem engsten Freundeskreis gehört. Sie sitzt am Schreibtisch und schiebt mir einen dampfenden Kaffee hinüber.

»Guten Morgen«, begrüße ich sie, nehme dankbar den Becher an, den wir, wenn es die Zeit erlaubt, früh gemeinsam trinken. »Gibts was Bestimmtes?«, frage ich.

Paula lehnt sich im Sessel zurück und zieht die Stirn kraus. »Im Prinzip ja, ich wollte Freitag schon mit dir sprechen, aber es war einfach zu viel los.«

Ich bleibe gelassen, da es in letzter Zeit in meiner Gruppe ruhig zuging. Dass es Beschwerden gab, kann ich mir nicht vorstellen. »Na, dann mal raus mit der

Sprache.«

»Du hast ab heute ein neues Kind in der Gruppe. Sie heißt Vivien. Der Vater ist alleinerziehend und die beiden sind gerade erst nach Berlin gezogen. Er hat angedeutet, dass die Kleine in letzter Zeit viel durchmachen musste.«

»Okay ..., inwiefern?«

Paula schüttelt den Kopf. »Keine Ahnung. Irgendwie wirkte der so, als würde er das Thema nicht präzisieren wollen, weshalb ich nicht nachgehakt habe.«

»Merkwürdig«, sage ich. »Einerseits will er uns mitteilen, dass seine Tochter viel durchgemacht hat, andererseits gibt er keine näheren Anhaltspunkte.«

Paula wirkt so ratlos wie ich: »Wenn du mich fragst, ist der frisch geschieden. Er hat gesagt, er habe das alleinige Sorgerecht, was ja heutzutage eher selten ist. Vielleicht gab's einen Rosenkrieg.«

»Möglicherweise hat die Mutter ja freiwillig darauf verzichtet«, spekuliere ich und denke sofort an meine eigene Tochter. Auch ich bin allein sorgeberechtigt, allerdings nur, weil ich den Vater nicht ausfindig machen konnte. Bei dem Gedanken an ihn überkommt mich das vertraute Magendrücken und ich schiebe sein Gesicht in den letzten Winkel meines Bewusstseins und denke an Leo, der mir inzwischen ein liebevoller Partner und der Ersatzvater für Josephine geworden ist. Ich trinke meinen Kaffee aus und stehe auf.

»Ich muss los«, sage ich und will mich auf den Weg in meine Gruppe machen, als Paula mich zurückhält.

»Das war noch nicht alles.«

»Nicht?«, werde ich hellhörig und setze mich

wieder.

»Der Vater wollte, dass Vivien unbedingt in deine Gruppe kommt. Kannst du dir darauf einen Reim machen? Du weißt ja, grundlegend dürfen sich die Eltern die Gruppen ihrer Kinder nicht aussuchen, aber die Kleine ist vier Jahre alt, sie wäre sowieso zu dir gekommen, weshalb ich seiner Bitte entsprochen habe.«

Mich beschleicht ein seltsames Gefühl. Wieso sollte jemand ausgerechnet auf mich als Erzieherin bestehen? Das gab es noch nie.

»Wie heißt die Kleine denn mit Nachnamen?«, frage ich. »Vielleicht kenne ich den Vater ja.«

»Singer. Die Kleine heißt Vivien Singer. Klingelt da was bei dir?«

So sehr ich mich anstrenge, mir will kein Gesicht zu diesem Namen einfallen.

»Nee. Und außerdem sagtest du ja, dass die neu nach Berlin gezogen sind. Woher sollten wir uns kennen?«

»Stimmt.« Paula nickt und winkt ab. »Ich wollte dir das nur erzählen, weil ich es seltsam fand. Ich wünsch dir erst mal einen entspannten Tag. Es wird ruhig, drei Kinder wurden schon krankgemeldet, in deiner Gruppe gibts Läuse.«

Allein das Wort löst auf meiner Kopfhaut einen Juckreiz aus und ich unterdrücke den Impuls, mich zu kratzen. »Wenn es noch weniger werden, können wir das Grillfest am Freitag vergessen, oder?«

»Es ist Montag, lass uns optimistisch bleiben. Wir haben das so lange geplant, wäre doch schade.« Paula lächelt zuversichtlich.

»Allerdings«, sage ich und verlasse endlich ihr Büro,

um in meine Gruppe zu gehen. Ich begrüße Frank mit einem kurzen ‚Hallo'. Er ist unser Springer und hilft immer dort aus, wo gerade jemand gebraucht wird. Er lächelt mir kurz zu, während er die Tische eindeckt. Die Kinder sind ungeduldig und können es nicht abwarten, mit dem Frühstück zu beginnen. Er verteilt die Teller, ich gieße Milch in die Becher. Währenddessen überfliege ich die Köpfe der Kinder, bis mein Blick auf das neue Mädchen fällt. Sie wirkt verloren zwischen den anderen, die sich schon seit mindestens ein oder zwei Jahren kennen. Ihr Gesicht ist blass und ihre blonden Haare sind paarweise zu Zöpfen geflochten, die von Marienkäferhaarspangen zusammengehalten werden. Der Vater scheint genau zu wissen, worauf kleine Mädchen Wert legen. Da der Nachbarplatz frei ist, setze ich mich neben sie.

»Guten Morgen, ich bin Sina«, sage ich. »Verrätst du mir deinen Namen?«

Die Kleine nickt. »Vivien«, sagt sie und senkt schüchtern den Blick.

»Hast du denn etwas zu essen dabei?«, frage ich, als wir alle unsere Brote auswickeln. Die Elternschaft hatte sich beim letzten Elternabend dafür ausgesprochen, dass jeder für sein Kind selbst das Frühstück zubereitet.

Vivien schüttelt den Kopf. »Ich habe zu Hause gegessen.«

Ich lege meine Brote auf den Teller und öffne meine Dose mit geviertelten Äpfeln.

»Du kannst deinem Papa sagen, dass wir hier gemeinsam frühstücken. Vielleicht lässt er dich dann zwanzig Minuten länger liegen.« Ich zwinkere ihr verschwörerisch zu, weil ich weiß, wie sehr meine

Tochter morgens die Extrazeit genießt. Meist vertrödelt sie sie zwar, aber so läuft die Morgenroutine entspannt bei uns ab. Vivien lächelt mit schiefem Mund und nickt.

»Wenn du noch Appetit hast, nimm dir gern ein Brot oder Obst, okay?«

»Danke«, sagt sie mit leiser Stimme, traut sich jedoch nicht, zuzugreifen. Nicht mal die Milch rührt sie an. Schüchtern und mit gesenktem Blick sitzt sie neben mir und schweigt. Immer wieder mustere ich sie unauffällig und versuche, etwas Vertrautes an ihr zu entdecken, doch da ist nichts. Inzwischen bin ich mir zu hundert Prozent sicher, dass ich dieses Mädchen noch nie zuvor gesehen habe. Den Vormittag über beobachtet sie die anderen Kinder bei ihren Aktivitäten. Wir malen mit Buntstiften und jeder soll eine Szene aus einem Märchen oder einer Geschichte zeichnen. Vivien sitzt nur da und und scheint in ihre eigenen Gedanken versunken zu sein. Das Blatt vor ihr bleibt weiß. Ich finde es ungewöhnlich und nehme mir vor, so bald wie möglich mit ihrem Vater zu sprechen. Ich hoffe, er ist nicht genauso verschlossen wie seine Tochter. Auch das Mittagessen rührt sie kaum an und beim Mittagsschlaf hält sie zwar die Augen geschlossen, dreht sich jedoch hin und her. Als wir am Nachmittag zum Spielen in den Garten gehen, setzt sie sich auf die Holzumrandung des Buddelkastens und vergräbt ihre nackten Füße im Sand. Die Kinder, die sich neugierig zu ihr setzen, beachtet sie kaum. Es scheint, als würde sie ihre Ruhe haben wollen. Es ist kurz nach sechzehn Uhr. Gedanklich bereite ich mich schon auf den Feierabend vor. Frank beaufsichtigt die Kinder, die draußen sind, während ich drinnen

Ordnung schaffe. Als ich damit fertig bin, hole ich noch zwei Tassen frischen Kaffees, mit denen wir gewöhnlich den Dienstschluss einläuten. Vorsichtig balanciere ich die vollen Pötte durch die Terrassentür und stelle sie auf den Tisch vor der Gartenbank. Als ich mich umdrehe und nach Frank Ausschau halte, ist es, als würde mich der Schlag treffen. Meine Knie beginnen zu zittern, mein Mund wird trocken, während mir urplötzlich kalter Schweiß ausbricht. Der Mann, von dem ich dachte, er sei tot, steht plötzlich neben der Buddelkiste und sieht zu mir hinüber. Sein Gesicht, das mir inzwischen fremd geworden und dennoch so vertraut ist, schaut mich an. Seine Miene ist starr, seine Körperhaltung aufrecht. Er trägt einen Anzug und das Haar inzwischen kurz, nicht wie vor Jahren als Haarknoten am Hinterkopf. Ich will etwas sagen, doch alles, wozu mein Sprachzentrum fähig ist, ist ein undefinierbarer Laut der Ungläubigkeit. Mir ist nach Schreien und Weinen, Hysterie übermannt mich, während sich meine Fäuste wie von selbst ballen und auf seine Brust eintrommeln wollen. Ich bin so unsagbar wütend und gleichzeitig über die Maßen erleichtert. Dabei aber so vollkommen außer mir, dass ich immer noch wie erstarrt einfach nur dastehe. Ich suche nach Worten und kann nicht begreifen, wie es möglich ist, dass er plötzlich nach all den Jahren vor mir steht.

»Glenn«, hauche ich und sinke kraftlos auf die Bank.

KAPITEL 3

5 JAHRE ZUVOR – SINA

Wie sie alle tanzen, ausgelassen, geradezu selbstverliebt. Selbst die, die es lieber bleiben lassen sollten, weil sie statt Rhythmus nur Promille im Blut haben. Gelangweilt nippe ich an meinem Gin Tonic, es ist der fünfte oder sechste, es könnte auch der achte oder neunte sein. Es spielt keine Rolle. Es ist egal. Mein ganzes Leben ist total verpfuscht. Felix ist weg. Er sagt, er liebt jetzt Anna, unsere Nachbarin. Und ich betrinke mich in einem Berliner Club und wippe mit dem Fuß zu »Dancing with tears in my eyes«, obwohl ich paradoxerweise bis jetzt noch keine einzige Träne vergossen habe. Jedenfalls nicht äußerlich.

»Los Kleene! Jetzt komm schon tanzen!« Carmen krallt ihre Kunstnägel in meinen Oberarm und will mich auf die Tanzfläche zerren. Bernd tanzt sie von hinten an. Er ist einer von denen, die es besser bleiben ließen. Ich befreie mich aus ihrem Klammergriff und halte mich mit der einen Hand am Barhocker, mit der anderen am Gin Tonic fest.

»Lass mich«, rufe ich und höre selbst, dass ich inzwischen lalle. Offenbar befinde ich mich gerade in der Phase des Betrunkenseins, in der ich mich zwar nicht mehr akkurat artikuliere, aber dies immerhin noch bemerke. Was ich sage, hört sich an wie Lassich. Für den Moment will ich lachen, weil ich es unsagbar komisch finde, dass meine Zunge ihren Dienst verweigert. Doch blitzartig überfällt mich erneut der dumpfe, vernichtende Schmerz der Verlassenheit, des

Verlorenseins, und das Lachen gefriert mir erst in der Kehle, kurz darauf im Herzen. Es ist die dritte Beziehung infolge. Erst Marc, dann Konstantin, jetzt Felix. Was stimmt nur nicht mit mir? Oder liegt es an den Typen? Ich muss aufhören, zu tindern. Die Typen dort suchen doch eh alle nur das eine.

Carmen kommt näher, küsst mich auf die Wange. »Hey Spatz, komm schon! Wir wollten uns do' amüsieren«, berlinert sie gegen die Lautstärke an. Ihr Atem riecht nach Rotwein und sie ist anhänglich. Bernd tanzt sie immer noch mit in die Luft gestreckten Armen von hinten an und kreist sein Becken, was unfreiwillig komisch anmutet, weil er eher den Bauch als das Becken bewegt. Carmen scheint genau darauf zu stehen, denn sie lacht laut und aufreizend und streckt ihm rhythmisch wippend ihr Hinterteil entgegen. Optisch passen sie nicht zusammen und doch sieht Carmen glücklich aus. Sie ist keine besonders enge Freundin, aber eine, die unkompliziert ist und auf die in Krisensituationen wie diese Verlass ist. Sie ist eine, die auch um zwei Uhr nachts noch wach und für mich da ist, wenn ich reden oder, so wie jetzt, ausgehen will. Sie ist Barkeeperin in einem Bordell und weiß genau, wie man feiert und was einsame Menschen brauchen. Neuerdings scheint sie auf Achtziger-Jahre-Partys zu stehen. Und ‚uff Bernd', der seine Jugend vermutlich zu Zeiten des Synthipops verplempert hat. Er ist fünfundvierzig und von Beruf LKW-Fahrer. Carmen hat ihn im Bordell an der Bar kennengelernt. »Er wollte nur reden, nich poppen«, erzählte sie. Und Klaus, der Puffinhaber, bestand lediglich darauf, dass Bernd eine Flasche Champagner bei ihm kauft, was er auch getan hat. Nur um Carmen zu imponieren und um mit ihr quatschen zu können. Heute will sich Carmen nicht unterhalten. Sie will tanzen. Und sie will mich aus meiner Depression holen. Es war dumm von mir, ausgehen zu wollen. Mein Kopf ist ja doch nur bei Felix. Und bei Anna, die sich klammheimlich in unser Leben geschlichen hat. »Hi Felix, haste mal Salz?« oder »Hi Felix, haste mal zwei Eier?« oder »Hi Felix, mein Wasserhahn tropft, kannste dir das nich mal angucken?«

Felix hat ihr erst Salz und dann seine Eier überlassen und am Schluss hat Anna getropft, nicht ihr Wasserhahn. Dreckskuh, denke ich, kippe den zehnten Gin Tonic hinunter und folge Carmen auf die Tanzfläche. Vermutlich bin ich jetzt diejenige, die das mit dem Tanzen besser bleiben ließe. Meine Beine gehören nicht mehr mir und meine Arme sind schwer wie Blei, während nicht nur ich, sondern auch Laura Branigan her Self Control lostet. Mir ist schwindlig und die Tanzenden um mich herum laufen zu Hochform auf. Ich scheine kleiner zu werden, die Musik immer lauter und der Alkohol verteilt sich in meinem Blut und ich wünschte, er würde endlich das Areal in meinem Gehirn ausschalten, das sich immer noch an Felix erinnert.

»Sina, ich schwör dir, es hat nichts mit dir zu tun«, hatte er gesagt. Eine Phrase und ein Schulterzucken. Dann zog er eine Tür weiter. Zu Anna. Jetzt wohne ich Tür an Tür mit den beiden. Anna meinte, ich soll nicht so'n Theater machen und mich wie eine Erwachsene benehmen. Ich hasse Anna. Und noch mehr hasse ich Felix und Marc und Konstantin. Männer können mir zukünftig gestohlen bleiben, denke ich, als ich spüre, wie der Gin Tonic raus will, leider oben, nicht unten. Ich presse meine Lippen aufeinander, winde mich durch die tanzende Menge und schieße wie eine Flipperautomatenkugel ins Freie. Der Gin Tonic auch. Er verteilt sich wie Sprühnebel über einen wunderschön blühenden Rosenbusch. Ich lehne über einem Geländer, dessen Eisen sich im Vergleich zur sommerschwülen Nacht angenehm kühl anfühlt und lasse raus, was nicht drin bleiben will.

»Alle Achtung«, flüstert jemand neben mir. Mir werden die Haare im Nacken zusammengehalten und mein Magen würgt den Alkohol hinaus, den er in solchen Mengen nicht gewohnt ist. Ich bin froh, zu betrunken zu sein, um mich zu schämen. Und wieder würge ich und spüre die Kontraktionen meiner Bauchmuskulatur. Es ist lange her, seit ich das letzte Mal so heftig erbrochen habe. Damals lag es am Norovirus und ich erinnere mich lebhaft an den Bauchmuskelkater am nächsten Tag. Der Jemand neben mir fragt: »War's das?« und hält mir ein Papiertaschentuch hin, das ich dankbar annehme. Ich säubere meinen Mund und schnaube die Nase, dann richte ich mich umständlich auf. Mein Körper scheint nicht mehr mir zu gehören, meine Bewegungen sind unkoordiniert.

»Ich bin so müde«, sage ich mit heiserer Stimme.

»Soll ich dich heimbringen?«, fragt er und schaut mich amüsiert aus dunklen Augen an. Er trägt einen Bart und so einen Männerdutt, wie diese Hipstertypen aus'm Prenzlauer Berg, über die Felix und ich uns immer lustig machen – gemacht haben. Sein enges weißes T-Shirt offenbart einen ansehnlichen Bizeps und, wenn ich optisch nicht getäuscht werde, sogar Bauchmuskeln.

Ich will ihn fragen, ob er irgend so ein Spinner oder Serienmörder ist, aber ich bin mir sicher, dass ich allein an dem Wort Serienmörder scheitern werde. Deshalb nicke ich nur.

»Wo wohnst du denn?«

Ich reiße mich zusammen und sage ihm meine Adresse. Er nickt. »Ich fahre dich.«

In meinem Kopf kreist immer noch die Frage, ob er ein Killer ist, aber ich mag nicht unhöflich sein. Jetzt bringt dich schon jemand nach Hause und du fragst sowas Unhöfliches, höre ich eine innere Stimme. Sie muss mir selbst gehören, denn die Stimme der Vernunft, die sich anhört, wie die meiner Mutter, fragt mich, ob ich von allen guten Geistern verlassen bin. Nur eine Minute später sitze ich auf dem Beifahrersitz eines VW Golfs. Ich fühle mich nicht besonders wohl und habe Respekt vor der eigenen Courage. Der Alkohol, der mich bis jetzt betäubt hat, verliert einen Teil seiner Wirkung und meine Antennen schärfen sich. Schlaf bloß nicht ein, mahnt die Stimme meiner Mutter im Hinterkopf. Obendrein schimpft sie mich eine Idiotin, dass ich mir sein Autokennzeichen nicht gemerkt habe. Aber wozu auch?, frage ich mich. Wenn ich tot bin, kann ich das ja auch niemandem mehr sagen. Es ist wie es ist. Entweder bringt er mich nach Hause oder um die sprichwörtliche Ecke. Jetzt ist eh alles zu spät. Zu spät für Felix und zu spät, um wieder auszusteigen. Der Hipster setzt sich neben mich, hilft mir beim Anschnallen und legt den ersten Gang ein.

»Bissu ein Serienmörder?«, frage ich nun doch und beiße mir auf die Unterlippe.

Der Hipster lacht auf. »Die Frage stellst du reichlich spät, meinste nicht?«

Besser spät als nie, denke ich und mustere seine Hand, die auf dem Schaltknüppel liegt. Es ist eine ziemlich große Pranke und ich vermute, er kann damit ordentlich zupacken.

»Um dich zu beruhigen, dieselbe Frage habe ich mir auch bei dir gestellt.«

Jetzt muss ich auflachen. »Du hast überlegt, ob ich eine Serienmörderin bin?«, frage ich.

Er startet das Auto und fährt los. »Wir sind in Berlin und wir sind in Kreuzberg. Ziemlich finstere Gegend, eigentlich geradezu ideal für Serienmörderinnen ...«

»Also wirklich«, schnaube ich und verdrehe die Augen. Dann lehne ich mein Karussellhirn an die Kopfstütze und sehe aus dem Fenster. Mein Blick bleibt leer. Die vorbeiziehenden Häuserfassaden interessieren mich nicht. Mein Film spielt in mir.

»Warum hast du dich denn so volllaufen lassen?«, fragt er und mir fällt auf, dass ich nicht mal seinen Namen kenne. Ich drehe mich zu ihm und betrachte sein Profil. Er hat eine perfekte Kopfform. Seine braunen Augen sind mandelförmig angeordnet und seine vollen Lippen passen perfekt zum Rest des symmetrischen Gesichts. Er ist schlicht und ergreifend schön.

»Weil alle Männer Schweine sind«, sage ich, ohne groß zu überlegen.

Er schnaubt. »Glaub mir, Frauen sind nicht besser.«

»Ich schon«, erwidere ich.

»Was zu beweisen wäre.« Der Namenlose sieht zu mir hinüber und zwinkert mir zu.

»Ich muss dir gar nichts beweisen«, antworte ich, als er mit dem Wagen vor meiner Haustür hält.

»Stimmt«, sagt er. Ich greife nach dem Hebel und öffne die Autotür. »Aber vielleicht kann ich dich ja irgendwie davon überzeugen, dass doch nicht alle Männer Schweine sind.«

Ich steige aus und beuge mich zu ihm hinunter.

»Danke, wirklich. Aber mein Bedarf ist für alle Zeiten gedeckt.« Ich schmeiße die Autotür zu, ohne mich bei ihm zu bedanken, das fällt mir erst auf, als er schon weggefahren ist, und ich bemerke außerdem, dass ich meine Clutch bei ihm im Auto vergessen habe. Handy, Schlüssel, alles weg. Verdammte Scheiße! Jetzt wird sich zeigen, ob ausgerechnet er kein Schwein ist. Ich sitze eine halbe Stunde auf der Treppe und warte, dass der Hipster zurückkommt. Umsonst. Ich stehe auf und klingle bei Anna. Als der Türsummer ertönt, bin ich erleichtert, weil ich weiß, dass Felix immer noch einen Schlüssel zu meiner Wohnung hat. □

KAPITEL 4

5 JAHRE ZUVOR – GLENN

»Wer zum Teufel ist Sina Hartung, du verdammtes Arschloch?«

Wie ein scharfes Schwert dringt Claudias schneidende Stimme in meinen eben noch behaglichen Traum ein und verursacht umgehend Gänsehautfeeling, keines von der guten Sorte. Die Aufforderung von letzter Woche, den Schlüssel, den ich ihr zu Beginn unserer Beziehung überlassen hatte, ans Schlüsselbrett zu hängen, hat sie offenbar ignoriert. Als wenn ihr Eindringen nicht ohnehin den Bogen überspannt, schleudert sie mir jetzt einen harten Gegenstand an den Kopf, was mich schlagartig hellwach werden lässt.

»Verdammt, Claudia, was soll das Theater?« Ich setze mich auf und orientiere mich grob. Zum Wecker blinzelnd sehe ich, es ist erst kurz nach neun, an einem Sonntag. Mir fällt der gestrige Abend ein und ich bin froh, dass es nicht allzu spät geworden ist. Nun wandert mein Blick in meinen Schoß, in der eine kleine schwarze Damenhandtasche liegt, die mich eben noch am Kopf getroffen hat.

»Nochmal«, keift Claudia, »wer ist diese Kuh?« Als ob ihr Herumgeschreie noch nicht ausreicht, beginnt sie, mit stocksaurer Miene die Wohnung zu durchforsten, auf der Suche nach kompromittierenden Dingen, Gegenständen, aber vor allem nach Sina Hartung. »Ich wusste, dass du eine andere hast. Du hast mich nie wirklich geliebt. Ich hätte dir niemals so blind vertrauen dürfen!«

Ich hole kurz und tief Luft, will etwas entgegnen, sie daran erinnern, dass ich letzte Woche und auch die Woche davor schon mit ihr Schluss gemacht habe. Aber im nächsten Moment fällt mir ein, dass ich mir den Atem sparen kann. Egal, was ich sagen werde, Claudia wird es weder glauben noch anderweitig zur Kenntnis nehmen oder verinnerlichen. Ich werde sie nicht von meiner Wahrheit überzeugen können. Sie ist und bleibt verrückt. Von Beginn unserer Beziehung an bis zum heutigen Tag ist es, als würde sie aus zwei grundverschiedenen Charakteren bestehen. Zum einen kann sie diese kleine freche, aufreizende und völlig bezaubernde Person sein, die, mit der man Pferde stiehlt, sich amüsiert, gute und tiefe Gespräche führt und zugegebenermaßen sagenhaften Sex hat. Und dann gibt es die andere, komplett durchgeknallte Claudia, die gerade wie ein wildgewordener Tsunami durch meine Wohnung fegt, um nach Indizien zu suchen, die belegen, dass ich sie betrüge. Wobei auch das totaler Unsinn ist. Es ist Schluss. Selbst wenn ich Sex mit anderen Frauen hätte, wäre das völlig legal. Ich bin ein freier Mann.

»Sag endlich was!«, schreit sie nun und zieht meine Decke weg. Sicher vermutet sie sogar hier eine Geliebte und will sich vom Gegenteil überzeugen. Die Handtasche, die ich zuvor noch nie gesehen habe, landet neben mir auf dem Laken. Ich öffne sie und spähe hinein, wobei ich ein Handy, einen Schlüsselbund und eine kleine Geldbörse entdecke. Letztere öffne ich, während Claudia immer noch auf eine Antwort von mir wartet. In der Geldbörse steckt eine Karte der Techniker Krankenkasse, worauf ein

Foto von der Frau abgebildet ist, die ich gestern Abend nach Hause gefahren habe. Ich lese ihren Namen: Sina Hartung. Prompt überkommt mich ein schlechtes Gewissen, denn wie um Himmels willen ist sie ohne Schlüssel in ihre Wohnung gekommen? Am Ende sitzt sie immer noch davor und wartet auf meine Rückkehr. Ich schiebe die Karte zurück, schließe die Tasche und lege sie zur Seite.

»Und?« Claudia steht mit vor der Brust verschränkten Armen vor mir und scheint mit skeptischen Blicken Löcher in mich bohren zu wollen. Ich wiederum kann mir in diesem Augenblick nur eine einzige Frage stellen.

»Sag mal, wie um alles in der Welt bist du in mein Auto gekommen?«, frage ich, obwohl ich die Antwort kenne. Aber ich will sie aus ihrem Mund hören.

Sie lässt die Arme sinken und verdreht die Augen. »Das spielt doch jetzt überhaupt keine Rolle.« Ihre Stimme wird brüchig, sicher, weil ihr klar wird, dass sie praktisch Hausfriedensbruch begangen hat. Nicht nur in meiner Wohnung, sondern auch in meinem Auto.

»Natürlich spielt es eine Rolle. Ich möchte nicht, dass du weiterhin bei mir ein und aus gehst, wie es dir gefällt. Du musst endlich akzeptieren, dass Schluss ist.«

»Ich kann das nicht.« Es scheint, als würde Claudia in sich zusammenfallen. Resigniert lässt sie sich auf meine Bettkante plumpsen und verbirgt ihr Gesicht in den Händen.

»Was kannst du nicht?«, frage ich behutsam, obwohl ich ultragenervt bin, weil sie jetzt wieder eine Stelle in mir berührt, die zu weich ist, die nachgibt, nie standhält. Ich verabscheue mich dafür. Aber wenn Frauen weinen, halte ich das schlecht aus. Claudia weiß das und das ärgert mich nur noch mehr, weil sie das ausnutzt – nicht zum ersten Mal.

»Ich liebe dich so sehr. Ich kann nicht ohne dich leben«, bricht es aus ihr heraus. Ihre Schultern vibrieren, durch ihre Finger rinnen Tränen und in mir selbst steigt Unmut hoch. Wenn ich sie jetzt tröste, wertet sie das erneut als Versöhnung. Wir drehen uns im Kreis. Mal wieder. Ich schlängele mich an ihr vorbei und stehe auf, um ins Bad zu gehen. Meine Blase drückt und ich verspüre unbändigen Durst. Einmal mehr beschäftigt mich dieses anatomische Paradoxon. Einerseits ist so viel Flüssigkeit in mir vorhanden, dass es beinahe schmerzt. Andererseits schreit mein Körper buchstäblich nach Wasser. Der Mensch ist und bleibt ein Konstruktionsfehler, denke ich beim Pinkeln und meine nicht nur die mangelhafte Be- und Entwässerung meines Körpers. Wenn ich mir Claudia betrachte, scheint dort darüber hinaus nämlich noch einiges mehr im Argen zu liegen. Ich ziehe ab, wasche mir die Hände und klatsche mir bei der Gelegenheit gleich ein paar Spritzer Wasser ins Gesicht, um wacher zu werden. Für das bevorstehende Gespräch brauche ich einen klaren Kopf und geistige Anwesenheit. Bevor ich ins Schlafzimmer zurückgehe, bereite ich in der Küche zwei Tassen Kaffee in der Kapselmaschine zu. Meinen trinke ich auf dem Weg zurück halbleer. Den anderen gebe ich Claudia in die Hand. Mit zitternden Fingern nimmt sie ihn entgegen und ich frage mich, ob Coffein in ihrer Verfassung eine gute Idee ist, schließlich soll sie sich beruhigen. Als würde sie meine Gedanken lesen, stellt sie ihn unangetastet auf dem Nachttisch ab. Da sie immer noch auf dem Bett sitzt, lasse ich mich auf dem Sessel gegenüber nieder, obwohl sich ein Berg aus Schmutzwäsche auf ihm türmt.

»Hör zu, Claudia«, sage ich und räuspere mich, damit meine Stimme fester klingt. »Wir hatten eine wirklich wundervolle Zeit. Aber das hier geht definitiv zu weit. Du kannst nicht einfach in meine Wohnung oder mein Auto eindringen, wie es dir passt. Verstehst du das?«

Claudia nimmt die Hände von ihrem Gesicht. Die Mascara ist verlaufen und ihre rotgeschminkten Lippen zittern. »Ich weiß, das war falsch«, flüstert sie, »aber ich kann nicht so schnell loslassen wie du. Ich brauche Zeit.« Sie steht auf und tritt an meinen Sessel heran. Mit ihrem Knie schiebt sie meine Beine auseinander. »Kannst du mich bitte nur ein einziges Mal noch ganz fest in die Arme nehmen?« Ihre Stimme klingt ruhig, nicht fordernd, eher flehend. Die alte, die gute Claudia. In mir regt sich Widerwillen, dennoch kann ich ihr diese Bitte einfach nicht abschlagen. Ich stelle meine geleerte Kaffeetasse auf den Fußboden, stehe auf und öffne die Arme. Sie legt ihren Kopf an meine Brust und ich spüre, wie sie meinen Geruch tief inhaliert. Sie beginnt, mich zu umklammern wie ein Äffchen, als Nächstes schiebt sie ihre Hände unter mein T-Shirt und streichelt die nackte Haut meines Rückens. Ich versteife mich, weil ich gar nicht mehr sagen kann, wie oft wir schon gestritten und uns abermals versöhnt haben. Das Gefühl, sie zu halten, fühlt sich für mich regelrecht abgenutzt an.

»Können wir jetzt nochmal in Ruhe reden?«, frage ich.

Sie nickt und löst sich aus der Umarmung, um sich

wieder hinzusetzen.

»Okay«, beginne ich erneut und suche nach den richtigen Worten. »Ich will dir nicht wehtun, Claudia, wirklich nicht. Aber du musst endlich begreifen, dass es aus ist. Wir haben uns einmal geliebt, doch irgendwie ist alles aus dem Ruder gelaufen. Du mit deiner ständigen Eifersucht und deinem Hinterherspionieren hast alles vergiftet. Ich durfte mich am Ende ja nicht mal mehr mit meinen Kumpels treffen. Du warst sogar sauer, wenn ich mit meiner Mutter telefoniert habe. Das ist doch kein Leben!«

Sie schnaubt. »Meinst du, das weiß ich nicht längst? Ich weiß, dass ich Fehler gemacht habe.«

Unschlüssig zucke ich mit den Schultern. »Ja, aber aus Fehlern lernt man doch. Du aber nicht. Ich meine, du sitzt gerade in meinem Schlafzimmer, obwohl seit mindestens vier Wochen Schluss ist. Das, was du tust, grenzt an Stalking. Deine ständigen Anrufe, dass du hier auftauchst, dass du dir meinen Autoschlüssel aus der Wohnung holst, nur um mein Auto zu durchsuchen, Claudia, das geht so nicht. Das muss dir doch klar sein. Und eines muss und will ich dir auch noch sagen. Ich liebe dich nicht mehr.«

Sie schlägt den Blick nieder und stützt ihren Kopf in die Hände. »Das ist hart. Denn ich kann einfach nicht aufhören an dich zu denken.« Dicke Tränen kullern ihre Wangen hinunter und sie schaut sich suchend nach Tempotaschentüchern um, die ich zugegebenermaßen für andere Zwecke auf dem Nachttisch aufbewahre. Sie putzt sich die Nase, trocknet halbwegs ihre Tränen und sieht mich mit festem Blick an.

»Ich weiß, was helfen würde«, erklärt sie mit ruhiger

Stimme und mir ist nicht wohl bei ihrem Anblick.

»Was denn?«, frage ich, obwohl ich es eigentlich nicht wissen will. Ich bin mir sicher, sie plant die nächste Perfidität, denn darin, das hat die Vergangenheit gezeigt, ist sie wirklich gut.

»Ich verspreche dir, wenn du ein letztes Mal mit mir schläfst, lasse ich dich für immer in Ruhe.« Sie spreizt weit ihre Beine, so dass ich sehen kann, dass sie unter ihrem Rock kein Höschen trägt.

Mir wird heiß, ich kann es nicht fassen, wie berechnend sie ist. Sie weiß genau, dass ich, was Sex angeht, schwach bin. Allein schon deshalb, weil ich zurzeit keine Beziehung habe und wegen der Farce mit der Frau, die gerade vor mir sitzt, in naher Zukunft auch keine feste Bindung anstrebe. Viel zu glücklich bin ich, dass ich wieder frei bin. Obwohl ... kann man das hier wirklich frei nennen? Obendrein unterbreitet sie mir im Grunde ein Angebot, das ich nicht ablehnen kann. Sex für Freiheit. Darf man da nein sagen? Ich ärgere mich maßlos über den letzten Gedanken und schüttle den Kopf.

»Ich halte das für keine gute Idee«, sage ich und bücke mich nach der leeren Tasse, um sie in die Küche zu bringen. »Es ist besser, du gehst jetzt.«

Claudia springt auf und versperrt mir den Weg. »Glenn, mal ehrlich! Wovor hast du Angst? Du hast nichts zu verlieren und ich alles zu gewinnen. Ich will dich nur noch ein einziges Mal lieben, spüren ... küssen.« Ihre Hand wandert zu meinen Shorts, die sich bei der bloßen Berührung auffällig wölbt. Pures Testosteron rauscht durch meinen Unterleib. Ich schiebe ihre Hand fort.

»Hör schon auf«, sage ich mit Nachdruck und will

mich an ihr vorbei schieben. Doch sie postiert sich erneut vor mich, greift in meinen Schritt, der inzwischen pulsiert und sich naturgegeben verselbstständigt.

»Ein letztes Mal«, flüstert sie lächelnd bei der Berührung meiner Härte. Sie triumphiert über meine Unfähigkeit in Momenten wie diesen, standhaft zu bleiben. Sie stellt sich auf die Zehenspitzen und leckt verführerisch über meine Lippen, dringt mit ihrer Zunge in meinen Mund ein.

Du Biest, denke ich und stelle die Tasse aufs Sideboard. Ich hebe Claudia hoch und bin in drei Schritten am Bett, auf das ich sie eher fallenlasse als sie behutsam abzulegen. Ich bin so enttäuscht, mehr von mir selbst als von ihr. Mein Puls rast, als sie mir die Shorts von den Hüften streift. Im nächsten Moment schon bin ich in ihr. Es fühlt sich so wahnsinnig gut und warm und beinahe so an, als wäre in diesem Augenblick alles in Ordnung und als seien wir zwei Menschen, die sich aufrichtig liebten und einander Zuneigung schenkten. Sofort korrigiert mich eine innere Stimme: *Alter, du bist scharf und hast dich mal wieder nicht im Griff.*

Ein letztes Mal, dieses Mal wirklich, denke ich, als sie mir ihr Becken entgegen kreist, sich an mich presst, stöhnt und zuckt vor Lust, während es ihr kommt. Und während es mir kommt.□

KAPITEL 5

GEGENWART – GLENN

Obwohl es mein erster Tag in der neuen Firma war und ich mir ständig neue Gesichter und dazugehörige Namen einprägen musste, lief nur ein einziger Film in meinem Kopf ab – in Dauerschleife. Das Wiedersehen mit Sina. In meiner Fantasie war alles möglich. Wir stehen uns gegenüber und sie fällt mir überglücklich um den Hals. Sie freut sich zu sehr darüber, dass ich noch lebe, als dass sie über mein plötzliches Verschwinden vor fünf Jahren noch böse sein kann. Ein anderes Szenario zeigt Sina, wie sie sich bei meinem Anblick abwendet und wortlos weggeht. Dann wieder steht sie vor mir und schlägt mir mit voller Wucht ins Gesicht. Der Film in meinem Kopf ist so vielfältig wie die Möglichkeiten unserer ersten zweiten Begegnung. Was ich mir wünsche, wird garantiert nicht eintreten, denn ich träume davon, dass ich ihr einen zweiten Heiratsantrag mache, den sie annimmt. Was grotesk ist, weil ich sie so viel mehr enttäuscht habe, als eine Frau einem Mann je verzeihen kann. Was mache ich eigentlich hier?, frage ich mich, während ich wie ein Spanner über den Zaun des Kindergartens spähe und nach Vivien Ausschau halte. Ich sollte endlich reingehen und mich meiner Vergangenheit stellen. Ich entdecke meine Tochter, die auf der hölzernen Umrandung des Buddelkastens sitzt und ihre Füße in den Sand bohrt. Um sie herum spielen Kinder, die keine Notiz von ihr nehmen. Ich lasse meinen Blick schweifen, bis er wie ein Magnet an

Sina haften bleibt. Zwei Tassen in der Hand tritt sie durch die Tür in den Garten hinaus. Sie trägt ihr brünettes Haar zu einem Pferdeschwanz gebunden und ich stelle fest, dass sie sich kaum verändert hat. Ihr ebenmäßiges Gesicht, ihre vollen Lippen und die sportliche Figur hat sie immer noch. Ich beobachte, wie sie die Tassen auf einem Tisch abstellt und sich suchend umsieht. Ob sie ahnt, dass ich hier bin? Ich zähle von drei an rückwärts. Bei eins angekommen, straffe ich mich und trete durchs Gartentor. Mein Herz hämmert gegen die Rippen und wüsste ich's nicht besser, würde ich sagen, es hüpft mir gleich aus der Brust, fällt zu Boden und zerspringt in eine Million Einzelteile. Ich behalte Sina die ganze Zeit im Auge. Ihr Gesicht wirkt entspannt. Noch. Gemächlich gehe ich den schmalen gepflasterten Weg entlang und bleibe auf Höhe des Buddelkastens stehen. Vivien hat mich bis jetzt nicht entdeckt. Sie malt mit einem kleinen Stock Kreise in den Zuckersand. Durch mein Näherkommen schiebe ich mich automatisch in Sinas Blickfeld. Im ersten Moment schaut sie über mich hinweg. Im nächsten Augenblick hebt sie das Kinn, schärft ihren Blick und sieht mich direkt an. Jetzt beginnt die Zukunft, rast es durch mein Hirn und ich frage mich, was gleich geschehen wird. Ihre Lippen zittern und dann formen sie ein Wort. Ich höre es nicht, jedoch sehe ich, wie ihr Mund meinen Namen flüstert. Ihr Gesicht verliert an Farbe und sie fasst haltsuchend zur Seite, greift nach der Armlehne der Bank und setzt sich. Nicht eine Sekunde lässt sie mich aus den Augen. Sie starrt mich an und ist offenbar wie gelähmt. Nun ist es an mir. Ich sollte mich rühren, zu ihr gehen, doch meine Beine sind Gummi und mein

Herz immer noch ein Kasper. Mit Wucht drängt es in mein Bewusstsein, dass es jetzt um alles geht. Alles oder nichts. Sina oder nichts. Was kann ich sagen oder tun, damit am Ende alles gut wird?

»Papa«, dringt Viviens Stimme zu mir hindurch, holt mich aus meiner Starre. Ich muss vergessen haben zu atmen, denn nun hole ich tief Luft und spüre, wie der Sauerstoff meine Lungen, dann die Adern meines Körpers bis hin zum Gehirn flutet. Kraftlos gehe ich in die Hocke und begrüße meine Tochter mit einer festen Umarmung.

»Wie war dein Tag, Schatz?«, flüstere ich leise in ihr Ohr. Sie zuckt mit ihren kleinen Schultern und senkt den Blick. »Ganz gut, glaub ich. Du musst mir Frühstück mitgeben.«

»Mach ich, meine Süße«, sage ich, werfe Sina einen kurzen Blick zu und sehe, dass sie mich immer noch fassungslos anstarrt.

»Vivi, meinst du, du kannst mir deine Erzieherin vorstellen?«, frage ich und lächele sie aufmunternd an. Sie nickt und schiebt ihre Hand in meine, dann zieht sie mich mit sich.

»Das ist Sina«, sagt Vivien, als wir vor ihr stehen. Sie würdigt meine Tochter keines Blickes, hinter ihrer Stirn jedoch, das sehe ich, arbeitet es auf Hochtouren. Sie sucht nach den richtigen Worten, weiß nicht, was sie sagen soll. Sie sitzt nur da und starrt mich mit großen Augen an.

»Hallo Sina«, sage ich und kämpfe das Verlangen nieder, sie in die Arme zu ziehen, um ihr zu sagen, dass nun alles gut wird. Ihr Gesicht ist wie die Oberfläche eines Meeres, wenn ein Sturm darüber hinweg tobt. Ich sehe ihr die Aufgewühltheit, das

Ringen um Fassung und den Schmerz, den ich ihr zugefügt habe, direkt an, während mich die Angst, sie wieder zu verlieren, beinahe lähmt.

»Hey Sina, ist alles in Ordnung mit dir?«, fragt eine männliche Stimme, die von dem Mann kommt, der wie aus dem Nichts neben mir auftaucht.

»Äh ja«, stottert Sina eher halbherzig. »Alles gut, Frank.« Sie steht auf, dreht sich um und geht über die Terrasse ins Haus. Frank sieht ihr hinterher und ich vermute, er will ihr nachlaufen. Und jetzt erwacht mein Kampfgeist.

»Frank! Richtig?« Ich sehe den Erzieher direkt an. Er nickt. Schnell strecke ich ihm die Hand entgegen und sage: »Entschuldigung, ich habe mich nicht vorgestellt. Mein Name ist Glenn Smith und das ist meine Tochter Vivien«, ich deute mit einem Kopfnicken auf sie, »sie geht seit heute in diesen Kindergarten.« Eher lasch erwidert Frank den Händedruck und sieht immer noch mit besorgter Miene Sina hinterher. »Jedenfalls«, sage ich einen Tick lauter, um seine volle Aufmerksamkeit bemüht, »ist Sina Hartung eine alte Freundin von mir und wir haben etwas zu bereden. Würden Sie kurz auf meine Tochter achtgeben?«

Frank sieht mich nun verdutzt an und ich schiebe ihm Vivien in die Arme, bevor er mir antworten kann. Ich weiß, das ist nicht die Feine Englische, aber mit Defensive komme ich nicht weiter.

»Vielen Dank«, sage ich noch, dann drehe ich mich um und laufe Sina hinterher. Ich folge ihr durch die Terrassentür und muss mich kurz ans diffuse Licht gewöhnen, dann wird mir klar, dass wir uns schon direkt im Aufenthaltsraum einer Kindergartengruppe befinden. Sina läuft wie ein Tiger im Kreis und stoppt abrupt, als sie registriert, dass ich ihr gefolgt bin.

»Du lebst?«, bricht es aus ihr heraus. Ihre Stimme ist so dunkel und rau, wie ich sie in Erinnerung habe, darüber hinaus kann ich beinahe den Grad der Verletztheit heraushören. Sie streicht sich über die Oberarme, als würde sie frösteln.

Ich nicke, will etwas sagen. Ich habe mir so viele Entschuldigungen zurechtgelegt, dass ich nicht mehr weiß, wie ich hier und jetzt beginnen soll.

»Ich ... ich ...«, stottere ich. »Ich wollte das nicht, Sina. Ich wusste nicht, wie ich es dir sagen soll, sagen kann. Ich war völlig am Ende, als ...«

»Du?«, fällt mir Sina ins Wort und hört sich an, wie ein angeschossenes Reh. »Du warst am Ende? Ja?« Sie schiebt ein missbilligendes Schnauben hinterher und ich sehe, wie ihr die Tränen kommen. Ihre Fassungslosigkeit ist beinahe greifbar für mich und zu gern würde ich sie trösten oder ihr sagen, dass nicht nur sie gelitten hat. Ich auch. Vermutlich sogar noch mehr als sie.

»Ich weiß, was ich dir angetan habe, ist unverzeihlich.«

Sina nickt und deutet anklagend mit dem Zeigefinger auf mich. »Das ist nicht nur unverzeihlich. Was du getan hast, ist ... ist ... Ich habe nicht mal ein Wort für das, was du mir angetan hast.«

Ich gehe einen Schritt auf sie zu, sie macht einen Satz rückwärts. »Wage es nicht, mir zu nah zu kommen. Du bist die Ausgeburt der Hölle. Das, was du getan hast, tut man seinem ärgsten Feind nicht an. Ich habe all die Jahre gedacht, du seist tot. Dir muss etwas Schlimmes passiert sein. Aber du lebst und du bringst es fertig, mir dein Kind auf meiner Arbeitsstelle vorzuführen wie ein Sinnbild für das, was du erschaffen hast, aber nicht mit mir? Musstest du mir auch noch diese Ohrfeige verpassen? Brauchst du das, ja? Wie weit willst du noch gehen? Alles, was ich für dich empfinde, ist Verachtung. Nimm deine Tochter und geh' dahin, wo du hergekommen bist. In meinen Augen bist du Abschaum erster Güte. Für mich bist du tot. Tritt mir ja nie, nie wieder unter die Augen!« Ihr Körper bebt, als sie das sagt und ihr Gesicht ist eine einzige wutverzerrte Maske. Mit jedem Wort, dass sie mir entgegenschleudert, werde ich kleiner und mutloser. Und doch bin ich hier, um die Sache zu bereinigen. Ich atme tief durch, konzentriere mich auf das, was ich zu sagen habe.

»Also schön, Sina. Ich weiß, ich kann nichts von dir erwarten und verlangen schon gar nichts. Aber ich möchte dich um etwas bitten.«

»Du hast kein Recht, mich um etwas zu bitten«, faucht sie.

»Ich weiß. Und dennoch tue ich es. Ich bitte dich um ein Abendessen. Um zwei Stunden deiner kostbaren Zeit, in der ich dir erklären kann, was vorgefallen ist und was meine Beweggründe waren. Wenn du mich dann noch wegschickst, werde ich gehen. Für immer. Ich verspreche es.« Mein Herz hämmert, als mir bewusst wird, wie sehr unser Gespräch oder vielmehr meine Bitte auf Sand baut. Denn wenn ich sie in diesem einen Treffen nicht überzeugen kann, werde ich sie zum zweiten Mal verlieren.

Sinas Nasenflügel beben bei jedem Atemzug. Sie ist außer sich. »Wenn das die Garantie ist, dass du dann für immer aus meinem Leben verschwindest, bekommst du ein Abendessen. Aber ich rate dir eines. Pack schon mal deine Koffer und die deiner Tochter auch.«

Ich nicke und hoffe, dass Sina das Grummeln meiner Eingeweide nicht wahrnimmt. Ich könnte kotzen vor Aufregung und die Lachshäppchen, die anlässlich meines Einstands in der Firma serviert wurden, wollen raus. Ich ziehe das Handy hervor und öffne den Kalender, obwohl ich ganz genau weiß, dass ich die nächsten Abende nichts vorhabe. Genau so wie die Abende in den letzten Jahren.

»Wie wär's mit Samstag, zwanzig Uhr im Neni am Zoo?«

Sina nickt und sieht mich mit gefasster Miene an. »Samstag, zwanzig Uhr im Neni und dieses Treffen wird unter uns bleiben. Kein Wort zu niemandem. Auch nicht zu deiner Tochter. Mein Verlobter muss nicht mitbekommen, wie ich mit meiner Vergangenheit abschließe.«

Ich muss schlucken. Sie beobachtet mich mit Argusaugen und bei dem Wort ‚Verlobter' muss ich schwer an mich halten. Bis eben war Sinas Gesicht vor Wut verzerrt, doch bei ihren letzten Worten habe ich den Eindruck, Genugtuung zu erkennen.□

KAPITEL 6

GEGENWART – SINA

Wie erschossen sitze ich auf der verwitterten Bank im begrünten Innenhof unserer Berliner Altbauwohnung und starre wie paralysiert durch Leo und Josephine hindurch, die gemeinsam einen kaputten Fahrradreifen flicken. Ich höre sie sprechen, aber nicht, was sie sagen. Meine Gedanken kreisen immer noch um die Begegnung mit Glenn. Glenn, der lebt. Glenn, von dem ich dachte, er sei tot. Glenn, von dem ich einst annahm, er sei die Liebe meines Lebens.

Auf dem Nachhauseweg hat Leo mich drei Mal gefragt, ob alles in Ordnung ist mit mir. Jedes Mal habe ich stumm genickt und aus dem Fenster gesehen, aus Angst, er könnte mir meine innere Verstörtheit direkt von den Augen ablesen. Ich schaue hinunter in meinen Schoß zum Verlobungsring, den er mir vor über einem Jahr an den Finger gesteckt hat. So stolz bin ich auf ihn und auf unsere kleine Familie, die sich letztlich gefunden hat und allmählich zusammengewachsen ist. Ein Hochzeitstermin steht immer noch nicht fest, weil ich mich bis jetzt nicht auf ein Datum festlegen konnte. Außerdem muss ich mir eingestehen, dass mich der Gedanke, diesen letzten Schritt zu tun, nervös macht. Vielleicht ist es an der Zeit? Ich weiß nicht, wo ich heute ohne Leo wäre. Ihm habe ich alles zu verdanken. Er hat mich gerettet. Und was habe ich gemacht? Ihn belogen. Denn ich hatte keine Ahnung, ob Glenn lebt oder tot ist. Das Einzige, was ich wusste, war, dass er plötzlich verschwunden war. Seine Wohnung war leergeräumt und gekündigt gewesen, seine Telefonnummer war nicht mehr vergeben und es gab beim Einwohnermeldeamt keine Abmeldung. Er war wie vom Erdboden verschluckt. Für mich war er schlicht nicht mehr existent, also tot. Und genau das habe ich Leo damals erzählt und ihn gebeten, nicht weiter in der Wunde herumzustochern. Und Leo wäre nicht er, wenn er meiner Bitte nicht nachgekommen wäre. Aber wie um Himmels willen soll ich dem Ziehvater meiner Tochter nun erklären, dass Josephines leiblicher Vater doch noch lebt? Und habe ich nicht die Pflicht, auch Glenn zu sagen, dass Josephine seine Tochter ist? Ich spüre, wie mir ein Schnauben über die Lippen kommt. Zu überhaupt nichts bin ich verpflichtet, lehnt sich mein Innerstes auf. Glenn hat sich ohne ein Wort des Abschieds aus meinem Leben gestohlen. Selbst meine Eltern denken, dass Leo der Vater meiner Tochter ist. Wie kann Glenn es wagen, nach fünf Jahren einfach aufzutauchen, obendrein mit einem Kind, das so alt ist wie meine – wie unsere Tochter? War sie der Grund, weshalb er spurlos verschwunden ist?

»Du bist ja noch nicht mal umgezogen!«, holt Paula mich aus den Gedanken. Sie joggt auf der Stelle vor mir herum und sieht mich vorwurfsvoll an.

»Paula!«, rufe ich aus und fasse mir an die Stirn. Ich muss mich endlich zusammenreißen. Wir sind, wie jeden Montag, zum Laufen verabredet und ich habe es komplett vergessen. Sport wird mir guttun und dabei helfen, den Kopf frei zu kriegen. »Gib mir fünf Minuten, ich zieh mich schnell um, ja?«, sage ich und spurte in den dritten Stock. Nach nur kurzer Zeit bin ich wieder im Hof und startklar.

»Wir können!«, rufe ich Paula zu, die einen Plausch mit Leo und Josephine hält. Sie verabschiedet sich und gemeinsam laufen wir in mäßigem Tempo die Straße hinunter zum Volkspark, in dem wir immer unsere Runden drehen.

»Alles in Ordnung mit dir?«, fragt Paula und wirft mir einen skeptischen Blick zu.

»Was? Wieso?« Ich fühle mich ertappt und fasse mir unbehaglich ans Dekolletee, als würde mein Innenleben an meiner Halskette hängen.

»Ich weiß nicht, sag du es mir. Du bist seltsam still.«

»Hat Leo mit dir gesprochen?«, frage ich gereizt und merke selbst, dass ich überreagiere.

Paulas Tempo verlangsamt sich und geht über in einen lockeren Schritt. »Hey, was'n los mit dir?«

Auch ich werde langsamer und überlege, was ich Paula antworten kann. Niemand außer mir kennt die Wahrheit über meine Tochter. Klar, weiß Leo, dass er nicht Josephines Vater ist. Paula jedoch habe ich erst vor zwei Jahren kennengelernt. Es war absolut normal, Josephine als Leos und meine Tochter vorzustellen. Niemals im Leben hätte ich damit gerechnet, dass Glenn sich traut, mir nach allem noch mal unter die Augen zu treten. Verzweifelt schüttle ich den Kopf und spüre, wie mir die erste Träne kommt.

»Hey Sina«, flüstert Paula und zieht mich wie automatisch in eine Umarmung. »Wird schon nicht so schlimm sein. Haste dich mit Leo gestritten?«, fragt sie, während sie mir tröstend den Rücken streichelt.

Ich schüttle den Kopf und muss lächeln. »Du weißt doch, dass ich mich mit ihm nicht streiten kann.«

»Was ist dann? Komm schon, friss es nicht in dich hinein, das gibt üble Falten.«

Ich löse mich aus der Umarmung und atme tief durch. »Ich muss dir was erzählen«, sage ich mit fester Stimme, obwohl ich mir nicht sicher bin, ob ich nicht erst einmal mit Leo sprechen sollte. Allerdings ist Paula seit über einem Jahr meine beste Freundin und engste Vertraute. Ich weiß, dass alles, was ich ihr erzähle, bei ihr bleibt. Im Grunde erhoffe ich mir sogar Hilfe von ihr, denn sie ist diejenige, die Glenns Tochter aus meiner Gruppe nehmen kann, falls es Probleme gibt. Und es riecht schließlich förmlich nach Ärger.

»Ja, sag schon.« Paula klingt ungeduldig, während wir im Spazierschritt weitergehen.

»Ich weiß gar nicht, wo ich anfangen soll«, murmle ich und sortiere meine Gedanken.

»Von vorn am besten?«

»Schon gut. Ich weiß, dass ich das längst hätte mit dir bereden müssen, aber es gab überhaupt keinen Grund dafür.«

»Wofür denn? Mensch Sina, du sprichst wirklich in Rätseln. Jetzt rück mal raus mit der Sprache.«

Ich nicke resigniert und fasse mir ein Herz. »Josephine ist nicht Leos Tochter.«

Paula stoppt wieder. »Was? Wieso? Was heißt denn das?«

»Es heißt, was ich sage. Sie ist nicht seine Tochter.«

»Ja, und wessen Tochter ist sie dann?«

»Vor allem erst einmal meine. Und auch Leos. Er ist ihr Vater, nur eben nicht der biologische.«

»Und weiß Leo das?«, fragt Paula und ich sehe direkt, wie sie vor Anspannung die Luft anhält.

»Ja klar. Er weiß das. Aber sonst niemand. Wir fanden es nicht wichtig, weil wir wissen, dass wir als

Familie zusammengehören.«

»Und was ist mit Josephine? Weiß sie es auch?«

Mir wird augenblicklich schlecht beim Gedanken an Josephine. An meine Tochter habe ich überhaupt noch nicht gedacht. Sie wird in zwei Wochen vier Jahre alt und Leo ist derjenige, den sie Papa nennt. Ich schüttle verzweifelt den Kopf.

»Okay, um Josephine kümmern wir uns später. Aber nun erzähl doch erst mal, wer ihr Vater ist.«

»Erzeuger meinst du. Leo ist nach wie vor ihr Vater und daran wird sich auch nichts ändern«, sage ich, um mir meine innere Ordnung zu bewahren.

»Meinetwegen auch Erzeuger. Nun mach es doch nicht so spannend«, schimpft Paula genervt.

»Erinnerst du dich an den Mann, der bei dir war und dessen Tochter in meine Gruppe kommen sollte?«

»Du meinst Herrn Smith?«

»Ja, du sagtest mir, die Tochter heißt Vivien Singer, aber Glenn heißt mit Nachnamen Smith. Vermutlich hat die Kleine den Namen der Mutter angenommen. Deshalb hatte bei mir auch nichts geklingelt, verstehst du?«

Paula zuckt mit den Schultern. »Ehrlich? Ich verstehe nur noch Bahnhof. Was hat Glenn Smiths Tochter mit dir zu tun?«

»Gar nichts. Aber Glenn ist Josephines Vater. Er muss zeitgleich mich und eine andere Frau geschwängert haben.«

»Und das weißt du erst seit heute?«

Ich nicke. »Glenn ist vor ungefähr fünf Jahren über Nacht verschwunden. Er war einfach fort, so als hätte es ihn nie gegeben. Seine Wohnung war leergeräumt, seine Handynummer tot. Ich konnte ihn nicht mehr ausfindig machen. Er wusste nichts von meiner Schwangerschaft. Aber nur drei Nächte vor seinem Verschwinden hat er mir noch einen Heiratsantrag gemacht.«

»Wie bitte? Und hast du ihn angenommen?«

»Ja, verdammt. Er ist, er war ... die Liebe meines Lebens. Und dann war er plötzlich verschwunden. Weg. Einfach so.«

»Und jetzt taucht er nach fünf Jahren auf und sagt Hallo über den Gartenzaun oder was?«

»Dreist, oder?«

»Ja man!«

Wir kommen an eine Parkbank, auf der ich mich entkräftet niederlasse. »Was mach' ich denn jetzt?«, jammere ich und verberge mein Gesicht in den Händen.

»Na, gar nichts. Der Typ soll sich zum Teufel scheren und fertig. Auf den ist doch kein Verlass. Ganz ehrlich? Ich fand ihn schon bei der ersten Begegnung seltsam. Zugegeben, er sieht Hammer aus. Er hat Charisma und die Frauen liegen ihm sicher reihenweise zu Füßen. Aber dieser Typ weiß das und der ist nicht gut für dich.«

»Das weiß ich selbst. Aber was sage ich Leo? Der denkt, dass Glenn tot ist.«

Paula setzt sich neben mich und schlägt sich die Hand vor die Stirn. »Dein Ernst? Du hast ihm erzählt, dass Glenn tot ist?«

»Ja doch. Das war er ja im übertragenen Sinne auch. Er war für mich gestorben.«

Paula zuckt mit den Schultern. »Na, dann weiß ich gar nicht, wovor du Angst hast. Du erzählst Leo die Wahrheit und lässt dich endlich von ihm heiraten. Und ganz ehrlich, du weißt doch wohl, dass er dir verfallen ist. Leo würde dir alles verzeihen. Und hier gibt es noch nicht mal was zu verzeihen. Glenn lebt. Na und? Hat er irgendwelche Ansprüche an Josephine gestellt?«

»Nein. Aber er will sich am Samstag mit mir treffen und mir alles erklären. Er weiß noch nicht einmal, dass es Josephine gibt. Er ist damals verschwunden, bevor ich es ihm sagen konnte.«

»Und so wird es bleiben. Du hörst dir an, was er dir zu sagen hat und verheimlichst ihm Josephines Existenz und schon bist du aus dem Schneider. Schick ihn, verdammt nochmal, zur Hölle!«

»Na, du machst es dir ja einfach. Was ist, wenn Josephine mal eine üble Krankheit hat und eine Organspende von ihrem Vater braucht. Und das ist nur ein Beispiel, das mir seit Jahren im Kopf herumgeht.«

»Ja, meine Güte. Dann soll dieser Glenn halt in Berlin bleiben und wenn dieser höchst unwahrscheinliche Fall eintreten sollte, kannst du ihn immer noch kontaktieren. Ich würde momentan keine Pferde scheu machen. Rede mit Leo, aber versuche, dir Glenn vom Hals zu halten. Das ist mein Rat an dich und du weißt, ich meine es gut mit dir.«

»Ich weiß nicht. Ich befürchte, Glenn wird nicht gehen, bevor er bekommt, was er will.«

Paula schaut mich fragend an. »Und wenn das nicht Josephine ist, was soll er bitteschön wollen?«

»Ich denke, er will mich.« □

KAPITEL 7

5 JAHRE ZUVOR – SINA

Ich liege in der Badewanne, halte den Kopf halb unter Wasser, so dass das Knistern des Badeschaumes Geräusche, die von außen kommen, dämpft. Während ich eben noch die Wahl zwischen Shopping Queen und dem Montags-Krimi im Zweiten hatte, wurde mir aus der Wohnung nebenan ein drittes Programm aufgedrängt. Felix und Anna in Hochform. Echt, ich hasse mein Leben. Die Flucht nach vorn endete tränenreich in einem Vollbad. Ich schließe die Augen und sofort erscheint mir Felix, der Anna auf den Küchentisch setzt, um sie zu vögeln. So sehr ich versuche, die Bilder auszublenden, so aufdringlich läuft genau dieser Film in meinem Kopfkino, in Dauerschleife.

Ein Geräusch lässt mich aufhorchen. Da durchs Heulen meine Nase und durch den Badeschaum die Ohren verstopft sind, bin ich mir nicht sicher, aber ich glaube, die Türklingel, die wie ein heiserer, altersschwach krächzender Rabe klingt, gehört zu haben. Ich setze mich auf und lausche. Eine Weile nichts. Dann ein weiteres Klingeln. Also doch. Wer kann das sein, um diese Zeit? Nicht mal Carmen würde auf die Idee kommen, unangekündigt hier aufzutauchen. Wozu gibt es Handys? Als mir einfällt, dass mein Handy gestern in fremden Besitz übergegangen ist, steige ich aus der Badewanne und binde mir in Windeseile einen Turban um mein nasses Haar. Meinen Körper wickele ich in ein Handtuch.

Auf leisen Sohlen schleiche ich zur Tür und sehe durch den Spion. Es dauert ein paar Sekunden, bis ich im diffusen Lichtkegel den Typen von gestern Abend wiedererkenne. Sicher will mir der Serienmörder meine Clutch zurückbringen, worüber ich wirklich erleichtert bin. Kurz schaue ich an mir hinunter und ärgere mich. Das Handtuch, in das ich gehüllt bin, trägt den Schriftzug »Ficken?«. Ein eher fragwürdiges Geschenk von Felix' Kumpels zu seinem letzten Geburtstag, das er als einziges Accessoire bei mir gelassen hat. Vermutlich mit Absicht, um bei Anna keinen falschen Eindruck zu erwecken. Es klingelt erneut. Zum dritten Mal. Ein Blick in den Flurspiegel offenbart verheulte Augen und eine rote Nase. Ich sehe schrecklich aus. Langsam öffne ich die Tür einen Spalt breit und luge hindurch. Erst jetzt sehe ich, dass der Typ in der einen Hand meine Tasche hat, in der anderen eine Tüte. Beides hält er demonstrativ in die Luft.

»Willst du zu Ende führen, was dir gestern Abend nicht gelungen ist?«, frage ich und verkneife mir ein Grinsen.

»Wenn du das Serienmörderding meinst, dann nein. Wenn du das ‚Alle-Männer-sind-Schweine-Ding' meinst, dann ja. Lust auf Sushi?«, fragt er und als er lächelt, erinnere ich mich an sein hübsches Gesicht, das mir schon gestern Abend aufgefallen ist. Ich will mich davon nicht beeindrucken lassen, aber dass mir ausgerechnet ein so hotter Kerl ein zweites Mal hilft, lässt mich demütig werden.

»Äh«, druckse ich, »echt, ich bin total dankbar, dass du mir meine Tasche bringst, aber wie du siehst, ich sitze praktisch in der Badewanne. Ich deute auf den Handtuchturban auf meinem Kopf und versuche ein

Lächeln. Während ich mit der rechten Hand weiterhin die Tür so knapp wie möglich offenhalte, angele ich mit der linken Hand durch den Spalt, in der Hoffnung, dass er mir meine Tasche zurückgibt.

Er jedoch macht einen Schritt rückwärts und sagt: »Äh nein. Ich kann mir vorstellen, dass du heute noch nichts Ordentliches gegessen hast und ich übrigens auch nicht. Und ganz ehrlich, wer isst schon gern allein?«

Ich ziehe meine Hand zurück und unterdrücke einen Fluch, der mir auf den Lippen liegt, stattdessen sage ich: »Na, hör mal, ich weiß ja nicht einmal deinen Namen. Wieso glaubst du, sollte ich einen Fremden in meine Wohnung lassen? Außerdem hatte ich ein Müsli zum Frühstück und ein Steak zum Mittag.« Das ist gelogen, aber was geht es ihn an?

Mit einem Lächeln, das vermutlich auch Polkappen schmelzen lässt, wedelt er mit meiner Clutch vor meinem Gesicht herum. »Schon vergessen, Sina Hartung? Ich habe etwas, das du gern zurückhättest. Aber du hast Recht, zuerst mal möchte ich mich dir vorstellen. Mein Name ist Glenn Smith. Und das mit dem Frühstück und dem Steak ist glatt gelogen.«

Entlarvt. So langsam bringt mich der Typ auf die Palme. Ich beginne zu frieren und will schleunigst in mein Bett. Zu allem Übel knurrt jetzt tatsächlich mein Magen. Vermutlich, weil er das Wort »Sushi« gehört hat. Ich liebe diese kleinen japanischen Häppchen. Und ich hasse Männer wie Glenn, die glauben, mit einem Lächeln alles zu kriegen.

»Hör zu, Glenn. Es ist spät. Ich sehe aus wie mein zwanzig Jahre älteres Ich und ich bekomme heute garantiert nichts mehr runter. Also sei so gut und gib mir meine Tasche.«

»Du kannst mir auch dabei zusehen«, sagt er und grinst anzüglich.

»Na, du weißt ja, wie man eine Dame in Stimmung bringt«, sage ich und verdrehe die Augen.

»Ich will dich nur sattmachen. Versprochen. Lass mich rein, wir essen was und ich gehe wieder.«

Ich werde die Diskussion langsam leid und mache nun einen Schritt rückwärts. Ich schätze, wenn er ein Gauner wäre, hätte ich mein iPhone heute bei eBay ersteigern können. Resigniert öffne ich die Tür und sage: »Gerade aus und rechts ist die Küche, da gibts Teller. Gerade aus, frontale Tür ist das Wohn- und Esszimmer. Deck schon mal ein. Ich zieh mir was an.«

Während ich ins Schlafzimmer gehe, um mich anzuziehen, höre ich ein »Geht doch« hinter mir her wehen. Dieser Typ ist wirklich dreist. Ich schlüpfe in meine Jogginghose und ziehe mir ein Sweatshirt über. Ein kurzer Blick in den Spiegel bestätigt meine Befürchtung, dass ich in der ersten Reihe im Gruselkabinett heute 1-A-Einnahmen erzielen würde. Sollte ich versuchen, noch was zu retten und die roten Stellen unter den Augen mit Make-up bedecken? Ich entscheide mich dagegen. Wer sich zu so später Stunde selbst einlädt, muss das aushalten. Also gehe ich ins Wohnzimmer und setze mich an den Tisch. Glenn stellt zwei Teller nebeneinander und öffnet die Tüte mit dem Sushi, das herrlich duftet. Wieder knurrt mein Magen und ich räuspere mich, um das Geräusch zu übertönen.

»Links ist vegetarisch, rechts mit Lachs«, erklärt er, »greif zu.«

Das Erste, wonach ich greife, ist meine Clutch. Ich

öffne sie und überprüfte, ob noch alles drin ist, wobei mir klar wird, dass Glenn nicht hier sitzen würde, wenn dem nicht so wäre. Ich lege die Tasche zur Seite und nehme mir eine Rolle vegetarisches Sushi.

»Glenn Smith also. Stammt deine Familie aus Großbritannien oder den USA?«, frage ich und tunke die Rolle in Sojasoße, bevor ich sie mir genüsslich in den Mund schiebe.

Kauend sagt er: »Tatsächlich, ein Großteil meiner Familie lebt in den USA. Meine Mutter, die aus Seattle stammt, hat damals meinen Vater, der Deutscher war, kennengelernt und sie haben sich dann in Berlin niedergelassen.«

»Interessant. War dein Vater dort auf Urlaub?«

»Nee, die haben sich in Chicago auf einem Röntgenkongress kennengelernt. Sie waren Ärzte, während der Rest der mütterlichen Seite in Immobilien macht.«

»Waren?«

Glenn nickt. »Mein Vater ist gestorben, als ich noch klein war. Meine Mutter lebt inzwischen wieder in Seattle.«

»Sie hat dich hier zurückgelassen?«

Glenn lächelt und zuckt mit den Schultern. »Das ist okay. Ich bin dreißig und erwachsen. Außerdem besuchen wir uns hin und wieder.«

»Verstehe.«

»Und du? Woher die roten Augen?«, fragt er, nach einem kurzen Blick in mein Gesicht.

»Ich bin Erzieherin im Kindergarten und als ich einen Streit zwischen zwei Vierjährigen schlichten wollte, zückte einer der beiden Pfefferspray.«

»Pfefferspray ja? Es herrschen raue Sitten bei den

Hosenscheißern.«

»Ich sag's dir, wenigstens hat heute niemand auf mich geschossen.«

»Glück gehabt.«

Ich nicke und halte inne. In der Wohnung nebenan geht es in die zweite Runde. Annas Bett steht direkt an meiner Wohnzimmerwand, so dass ich sämtliche Sexgeräusche mitanhören muss, die die beiden von sich geben. Dabei stöhnt sie lauter als er. Das Bett scheint auf wackligen Füßen zu stehen, denn ich höre, wie es bei jedem Stoß an die Wand knallt. Glenn hält inne, hört auf zu kauen. Und nun wird mir bewusst, dass er es auch hört.

»Echt jetzt?«, fragt er und kaut ungerührt weiter, als wäre nichts.

»Echt jetzt. Ich sage doch, Männer sind Schweine. Mein Ex besorgt es da drüben meiner Nachbarin und ihm ist garantiert bewusst, dass ich das die ganze Zeit mit anhöre. Noch Fragen?«, gifte ich, nehme mir die nächste Sushirolle und überlege ernsthaft, sie mir in die Ohren zu stopfen. Ich vergrabe das Gesicht in den Händen, weil mir schon wieder die Tränen kommen.

»Ich habe eine Idee«, sagt Glenn, erhebt sich kurzerhand und und geht hinüber zur Couch, die sich genau an der Wand befindet, an dem auch Annas Bett steht. Er setzt sich drauf und fängt lauthals an zu stöhnen.

»Au ja, geil«, stöhnt er laut, überlegt kurz, steht wieder auf und hockt sich davor. Mit Leichtigkeit hebt er das Sofa ein wenig an und stößt es rhythmisch gegen die Wand.

Ich kann nicht anders, als mir die Hand auf den Mund zu pressen, um nicht laut loszulachen.

Mit einem Kopfnicken bedeutet er mir, ihm zu helfen. Ich frage mich ernsthaft, ob das, was er vorhat, irgendetwas bringt. Trotzdem stehe ich auf und folge seiner Aufforderung.

»Und jetzt stöhne«, flüstert er, »als würde ich es dir besorgen. Echt, hab bitte keine Hemmungen und gib alles.« Ich will losbrüllen vor Lachen.

Immer wieder stößt er die Couch gegen meine Wand und stöhnt, als würden wir Sex haben. Wie er da so kniet und mit seinen Bizeps, die jede Frau schwachmachen würden, die Couch malträtiert, wird mir vor Rührung ganz warm ums Herz.

»Na los«, sagt er nochmal mit flehendem Blick und ich kann nicht anders als mitzumachen. Ich stöhne laut: »Au ja, besorg's mir, du geiler Hengst. Fick mich«, brülle ich laut und schlage mit der Faust gegen die Wand.

»Echt jetzt?«, flüstert er leise lachend, »geiler Hengst?« Er wird ganz rot im Gesicht und man sieht ihm die Anstrengung an, weil er sich das Lachen verkneifen muss.

Ich zucke kichernd mit den Schultern und ahme Sexschreie nach, wie ich sie in Wirklichkeit bedauerlicherweise noch nie von mir gegeben habe. Zwischendurch ruft Glenn immer mal wieder Sachen wie: »Du bist so geil, du kleines Luder« und knallt die Couch extra schnell gegen die Wand. Ich stöhne im selben Rhythmus: »Ja, ja, ja« oder gebe andere animalische Laute von mir, was mich vor Anstrengung echt ins Schwitzen bringt. Theoretisch klingt es so, als würden wir einen Porno synchronisieren und ich denke, wenn ich mal in Geldnöten wäre, würde ich damit sicher Geld verdienen können. Wir stöhnen uns die Seelen aus dem Leib und Glenn kommt durch die körperliche Belastung immer mehr ins Schwitzen. Ich weiß nicht, wie lange es so geht, aber nach etwa zehn Minuten klingelt es an meiner Wohnungstür. Wir halten inne und horchen.

»Hast du irgendwas Durchsichtiges zum drüber werfen? Und nimm das Handtuch vom Kopf«, sagt er und ist ganz aufgeregt, weil sein Plan offenbar aufgeht.

Ich nicke aufgeregt, laufe ins Schlafzimmer und ziehe meinen seidenen Kimono über, der mir nur knapp über den Schoß reicht. Ich reiße mir das Handtuch vom Kopf und verwuschele mein Haar. Ein Blick in den Spiegel sagt mir jetzt nicht mehr ‚durchgeknalltes trauriges Mäuschen', sondern ‚durchgeknalltes befriedigtes Frauenzimmer'. Ich grinse zufrieden, gehe in den Flur und schaue durch den Spion. Da steht tatsächlich Felix. Vor lauter Begeisterung schlägt mein Herz höher. Ich drücke die Klinke und öffne die Tür.

»Felix«, sage ich mit rauer Sexstimme, »ist schon reichlich spät, oder? Du weißt doch, dass ich morgen früh raus muss.«

Mein Ex schaut bedröppelt und tritt auf der Stelle. Er muss sich in Windeseile angezogen haben, denn seine Jeans und sein Shirt sitzen akkurat.

»Ähm, ich wollte nur kurz fragen, ob ich meinen Eiweißshaker bei dir vergessen habe. Ich kann ihn nirgends finden.«

»Hat das nicht Zeit bis morgen?«, frage ich scheinheilig und gähne.

Ich höre, wie hinter mir die Wohnzimmertür aufgeht. Als ich mich umdrehe, bleibt mir fast das Herz stehen. Glenn, jetzt nur noch bekleidet mit einer knappsitzenden Hipster-Panty, kommt auf mich zu, stellt sich hinter mich und küsst meinen Nacken.

»Kommst du?«, fragt er und sieht über meine Schulter zu Felix, »oder gibts hier ein Problem?« Ich spüre Glenns harte Brustmuskeln in meinem Rücken und als er leicht in meinen Nacken beißt, läuft mir eine Gänsehaut über den Rücken. Felix hat freien Blick auf meine steif werdenden Nippel unter dem seidenen Kimono. Er fährt sich nervös durchs Haar und sagt: »Äh, kein Problem, der Shaker reicht auch morgen.«

Im Grunde bin ich kein Mensch, der übermäßig oft Schadenfreude empfindet, eben weil ich nett bin. Aber als ich Felix in diesem Moment die Tür vor der Nase schließe, fühle ich tiefe Genugtuung und inneren Frieden. □

KAPITEL 8

5 JAHRE ZUVOR – GLENN

Als Sina die Tür schließt, widerstehe ich der Versuchung, ihren schlanken Hals nochmal zu küssen. Ihre zarte Haut duftet nach Flieder und ihr brünettes Haar, in dem einige helle Lichtreflexe schimmern, ist sexy verwuschelt. Ich gebe es ungern zu, aber ihr offen zur Schau gestelltes Desinteresse an mir törnt mich nicht nur an, sondern entfacht auch Ehrgeiz in mir. Der kurze Kimono tut sein Übriges. Ihre langen Beine sind leicht gebräunt und ihre Haut ist, wie ich zweifelsohne erkenne, makellos und straff. Ich schätze, sie macht regelmäßig Sport. Sina dreht sich um und rechnet vermutlich nicht damit, dass ich noch immer hinter ihr stehe. Unbeholfen rempelt sie gegen meine Brust, weil ich mich keinen Zentimeter bewegt habe und sie anstarre wie einen Weihnachtsbaum zu Ostern.

»Tschuldigung«, murmelt sie, schlängelt sich flink an mir vorbei und setzt sich wieder an den Esstisch. Ich folge ihr und muss schmunzeln, denn nun nimmt sie sich die nächste Sushirolle und steckt sie mit einem selbstzufriedenen Grinsen in den Mund. »Wu warft wirklich gut«, sagt sie kauend. Nachdem sie runtergeschluckt hat, schiebt sie nach: »Da muss man erst mal drauf kommen.« Unter ihrem musternden Blick ziehe ich mich wieder an. Für den Moment bin ich froh, dass ich ständig trainieren gehe, denn ich glaube, nein hoffe, mein Körper imponiert ihr. Wenn sie allerdings wüsste, dass ich so oft ins Fitnessstudio fahre, um den Frust wegen Claudia zu kompensieren, wären meine Brustmuskeln vermutlich nur noch halb so interessant.

»Er hat es nicht anders verdient«, sage ich und setze mich angezogen zurück an den Tisch.

»Allerdings«, stimmt sie mir zu. »Eine Frage habe ich noch«, sagt sie nach einer kurzen Pause.

»Frag mich alles, was du willst.« Ich zucke gleichmütig mit den Schultern und hoffe, sie nimmt mir mein Schauspiel ab. Innerlich bin ich aufgeregt, wie lange nicht. Ich mag es, mit welcher Freude sie das Sushi isst. Im Gegensatz zu Sina könnte man Claudia als knochig bezeichnen. Meine Ex hat eine Essstörung und ist deswegen oft mies gelaunt. In den Anfängen unserer Beziehung hatte ich noch versucht, sie davon zu überzeugen, dass ich weibliche Rundungen aufregend finde. Das wiederum hatte immer wieder zu Streits und Diskussionen geführt. Sie war der Meinung, ihr Körper würde mir nicht gefallen, was Quatsch war. Ich wollte nur eine gesunde Freundin haben. Irgendwann ließ ich es einfach bleiben. Sie hat es bis heute nicht gecheckt, dass krank nicht gleichzusetzen ist mit schön.

»Mich würde interessieren, was das hier wird«, sagt Sina.

»Was denn? Was genau meinst du?«

»Alles.« Sie deutet auf das Essen, »ich meine, das Sushi, die Aktion mit dem Sofa und die Pornosynchronisation.«

Ich muss grinsen. »Das wird gar nichts oder vielleicht doch. Ich möchte dir beweisen, dass nicht alle Männer Schweine sind. Denn genau das hast du gestern Abend behauptet.«

Sina zuckt mit den Schultern. »Männer meinen am

Anfang immer, sie seien keine Schweine, bis einige Zeit vergeht und sie sich trotzdem als welche entpuppen oder meinst du, Felix konnte nicht auch mal charmant sein?«

»Ja, aber Felix ist ja nun erwiesenermaßen ein Schwein. Du musst mir schon eine Chance geben.«

»Ich muss gar nichts«, erwidert Sina. Mitten auf ihrer Stirn manifestiert sich eine steile Falte.

»Stimmt, aber ich weiß vielleicht, wie ich dich umstimmen kann.«

»So? Da bin ich aber gespannt.«

»Ich könnte momentan eine gute Freundin gebrauchen. Keinen Sex, keine Zweideutigkeiten, alles rein platonisch. Nur Freundschaft.« *Kann es sein, dass ich mich gerade um Kopf und Kragen rede?*

»So, so! Nur Freundschaft. Ich dachte, das geht nicht zwischen Männern und Frauen. Irgendwann will einer von beiden immer mehr.«

Ich hebe die Hände. »Wirklich. Ich nicht. Ich habe gerade eine total kranke Beziehung hinter mir. Ich bin geheilt von Beziehungskisten. Aber ich gebe zu, dass ich nicht gänzlich auf weibliche Gesellschaft verzichten möchte.«

»Tja«, sagt sie, »das ist dann wohl dein Problem. Im Gegensatz zu dir, tickt bei mir nämlich die biologische Uhr. Ich werde demnächst einunddreißig, habe immer noch keinen Partner gefunden, mit dem ich mir auch nur annähernd so etwas wie eine eigene Familie vorstellen könnte, trage dennoch genug Bedürfnis in mir, das so schnell wie möglich zu regeln. Wie du siehst – ich habe keine Zeit für *nur* Freundschaften mit irgendwelchen Kerlen.«

»Oh«, entfährt es mir, weil ich wirklich überrascht

bin, wie offen und ehrlich sie ihre Wünsche und Zukunftspläne formuliert. Obendrein mir gegenüber, einem völlig Fremden.

»Ja. Oh«, ahmt sie mich nach und zieht eine genervte Grimasse. »Wusstest du, dass bei Frauen jenseits der fünfunddreißig die Chance schwanger zu werden, von dreiundzwanzig auf sechzehn Prozent sinkt? Ich meine, dreiundzwanzig Prozent ist ja schon fast nichts, aber sechzehn?«

Mit verzweifelter Miene schaut sie mich an und ich weiß nicht, warum ich das sage, aber mein Mund redet, ohne nachzudenken: »Du könntest mich nehmen. Ich stelle mich zur Verfügung.«

»Oh nein«, raunt sie, vehement den Kopf schüttelnd. »Typen wie dich kenne ich zur Genüge. Außerdem sagtest du eben noch, du willst nur mit mir befreundet sein.«

»Was heißt denn hier Typen wie mich?«, grätsche ich ihr ins Wort.

»Na, Typen wie du eben. Die aussehen wie fotogeshopte Unterwäschemodels, Männer, die jeden Tag 'ne andere haben können. Du bist die Sorte Mann, die einfach so Sushi vorbeibringt und dann die Pornonummer abzieht. Und ich bin, Moment, ich korrigiere: war jedes Mal diejenige, die auf genau diese Typen hereinfällt. Oh nein, mein Lieber. Ab heute werde ich auf exakt solche Kerle scheißen.«

»Na gut«, lenke ich ein und überlege. »Und was«, versuche ich ausweichend, »was, wenn ich dir dabei helfe, die Spreu vom Weizen zu trennen?«

»Die was?«, fragt sie irritiert.

»Ich ... ich könnte dir helfen, einen guten Kerl zu finden. Einen, der bodenständig ist, einer geregelten

Arbeit nachgeht und Wiesenblumen pflückt.«

»Wiesenblumen?«

»Genau. Ich habe gehört, dass Frauen auf sowas stehen.«

»Ja, tun wir auch.«

»Na, siehste. Ich werde dir als dein guter Freund Glenn dabei behilflich sein, einen Ehemann und Vater für dein Kind zu finden.«

»Einfach so?«, fragt sie und ich spüre, wie sich ihre Ablehnung in etwas wie Zutrauen verwandelt.

»Na ja. Warum nicht? Du könntest mir als Gegendienst vielleicht so etwas wie eine Freundin werden. Allerdings setzt das voraus, dass wir hin und wieder Zeit miteinander verbringen, damit ich dich besser kennenlerne. Ich werde ein Datingprofil für dich erstellen, einverstanden?«

»Ein Datingprofil klingt interessant«, überlegt sie laut.

»Genau. Du wirst sehen. Wir verheiraten dich schneller, als du Brautstrauß sagen kannst.«

Sina sieht mich durchdringend an. »Sag mal, kann es sein, dass du 'ne Meise hast? Erst mimst du den Serienmörder, dann klaust du mir die Handtasche, spielst daraufhin den Catering-Service, synchronisierst einen Porno und jetzt willst du meinen Tinderboybabysitter spielen? Du tickst doch nicht rund!«, beschließt sie ihren Gedankengang.

»Bis auf den Handtaschenklau, ja. Die habe ich aus Versehen mitgenommen, weil du sie in meinem Auto vergessen hast. Und solange du nicht das Gegenteil beweisen kannst, bist du im Zweifel bitte für den Angeklagten.«

»Was bist du? Anwalt?«

Ich schüttle den Kopf. »Immer noch Immobilienmakler.«

»So. So«, sagt Sina.

Den Bewohnern der Nachbarwohnung ist der Sex offenbar vergangen, denn es ist mucksmäuschenstill, dennoch sehe ich, wie es plötzlich hinter Sinas Stirn arbeitet.

»Dann könntest du mir bei Bedarf eine neue, preiswerte Wohnung in Bestlage besorgen. Das tut man doch für Freunde. Solltest du jemals Kinder kriegen, sorge ich im Gegenzug dafür, dass der Knirps einen Kindergartenplatz bekommt. Das nenne ich einen guten Deal.« Sie grinst.

»Klar«, sage ich. Ich kann mich mal für dich umgucken. Oder aber du wartest drei Monate ab. Dieser Felix ist doch ein Windhund. Der zieht bald weiter, wenn du mich fragst. Typen wie der brauchen den schnellen Kick und wenn sie den hatten, sind sie auch schon wieder weg. Die übernehmen keine Verantwortung, treffen sich lieber mit ihren Kumpels und gucken ihre Lieblingsserie, obwohl ihre Freundin ‚The Walking Dead' zum Kotzen findet.«

»Machst du neben der Immobiliensache noch in Hobbypsychologie oder was?«

»Ich habe recht, oder?«

Sie nickt mit resignierter Miene. »Ich geb's zu. Leider ja. Schade nur, dass ich das vorher nicht gesehen habe.«

»Na, mit den Blindflügen ist ja jetzt Schluss. Jetzt hast du mich. Und du wirst nur noch mit Schwiegermuttis Lieblingen ausgehen, das verspreche ich dir.«

»Ich bezweifle, dass dir das gelingt. Aber ich gebe

dir eine Chance.«

»Bitte drei. Drei Dates. Wenn es von denen keiner ist, darfst du mir die Freundschaft kündigen, einverstanden?«

»Geht klar. Und was genau muss ich für dich tun?« Sie blickt argwöhnisch über den Tisch, verstaut die leere Sushibox in einer Plastiktüte und verknotet sie.

Ich zucke mit den Schultern und überlege. Dann kommt mir eine Idee. »Ich bin lauffaul. Auch wenn ich oft trainiere, tue ich mich schwer mit dem Ausdauertraining. Würdest du mich denn mal mitnehmen?«

»Ich weiß nicht. Eigentlich laufe ich ganz gern allein. Das ist die einzige Zeit, in der ich mit niemandem reden muss und wo ich mein eigenes Tempo habe.«

»Ich muss nicht quatschen und ich kann mich deiner Laufgeschwindigkeit anpassen«, sage ich und schöpfe Hoffnung, dass sie sich darauf einlässt. Ihr Haar ist inzwischen luftgetrocknet und fällt ihr in leichten Wellen über die Schultern. Sie sieht zum Anbeißen aus. Ich frage mich, ob sie sich ihrer Wirkung überhaupt bewusst ist. Außerdem frage ich mich, warum sie mich noch nicht durchschaut hat. Ihr muss doch klar sein, dass es zwischen uns Liebe auf den ersten Blick ist. Ich kann selbst nicht genau sagen, wieso mich diese Frau derart flasht, aber ich bin willens, genau das herauszufinden, und wenn ich ihr dafür die drei langweiligsten Typen im Kiez auf den Hals hetzen muss.

»Also schön, ich laufe immer um siebzehn Uhr. Bist du nicht da, bin ich weg. Ich werde auf keinen Fall auf dich warten. Wir laufen genau eine Stunde, ohne zu reden.«

Ich nicke und kann nur hoffen, dass ich mit ihr mithalten kann. Nichts wäre demütigender, als ein nach Luft japsender Idiot, der hinter ihr zurückbleiben und sich blamieren würde.

Sina schaut demonstrativ zur Wanduhr, gähnt und steht auf.

»Hab schon verstanden«, sage ich. Sie geht vor und öffnet die Wohnungstür. Ich folge ihr. »Wir sehen uns«, sage ich und stehe wie ein Trottel vor ihr. Wie verabschiedet man eine Freundin, die es erst werden soll? Umarmung? Ghettofaust? Küsschen rechts, links?

»Was ist?«, fragt sie, als ich immer noch unbeholfen vor ihr stehe. Ich fasse Mut und drücke ihr ein Küsschen auf die Wange. Als sie erschrocken ihren Kopf wegdreht, bin ich fast ein bisschen enttäuscht. Grußlos schließt sie die Tür hinter mir und egal, wie sehr ich um sie kämpfen muss und egal, wie sehr mich Claudia für die wahre Liebe verdorben hat – ich weiß, dass Sina die Frau ist, deren Herz ich erobern werde. □

KAPITEL 9

GEGENWART – GLENN

Nervös nippe ich an meinem Kaffee. Dabei wird mir bewusst, dass er mindestens so kalt ist, wie Sinas Verhalten mir gegenüber. Die ganze Woche über gab es ein kaum merkliches Kopfnicken als Begrüßung von ihr und das auch nur, wenn gerade zufällig einer ihrer Kollegen in der Nähe war. Nach außen hin absolute Pflichterfüllung. Jedes Mal, wenn ich meine Tochter brachte oder abholte, verließ sie demonstrativ den Raum und einen Augenblick später erschien ihr Kollege Frank wie der freundliche Geist aus der Flasche. Inzwischen ist Freitag und hätte Paula Drechsler, die Leiterin der Kindertagesstätte, mich heute früh nicht darauf aufmerksam gemacht, an den Kartoffelsalat für das Fest am Nachmittag zu denken, hätte ich gar nicht gewusst, dass überhaupt eines stattfindet. Ich habe mir nichts anmerken lassen, bin aber trotzdem verärgert darüber, dass Sina nicht Bescheid gegeben hat. Nicht mal Vivien hat irgendetwas erwähnt. Wobei es gut sein kann, dass meine Tochter mit Absicht weggehört hat, als es um die Vorbereitungen dafür ging. Noch immer verschließt sie sich vor der Außenwelt, lebt in ihrem Schneckenhaus und reagiert nur, wenn man sie direkt fragt oder konkret um etwas bittet. Von allein teilt sie sich nicht mit. Allmählich mache ich mir ernsthaft Sorgen, weil sie sich derart isoliert. Das Fest ist demnach eine gute Gelegenheit, um ihr dabei zu helfen, auf andere Kinder zuzugehen. Ich drücke den

Schalter der Gegensprechanlage: »Monique, kommst du mal kurz?«, sage ich und im nächsten Moment tritt sie durch meine Bürotür. Und wieder werde ich von der Schönheit meiner Assistentin fast erschlagen. Es ist nicht so, dass sie etwas in mir berührt, aber sie ist der Inbegriff von Schönheit und Sexyness. Kurzer Rock, weiße ausgeschnittene Bluse, High Heels und knallroter Lippenstift, der in Kontrast zu ihrem langen schwarzen Haar steht.

»Was kann ich für dich tun, Glenn«, fragt sie mit rauchiger Stimme. Ihre strahlend-blauen Augen ruhen auf mir und warten auf meine Anweisungen.

»Setz dich kurz«, sage ich und deute mit dem Blick auf den Stuhl auf der anderen Seite des Schreibtisches, der eigentlich für Gespräche mit meinen Klienten gedacht ist.

Monique setzt sich und legt den kleinen Notizblock, den sie immer bei sich trägt, auf ihren Schoß.

»Ich brauche mehrere Sachen«, erkläre ich, »einiges davon ist nicht für die Firma. Ist das ein Problem für dich?«, frage ich und sehe sie flehend an.

Monique kräuselt die Stirn und für den Bruchteil einer Sekunde nestelt sie an ihrem Ausschnitt. Es scheint, als wolle sie überprüfen, ob der letzte Knopf ihrer Bluse auch wirklich geschlossen ist. Um Missverständnissen vorzubeugen, rede ich einfach weiter.

»Wie du ja weißt, bin ich neu in der Stadt.« Sie nickt. »Nun ist es so, dass ich morgen eine wichtige Besprechung habe.«

»Am Wochenende?«

»Es ist ein privates Meeting«, gebe ich zu und

räuspere mich.

»Schon okay«, sagt sie. »Was kann ich für dich tun?«

»Ich brauche ganz dringend einen Babysitter und habe überhaupt keine Ahnung, wo ich einen guten herbekommen soll. Meine Tochter ist vier und momentan braucht sie mehr Zuwendung als andere Kinder. Sie hat einiges durchgemacht.«

Moniques Gesichtszüge entspannen sich. »Meine Güte«, sagt sie, »du hast es aber spannend gemacht. Ich soll dir also nur einen Babysitter besorgen?«

Ich nicke und werde mir bewusst, dass das Wort »besorgen« aus ihrem Munde anzüglich klingt, obwohl sie das sicherlich nicht beabsichtigt. »Kriegst du das denn hin?«, frage ich und versuche, sie nicht direkt anzusehen.

»Natürlich«, sagt sie. »Für morgen Abend nur? Oder die ganze Nacht?« Und auch dieser Satz lässt seltsam viel Spielraum für zweifelhafte Fantasien und ich frage mich, ob nur ich das so empfinde oder Monique ebenso. Ich schiebe den Gedanken beiseite und widme mich dem eigentlichen Problem. Nach kurzer Überlegung bin ich mir sicher, dass vermutlich eine Stunde ausreichen wird, weil Sina mich schnellstens abservieren wird. Allerdings kann ich das nicht mit Bestimmtheit sagen.

»Ich würde den Babysitter ab achtzehn Uhr brauchen und ihn oder sie für die ganze Nacht buchen und bezahlen und dann nach Hause schicken, wenn der Abend anders verläuft als gedacht. Es ist sehr wahrscheinlich, dass ich früher als erwartet heimkomme.«

Monique zieht kaum merklich eine Augenbraue hoch. »Ich tue mein Bestes, einen Babysitter zu finden.

Falls ich in so kurzer Zeit niemanden bekomme, kann ich mich auch selbst anbieten. Morgen Abend habe ich nichts vor.«

»Wirklich?«, frage ich überrascht.

Sie nickt. »Ich mache neben dem Job meinen Bachelor in Immobilienwirtschaft und muss noch einiges durcharbeiten. Ob ich das bei dir oder mir mache, spielt keine Rolle.«

Mir gefällt der Gedanke, denn ich vertraue ihr auf jeden Fall mehr, als irgendeiner Fremden. Insgeheim ärgere ich mich ein bisschen, dass ich mich nicht früher um einen Babysitter bemüht habe, um Vivien an eine neue Bezugsperson zu gewöhnen. Im schlimmsten Fall geht das morgen nämlich in die Hose.

»Ich nehme dein Angebot sehr gerne an. Danke dafür.« Ich sehe sie mit dankbarer Miene an.

»Kein Problem. Sonst noch was? Du meintest, du hättest mehrere Sachen.«

»Genau«, sage ich. »Weißt du, wo ich auf die Schnelle bis heute Nachmittag eine Schüssel Kartoffelsalat herbekomme? Sie sollte möglichst so wirken, als wäre sie von der Großmutter handgemacht.« Jetzt, da ich weiß, dass Monique nebenher ihren Bachelor macht und vermutlich die große Karriere plant, ist es mir noch unangenehmer, sie mit derart niederen Aufgaben zu betrauen, allerdings wüsste ich nicht, wen ich sonst fragen könnte.

Monique zieht einen Flunsch und sieht zur Uhr. »Echt jetzt? Kartoffelsalat?«, fragt sie.

»Kartoffelsalat«, bestätige ich und mache einen um Vergebung bittenden Gesichtsausdruck.

Monique steht auf und wendet sich zum Gehen. »Wenn du mir den Rest des Tages freigibst, kümmere ich mich darum. Oder brauchst du mich noch für die Renovierung deines Hauses?«

Ich grinse amüsiert und halte meinen kalten Kaffee hoch. »Wenn du mir noch was Heißes nachschenken könntest, bist du für heute in Ehren entlassen.«

Nur fünf Minuten später steht eine frischgebrühte Tasse heißen Kaffees neben meinem Laptop und der Schreibtisch meiner Assistentin ist aufgeräumt und leer.

Es ist nach fünfzehn Uhr. Ich nehme den von Monique vermutlich selbst zubereiteten Kartoffelsalat vom Beifahrersitz und steige aus dem Auto. Die Schüssel ist so schwer wie der Stein, der in meinem Magen liegt. Morgen treffe ich mich mit Sina und davon wird abhängen, wie es weitergeht. Von Weitem vernehme ich Kindergeschrei, das unverkennbar von aufregenden Spielen, Herumtoben und damit verbundenem Spaß herrührt. Ich erinnere mich gut daran, wie laut und gelöst Vivien noch beim letzten Weihnachtsfest um die bunt geschmückte Tanne fegte und Claudia sie immer wieder ermahnen musste, nicht so wild zu sein, damit der Baum nicht umfällt. Der Duft von angezündeter Grillkohle liegt in der Luft und erinnert an laue Sommerabende in kleinem Kreise. Er erinnert auch daran, dass diese Abende mit Claudia manchmal unschön endeten. Ich schiebe den letzten Gedanken in den hintersten Winkel meines Bewusstseins und spähe hinüber zur Kita, wo ich weder Vivien noch Sina entdecke. Als ich hinter mir Stimmen höre, beschleunige ich meinen Schritt und gehe durchs Gartentor. Prompt rennt mich beinahe eine Schar Kinder über den Haufen und ich hebe den Kartoffelsalat ein Stück höher, damit er mir nicht aus Versehen aus der Hand gehauen wird. Ich sehe mich um und entdecke Vivien, die auf einer von zwei Schaukeln sitzt. Auf der Schaukel neben ihr sitzt ein Mädchen in geschätzt selbem Alter und für den Moment durchzuckt mich ein Hoffnungsschimmer, da sich die Mädchen zu unterhalten scheinen. Viviens Gesicht wirkt gelöst wie lange nicht und am liebsten würde ich sofort wieder verschwinden, damit sie den Augenblick weiter genießen kann.

»Schön, dass Sie es einrichten konnten«, vernehme ich Paula Drechslers Stimme neben mir. »Kann ich Sie kurz sprechen?«

»Mich?«, frage ich und kann die Überraschung in meiner Stimme kaum verbergen. Ohne eine Antwort abzuwarten dreht sie sich um und geht in Richtung der Büroräume. Ich drücke Frank, der gerade meinen Weg kreuzt, den Kartoffelsalat in die Hand und folge Frau Drechsler in ihr Büro. Geheimnisvoll schließt sie die Tür hinter uns und bedeutet mir, mich zu setzen.

»Ich weiß, es steht mir nicht zu«, beginnt sie mit ernster Miene, »aber Sina ist nicht nur eine Kollegin, sie ist außerdem meine beste Freundin. Deswegen werden Sie mir meine Einmischung verzeihen.«

Ich nicke verstehend und senke den Blick. Mir ist gerade so gar nicht nach einer Standpauke von Sinas bester Freundin. Sicherlich haben die beiden unter der Woche eine Flasche Rotwein geleert und sich darüber ausgetauscht, was für ein Riesenarschloch ich bin. Ich spüre meine vor Anspannung mahlenden Kiefer.

»Hören Sie, Frau Drechsler«, unterbreche ich sie,

»mir ist klar, dass Ihnen Ihre beste Freundin am Herzen liegt. Aber bitte glauben Sie mir, wenn ich Ihnen sage, ... nein versichere, mir liegt sie mindestens genauso am Herzen.«

Frau Drechsler schnaubt verächtlich. »Da habe ich aber was anderes gehört. Bitte lassen Sie mich aussprechen.«

Ich nicke ergeben.

»Ich weiß nicht, welches perfide Spiel Sie hier treiben. Dass Sie ausgerechnet Ihre Tochter in diese Kita bringen, obwohl Ihnen klar sein muss, wie unangebracht das ist, spricht schon mal gegen jede Vernunft. Aber dass Sie etwas gerade rücken wollen, das von vornherein zum Scheitern verurteilt ist, lässt mich gänzlich an Ihrem Verstand zweifeln. Spätestens seit Mockingjay wissen wir doch alle, dass es mindestens zehn mal so lange braucht, ein Trauma zu verarbeiten, wie es zu erleiden. Ich weiß, es steht mir nicht zu, aber ich bitte Sie um Sinas willen, Ihre Tochter aus dieser Kita zu nehmen. Ich kann Ihnen bei der Suche eines neuen Platzes gern behilflich sein. Ich habe Kontakte.«

Ich nicke. »Ich denke, ich weiß, was Sie meinen und Ihre Sorge um Sina in allen Ehren, Frau Drechsler. Jedoch habe ich mir diese Entscheidung nicht leicht gemacht. Ich werde mich morgen mit Sina treffen und ihr alles erklären. Dann darf sie persönlich mit mir ins Gericht gehen.«

»Von dem Treffen hat sie mir erzählt. Ich denke, das Gespräch können Sie sich sparen. Wussten Sie, dass Sina verlobt ist? Sie ist endlich wieder glücklich und dieser Mann tut ihr gut. Wenn Ihnen etwas an Sinas Glück liegt, verzichten Sie doch einfach und gehen dahin, wo sie hergekommen sind.«

Am liebsten würde ich aufspringen und sie anschreien, damit sie endlich die Klappe hält. Aber ich weiß, dass sie ihrer Freundin nur helfen will. Sicher hat Sina nach meinem Verschwinden eine Menge durchmachen müssen.

»Ich weiß davon, also von ihrem Verlobten«, sage ich zähneknirschend. »Trotzdem werde ich mit ihr sprechen.«

»Und ihre Welt, die sich endlich wieder in die richtige Richtung dreht, ins Wanken bringen? Nur damit Sie Ihre Eitelkeit an ihr stillen? Was sind Sie für ein egoistisches ...« Der Rest des Satzes hängt unausgesprochen in der Luft, doch wissen wir beide, welches Wort sie mir an den Kopf werfen wollte. Ich habe genug gehört und stehe auf.

»Sie werden das nicht verstehen, aber ich liebe Sina. Und ich werde alles in meiner Macht stehende tun, damit sie mir verzeiht. Entschuldigen Sie mich nun, ich möchte zu meiner Tochter.«

»Zu Ihrer Tochter, die Sie nicht hätten, wenn Sie Sina wirklich lieben würden«, weht es hinter mir her, als ich das Büro verlasse und hinausgehe in den Garten. Ihre Worte treffen mich wie spitze Pfeile und hinterlassen ein Gefühl der Machtlosigkeit in mir. Ich sammle mich einen Augenblick und entdecke Sina, die hinter einem Tisch steht und Kuchen verteilt. Vor dem Tisch stehen Vivien und ihre neue kleine Freundin. Langsam schlendere ich zu ihnen hinüber. Immer noch aufgewühlt von Paula Drechslers Ansprache, versuche ich, einen entspannten Gesichtsausdruck aufzusetzen.

»Papa«, ruft Vivien, als sie mich sieht. Sie kommt zu

mir gerannt und gibt mir ihren Kuchenteller in die Hand. »Käsekuchen«, sagt sie lächelnd und ich weiß, dass sie den besonders liebt, weil sie ihn früher zusammen mit ihrer Mutter gebacken hat.

»Lass ihn dir schmecken«, sage ich und stupse an ihre Nase. Sie dreht sich zu ihrer Spielgefährtin um, die ebenso ein Stück Käsekuchen auf dem Teller hat.

»Willst du mir deine neue Freundin vorstellen?«, frage ich und streife Sinas Gesicht, das wie eine starre Maske wirkt.

»Das ist Josephine. Sie wird nächste Woche vier und sie hat mich zu ihrem Geburtstag eingeladen«, sagt Vivien und ich höre die Aufregung in ihrer Stimme. Es ist Wochen her, dass ich meine Tochter derart enthusiastisch gesehen habe. Mein Blick wandert wieder zu Sina, die die Szenerie anstarrt. Ihre Lippen sind aufeinandergepresst, so als hätte sie Mühe, sich einen Kommentar zu verkneifen.

»Josephine. Was für ein wunderschöner Name«, murmele ich und muss daran denken, dass dies der Name war, den ich vor Jahren einer Tochter gegeben hätte, wenn ich mit Sina ein Kind bekommen hätte. Vivien wiederum war der Name, den Sina unserer gemeinsamen Tochter gegeben hätte. Beseelt durch die Erinnerung an den schönen Abend, damals vor fünf Jahren, stehe ich auf und trete an Sinas Tisch.

»Ich nehme auch einen Käsekuchen«, sage ich und schaue sie direkt an. Hinter ihrer Stirn arbeitet es, aber sie bleibt stumm.

»Bleibt es bei morgen?«, frage ich und forsche in ihrem Blick, der mir so gut es geht ausweicht.

»Natürlich«, sagt sie gepresst. »Zwanzig Uhr. Und ich hoffe, dass du hinterher dein Versprechen einlöst.«

Mit diesen Worten drückt sie mir einen Teller in die Hand, dreht sich um und geht ins Haus. Meine Welt wankt, aber noch gebe ich nicht auf. Ich werde kämpfen, bis zum Schluss.

KAPITEL 10

GEGENWART – SINA

Nervös knete ich den Kuchenteig mit meinen Fingern. Russischer Zupfkuchen. Beim letzten Mal, als ich diesen Kuchen zubereitete, ist mir der alte Mixer mit dem Knethaken durchgebrannt. Durchs Fenster beobachte ich Leo und Josephine, die ein Kräuterbeet anpflanzen. Meine Tochter hat vor Aufregung ganz rote Wangen. Ihre schwarzen Haare hat ihr Leo zu einem Dutt frisiert, sodass sie ziemlich große Ähnlichkeit mit Glenn hat, wie mir gerade schmerzlich bewusst wird. Mein Handy klingelt und holt mich aus den Gedanken. Schnell spüle ich mir die Hände ab und nehme das Gespräch an.

»Hallo Paula«, begrüße ich meine Freundin.

»Hi«, sagt sie in ruhigem Ton und ich spüre sofort, dass sie nicht einfach so durchklingelt.

»Alles in Ordnung?«, frage ich wachsam.

»Das wollte ich dich gerade fragen«, sagt sie.

»Na ja, ich bin nervös wie ’ne Horde Affen im Tigerkäfig, aber sonst gehts.«

»Hm, glaub ich. Ehrlich, Sina, willst du da heute Abend wirklich hingehen?«

»Nein, will ich nicht, aber ich habe es Glenn versprochen. Ich höre mir an, was er zu sagen hat und dann war’s das.«

»Kannst du mir das versprechen?« Paulas Stimme klingt skeptisch.

»Hey, ich versuche mein Bestes«, sage ich und höre selbst die Gereiztheit in meiner Stimme.

»Weiß ich doch«, lenkt Paula ein. Nach einer kurzen Pause sagt sie: »Ich habe gestern mit ihm gesprochen.«

»Was?«, frage ich. »Mit wem? Mit Glenn?« Jedes Mal, wenn ich seinen Namen laut ausspreche, ist mir, als würde ich etwas Verbotenes tun. Während ich telefoniere, beobachte ich Leo und Josephine, die völlig ahnungslos mit ihren Händen in der Erde wühlen und mich überkommt ein schlechtes Gewissen.

»Ja, ich wollte ihn mir zu Brust nehmen. Aber er hat mir gar nicht richtig zugehört.«

»Was hast du denn zu ihm gesagt?«

»Dass er dich in Ruhe lassen soll. Und dass du verlobt bist.«

»Nur dass ihn das überhaupt nicht interessiert«, sage ich. »Ich weiß echt nicht, was ihn antreibt. Wie kann man für fünf Jahre komplett von der Bildfläche verschwinden und sich dann einfach wieder melden und so tun, als hätte man lediglich am Nutellaglas genascht?«

»Tja, vielleicht denkt er, es wäre nur das Nutellaglas. Er weiß ja noch nichts von Josephines Existenz. Der ist komplett ahnungslos«, sagt Paula.

»Hör mir auf. Josephine hat gestern Nachmittag die ganze Zeit mit Vivien gespielt. Sie hat sich wirklich rührend um sie gekümmert, so als würde sie ahnen, dass sie entweder etwas Schreckliches durchgemacht hat oder dass sie irgendwie miteinander verwandt sind. Es war so gruselig. Und obwohl ich sie immer wieder von Glenns Tochter weglenken wollte, haben sie jedes Mal aufs Neue zueinandergefunden. Was soll ich denn jetzt tun? Josephine hat Vivien sogar zu ihrem Geburtstag eingeladen, obendrein in Glenns Beisein.«

»Wie bitte? Oh man, das darfst du unter keinen Umständen zulassen.«

»Ich kann sie doch nicht einfach wieder ausladen. Und Glenn ahnt ja nicht, dass Josephine meine Tochter ist. Im Grunde kann keiner etwas dafür. Es ist, als würde das verdammte Schicksal uns alle auf die Probe stellen. Die Kinder jedenfalls scheinen Sympathien füreinander zu hegen.«

»Dann spiel' du heute Abend auch Schicksal und beende die ganze Angelegenheit«, sagt Paula mit fester Stimme.

Ich nicke, obwohl ich weiß, dass sie mich nicht sieht. »Es bleibt dabei, wir beide sind miteinander verabredet und gehen einen Cocktail trinken, falls Leo fragt.«

»Klar. Ich bin den ganzen Abend zu Hause. Wenn du mich brauchst, egal wann, ruf mich an oder komm zu mir. Ich sitze hier eh wie auf Kohlen.«

»Danke, Paula«, sage ich und beende das Gespräch. Ich sehe zur Uhr. Noch drei Stunden, dann werde ich Glenn für immer Lebewohl sagen.

Es ist kurz nach zwanzig Uhr, als ich mit einem Schwung Touristen, die vermutlich in die Monkey-Bar gegenüber des Restaurants Neni wollen, in die oberste Etage fahre. In der Bar war ich schon mehrere Male. Alle scheinen sich dort wohlzufühlen, haben nur einen Wunsch, einen Hauch urbaner Clubathmosphäre in sich aufzusaugen. Es ist für die meisten von ihnen vermutlich das Highlight ihres Berlin-Aufenthaltes. Das Einzige, was ich dieser Bar positiv abgewinnen kann, ist der atemberaubende Ausblick über Berlin und den Zoo, der direkt nebenan ist. Ich hasse Orte, die voll von Menschen und laut sind. Ich steige aus dem Fahrstuhl und gehe als einzige nach links, was mich in meiner Vermutung bestärkt. Die jungen Leute, die mit mir aus dem Fahrstuhl steigen, biegen nach rechts ab.

»Sie wünschen?«, fragt eine Angestellte, die hinter einem schmalen Tresen steht und vermutlich allabendlich ihr Bafög hier aufpoliert.

Ich spähe ins Innere des Restaurants und sage: »Es ist ein Tisch reserviert auf den Namen *Smith*.«

Kurz überfliegt sie den Kalender auf einem iPad, dann nickt sie. »Folgen Sie mir bitte.«

Sie führt mich an einen Tisch an die Stirnseite des Lokals, der die bestmögliche Aussicht über Berlin City West bietet. Das Restaurant besteht zu drei Teilen aus Vollverglasung, so dass im Grunde jeder Fensterplatz ein Treffer ist. Glenn ist schon da und steht auf, als ich an den Tisch geführt werde.

»Danke, dass du gekommen bist«, sagt er. Die Hand, die er mir entgegenstreckt, ignoriere ich. Egal, was er mir gleich erzählen wird, ich werde das Theater heute und hier beenden. Die Bedienung fragt, was wir trinken möchten. Ich bin so aufgeregt, dass ich mir ein Glas Rotwein bestelle. Meine Hände sind eiskalt, ich fröstele die ganze Zeit, obwohl es bestimmt fünfundzwanzig Grad sind und ich eine Strickjacke trage. Glenn bestellt sich Wasser, wie immer. Auch damals hat er nie Alkohol getrunken, schon am ersten Abend unserer Begegnung war ich die Betrunkene und er derjenige mit klarem Kopf und Verstand. »Dann leg mal los«, sage ich und strecke den Rücken durch. Ich mustere ihn. Er trägt eine schwarze Anzughose und ein weißes Hemd, unter dem sich seine Brustmuskeln abzeichnen. Auch wenn er müde aussieht, hat er nichts an Ausstrahlung eingebüßt. Würde ich ihn nicht kennen und wäre ich Single, er wäre mein Typ. Immer noch.

»Wie geht es dir?«, fragt er und forscht in meinem Gesicht.

Ich zucke die Schultern. »Bis du aufgetaucht bist, war alles gut. Und wenn du wieder verschwindest, wird weiterhin alles gut sein.«

Glenns Miene ist undurchdringlich. Was ich sage, scheint ihn nicht zu berühren.

»Ich bin nur aus einem Grund zurück nach Berlin gekommen«, beginnt er und ich schaue ihn aus kalten Augen an. Klar, ich platze vor Neugier, aber ich werde mir nichts anmerken lassen.

»Ich will dich um Verzeihung bitten«, sagt er.

»Gut, das hast du ja jetzt.«

»Sina, bitte«, fleht er leise. »Ich meine es ernst. Ich möchte dich aus tiefstem Herzen um Verzeihung bitten. Und ich möchte, dass du meine Entschuldigung annimmst.«

Ich schnaube verächtlich. »Und ich möchte einen Sechser im Lotto mit Zusatzzahl, Glenn. So einfach ist das nicht. Wir bekommen nicht immer alles im Leben, was wir uns wünschen. Und rate, wer mich das gelehrt hat.«

Glenn nickt. »Der Punkt geht an dich. Aber ich möchte dir erklären, wie es dazu kam.«

»Wie *was* dazu kam?«, frage ich mit schneidender Stimme. »Wie du mir erst einen beschissenen Heiratsantrag gemacht hast, nachdem du mit mir geschlafen hast? Willst du mir erklären, wieso du mir innerhalb einer Woche gleichzeitig alle Hoffnung dieser Welt geschenkt und wieder genommen hast? Willst du mir ernsthaft weismachen, dass es für die Scheiße, die du verzapft hast, nur den Hauch einer für mich sinnmachenden Erklärung gibt? Und warum, um alles in der Welt, glaubst du, dass mich irgendetwas davon interessieren sollte? Wie du weißt, habe ich mich in einem neuen Leben mit einem neuen Mann eingerichtet. Ich bin glücklich und zufrieden. Das Letzte, was ich gebrauchen kann, ist ein windiger Typ, der mir irgendwelche Lügen auftischt, nur um seinen eigenen Frieden zu finden. Mir ist scheißegal, was damals passiert ist. Ehrlich, Glenn. Scheißegal!« Meine Stimme zittert und ist zu laut, das merke ich, als die Bedienung an unserem Tisch tritt und ich aus dem Augenwinkel bemerke, dass man sich zu uns umdreht.

»Ein trockener Merlot und ein Wasser«, sagt sie und stellt die Getränke vor uns hin. Als sie geht, nehme ich mein Glas und trinke es zur Hälfte leer. Glenns Miene deutet so etwas wie Hoffnungslosigkeit an, was mich freut, denn ich will, dass er endlich dasselbe empfindet wie ich vor fünf Jahren. Ich will, dass er keine Hoffnung hat, dass all seine Träume zerplatzen wie eine Seifenblase. Ich will, dass er sich ungeliebt und allein fühlt. Nein, nicht nur allein, einsam soll er sich fühlen. Er soll all die vernichtenden Empfindungen wahrnehmen, die mich damals fast um den Verstand gebracht haben.

»Bitte«, fleht Glenn, »so hör mich doch an.«

Ich spüre, dass mir eine Träne aus dem Augenwinkel kullert und ich ärgere mich wahnsinnig darüber. Ich will nicht, dass er weiß, dass mir die Vergangenheit immer noch zusetzt. Schnell wische ich mir über die Wange und hoffe, dass er nichts gesehen hat. Ich verschränke die Arme vor der Brust und sage: »Ich höre dich an, aber egal, was du sagst, es wird nichts ändern. Das kann ich dir versprechen.«

Er nickt. »Gut, aber du hörst dir bis zum Schluss an, was ich dir erzählen möchte, okay?« Seine Stimme ist leise, beinahe resigniert.

Ich zucke nur gleichgültig mit den Schultern, während in meinem Innern ein Sturm tobt.

»Also gut«, beginnt Glenn und ich nehme mir vor, ihn nicht zu unterbrechen. Soll er mir doch seine beschissene Geschichte erzählen, wenn er sich danach endlich zum Teufel schert. Ich nehme das Glas Rotwein zur Hand und lehne mich zurück. Ich hoffe, er nimmt das Desinteresse, das ich ausstrahlen will, wahr.

»Ich beginne am besten an dem Abend, an dem wir aus Rom gekommen sind.«

Au ja, liegt es mir auf der Zunge, erinnern wir uns doch gemeinsam an Rom und den Heiratsantrag, den du mir gemacht hast. Ich bekomme vor Wut kaum Luft und nehme noch ein Schluck, um meine Nerven zu beruhigen.

»Du erinnerst dich sicher, dass wir abends noch telefoniert haben.«

Ich nicke.

»In dieser Nacht hat Claudias Vater an meiner Tür geklingelt. Ich dachte noch, der kippt mir jeden Moment aus den Latschen. Er war fix und alle.«

Ich gähne demonstrativ.

»Er erzählte mir, dass Claudia in der Klinik liegt, weil sie versucht hatte sich umzubringen.«

Ich unterdrücke ein verachtendes Schnauben, schaue nur für einen kurzen Moment aus dem Fenster, um meine mühsam aufgebaute Fassade zu bewahren.

Glenn senkt den Blick, sucht nach Worten. »An diesem Abend habe ich erfahren, dass Claudia schwanger ist. Das musste ich selbst erst einmal verarbeiten.«

»Ah, ... Schwangerschaft, vorgetäuschter Selbstmordversuch. Claudia wollte nicht abtreiben und du konntest dein Kind nicht im Stich lassen. Happy End. Für dich und für Claudia. Nicht für mich. War's das?«

Ich stehe auf, will weg von hier. Doch Glenn greift meinen Arm und hält ihn mit aller Kraft fest. »Du hast versprochen, dass du dir die ganze Geschichte anhörst. Du hast es versprochen.«

»Du tust mir weh«, raune ich wütend, ziehe meine Hand fort und setze mich wieder hin. Die Bedienung erscheint an unserem Tisch. »Haben Sie gewählt?«

Ich nehme mein Glas auf und trinke es in einem Zug leer. »Dasselbe nochmal. Ich möchte nichts essen.«

Glenn schüttelt den Kopf, um ihr zu bedeuten, dass auch er momentan nichts benötigt. Wieso merken solche Leute nie, wenn sie stören, frage ich mich und versuche, mich aufs Wesentliche zu konzentrieren, nämlich nicht durchzudrehen.

»Nochmal«, sage ich, als die Bedienung endlich außer Hörweite ist. »Wie passt das alles zusammen? Selbst wenn du bei Claudia und eurem Kind geblieben wärst, hättest du mir wenigstens Bescheid geben können. Du warst innerhalb von drei Tagen wie vom Erdboden verschluckt. Kannst du dir nur im Ansatz vorstellen, wie ich mich gefühlt habe? Oder war dir das völlig egal?«

»Ganz ehrlich«, Glenn fährt sich nervös durchs Haar, »ich wollte erst die Sache mit Claudia in Ordnung bringen, bevor ich dir unter die Augen trete.«

»Glenn! Du wolltest mich heiraten, wenn ich dich erinnern darf. Und ich kann mich nicht daran erinnern, dass du mir unter die Augen getreten bist.«

»Das weiß ich doch, Sina. Menschen tun manchmal Dinge, die sie selbst nicht verstehen. Plötzlich lebte ich mit Claudia in Seattle und es gab kein Zurück mehr. Alles hatte sich verselbständigt. Ich war nicht mehr ich. Ich funktionierte nur noch. Ich weiß nicht, wie ich so handeln konnte. Denn alles, woran ich immer nur denken konnte, warst du.«

»Seltsam«, sage ich verächtlich, »davon habe ich leider nichts mitbekommen. Vielleicht hätte ich auch mit Selbstmord drohen sollen, damit du mich erhörst. Aber ... Moment mal ..., ging ja nicht. Es war ja niemand mehr da, den es interessiert hätte, was mit mir geschieht.«

»Es hat mich immer interessiert. Aber irgendwann war zu viel Zeit vergangen. Ich kann nicht zählen, wie oft ich deine Nummer gewählt und wieder aufgelegt habe. Ich wollte mit dir sprechen, mich dir erklären. Aber hättest du es verstanden?«

»Vielleicht wäre ich nicht einverstanden gewesen, aber ich hätte mit dir abschließen können. Du hast mich jeglicher Möglichkeit beraubt, zu begreifen, was eigentlich passiert war. Du hast mich in völliger Unklarheit zurückgelassen.«

Glenn nickt resigniert. »Das habe ich. Und es tut mir leid. Falls es dich tröstet, ich habe nicht nur dich schlecht behandelt. Glaube bitte nicht, dass Claudia einen liebenden Partner an ihrer Seite hatte. Alles, was sie bekam, war maximal ein guter Vater für ihre Tochter. Aber glücklich sind wir nicht geworden. Es war von vornherein zum Scheitern verurteilt. Alles. Es ist alles meine Schuld.«

»Und das soll mich jetzt trösten?«

Glenn schüttelt den Kopf. »Es gibt keinen Trost. Für keinen von uns. Es gab Tage, da habe ich mir gewünscht, Claudia würde von einem Hochhaus springen.«

Ich ziehe eine Augenbraue hoch. »Ich schätze, hätte ich gewusst, dass sie der Grund für deinen Fortgang war, hätte ich mir dasselbe gewünscht«, sage ich und bereue es sofort. Denn in diesem Augenblick wird mir bewusst, dass Claudia die Mutter einer kleinen Tochter ist. Und dieses Kind hat es ganz sicher nicht verdient, ohne Mutter aufzuwachsen. Entsetzt über meine eigene Wut und die Feindseligkeit auf eine Frau, die ich nicht mal kenne, kommen mir wieder die Tränen, die ich versuche, zu verbergen.

KAPITEL 11

5 JAHRE ZUVOR – SINA

Es ist kurz nach siebzehn Uhr, als ich die Haustür hinter mir ins Schloss fallen lasse, um wie jeden Tag eine Stunde zu laufen. Ich schleiche an Annas Wohnung vorbei und lausche einen Moment, jedoch höre ich nichts. Also renne ich die Treppen hinunter, hinaus auf die Straße. Ich muss daran denken, dass ich seit dem Vorfall mit Glenn, als er die Couch gegen meine Wand gestoßen hat, überhaupt keine Geräusche mehr aus Annas Wohnung vernehme. Ich stöpsele mir Musik in die Ohren und bin völlig bei mir, so bemerke ich erst gar nicht, dass jemand hinter mir herläuft, bis er mir auf die Schulter tippt und ich mich erschrocken umdrehe.

»Glenn«, stoße ich atemlos aus, »hast du mich erschreckt.« Ich fange mich schnell und laufe weiter. Er sieht cool aus in seinen Sportklamotten, muss ich mir eingestehen und irgendwie toucht es mich, dass er so hartnäckig an mir dranbleibt. Die letzten vier Tage hat er zwar nichts von sich hören lassen, was mich leicht irritierte. Aber dass er nun doch vor meiner Tür steht, obendrein im Laufdress, lässt verhaltene Freude aufkommen. Er sagt etwas zu mir, doch ich höre es nicht, da meine Musik zu laut ist. Ich drehe sie leiser und frage: »Wie bitte?«

»Du bist zu spät«, wiederholt er, während er sich meinem Tempo anpasst.

»Kann sein.« Ich lächle. »Aber ich habe gesagt, wenn du zu spät bist, laufe ich ohne dich los, nicht wenn ich zu spät komme. Außerdem bist du inzwischen vier Tage zu spät.« Ich schnalze mit der Zunge und ziehe das Tempo an. Glenn bleibt dran.

»Ich habe jeden Tag allein trainiert, damit ich neben dir nicht völlig blass aussehe. Nun gucken wir mal, ob es sich auszahlt, hm.« Er zwinkert mir zu und wischt sich imaginären Schweiß von der Stirn.

Ich lache. »Du hast was? Trainiert? Du spinnst ja.«

»Wirklich, ich habe eine Kondition wie eine Schnecke.« Er verdreht die Augen.

»Schnecken haben keine Kondition«, sage ich.

»Eben«, antwortet er und zeigt mit beiden Daumen auf sich.

»Na, dann teil dir deine Kräfte gut ein«, sage ich, deute auf mein Handy, das ich an meinem Oberarm befestigt habe und drehe die Musik wieder auf.

Den Rest der Strecke laufen wir schweigend, in stillem Einvernehmen nebeneinander her. Mit Felix konnte ich nie joggen, er tat es selten, aber wenn, war er zu schnell für mich. Mit Glenn fühlt es sich an, als hätten wir das schon immer zusammen getan. Auch er hört Musik und hält glücklicherweise den Mund. Als wir wieder bei mir ankommen, stoppe ich die Musik und beginne, mich zu dehnen. Glenn tut dasselbe.

»Hat Spaß gemacht«, sagt er und grinst mich an, wobei sein Grübchen zum Vorschein kommt. Cool bleiben, denke ich. Einer wie der, kann jede haben. Solange ich nicht weiß, wieso er ausgerechnet Zeit mit mir verbringen möchte, gebe ich mich keiner Hoffnung hin. Ich nicke und dehne meine Waden. Als ich fertig bin, weiß ich nicht so recht, was ich sagen oder tun soll. Ich muss unter die Dusche, bevor ich auskühle, also deute ich zum Haus. »Hast gut durchgehalten. Ich geh dann mal hoch«, sage ich und versuche seinem Blick auszuweichen. Er sieht so verdammt heiß aus, selbst jetzt, wo er so verschwitzt ist. Oder gerade deshalb? Ich weiß es nicht, doch eines weiß ich: Es müssen die Hormone sein, die komplett verrückt spielen. Ich sollte die Beine in die Hand nehmen und davonlaufen.

»Sag mal, jetzt, wo wir Freunde und sogar sowas wie Sparringspartner sind, könnten wir doch auch mal zusammen essen gehen.«

»Ich weiß nicht ...«, sage ich und wehre mich innerlich gegen die aufkommende Freude. »Lieber nicht«, winke ich ab.

»Aber wie soll ich für dich Dates arrangieren, wenn wir uns keinen Plan zurechtlegen? Ich habe das nicht nur so daher gesagt. Ich will dir wirklich helfen. Also lass mich. Außerdem würde ich dich gern besser kennenlernen, sonst ist das doch alles Quatsch mit unserer Freundschaft.« Wieder dieses Grinsen.

»Also schön. Ruf mich demnächst mal an, dann machen wir was aus«, sage ich lässig und drücke die Klinke zum Hauseingang. Er folgt mir nicht, doch bevor ich an meiner Haustür bin, klingelt mein Handy, das immer noch an meinem Oberarm befestigt ist. Ich nehme das Gespräch an.

»Hi Sina, hier ist Glenn. Du sagtest neulich, ich soll mich demnächst mal melden, damit wir zusammen was essen gehen.«

Ich pruste los. »Du bist echt ein Spinner und eine totale Nervensäge. Weißt du das?« Ich schließe die Tür auf und trete mir die Schuhe von den Hacken. Meine Socken schmeiße ich sofort in die Waschmaschine. Dann hole ich das Handy aus der Sporthülle und halte es ans Ohr. »Hör zu, Glenn. Ich finde dich wirklich nett. Aber wie ich neulich schon mal erwähnte, glaube ich nicht an Freundschaften zwischen Männern und Frauen. Das funktioniert nicht.«

»Wieso denn nicht? Ich kann nur sagen, ich finde dich wirklich nett, aber null attraktiv. Oder willst du mir erzählen, dass du dich in mich verknallt hast?«

»Ich?«, frage ich und merke spätestens jetzt, dass meine Stimme viel zu schrill klingt. »Was bildest du dir ein? In dich wäre ich in hundert Jahren nicht verknallt. Du könntest nackt neben mir im Bett liegen und es würde nichts passieren, verstanden?«

»Na, das sind doch die besten Voraussetzungen für eine Freundschaft.«

Ich will es mir nicht wirklich eingestehen, aber dass er mich offenbar nicht attraktiv findet, versetzt mir einen Stich, obendrein, weil mir jede Begegnung mit ihm weiche Knie verursacht. Dass er allerdings so ehrlich ist und mir auf den Kopf zusagt, dass ich nicht sein Typ bin, stachelt mich an. Dem werde ich zeigen, wie attraktiv ich sein kann. Mein Ehrgeiz jedenfalls ist geweckt. Der soll sein blaues Wunder erleben.

»Also schön. Du darfst mich zum Essen einladen«, gebe ich nach.

»In zwei Stunden, ich hole dich ab«, kommt es wie aus der Pistole geschossen.

Ich sehe zur Uhr und sage: »Anderthalb.« Dann lege ich auf und sprinte unter die Dusche. Obwohl ich mich doch eher rar machen sollte, das weiß ich, spule ich jetzt das volle Programm ab. Ich rasiere mir in Windeseile die Beine und all das, was Glenn niemals zu Gesicht bekommen wird, ich benutze die teure Körperlotion und das Parfüm, das Felix regelmäßig um den Verstand gebracht hat. Ich trage mein Haar offen und ein wenig so, als wäre ich gerade aus dem Bett gekommen, sexy und wild, aber doch soweit geordnet, als dass man es als willkürlich bezeichnen könnte. Ich brauche kaum Make-up, aber meine Augen betone ich heute etwas mehr, das verleiht mir etwas Geheimnisvolles und meine Lippen bekommen ein samtiges Rot. Diesem frechen Kerl werde ich zeigen, was eine Harke ist. Ich ziehe mein schönstes, ein extrem figurbetontes Sommerkleid an und die neuen Riemchensandalen, die mir Carmen neulich abschwatzen wollte. Dann klingelt es auch schon. Ich rufe durch die Gegensprechanlage: »Komme« und mache mich nach einem letzten prüfenden und zufriedenen Blick in den Spiegel auf den Weg nach unten. Als Glenn mich sieht, verkneift er sich ein Grinsen und sagt: »So schick hättest du dich für mich aber doch nicht machen brauchen.« In seinem Blick liegt Bewunderung, wie ich feststelle.

»Das ist mein Alltagsoutfit«, winke ich großzügig ab, aber wie ich sehe, hast du ja auch noch geduscht. Prima.« Er hat nicht nur geduscht, er hat sich ebenso in Schale geworfen wie ich und ich bin mir sicher, er will mich beeindrucken. Schafft er auch, aber ich lasse mir nichts anmerken. Er trägt eine kurze Hose, dazu ein weißes Leinenhemd. Aber nicht nur das, er riecht außerdem betörend gut, was mich beinahe etwas ärgert. Ich mag gepflegte Männer. So sehr ich mich bemühe, ich kann an Glenn nichts finden, was mich abstößt und läge er nackt im Bett neben mir, ich würde vor Verlangen dahinschmelzen.

»Und? Wohin führst du mich aus?«

»Eigentlich wollte ich nur einen Döner mit dir

essen gehen, aber in dem Kleid wirds wohl doch der Italiener.« Er zwinkert mir zu und hält mir die Autotür auf. Zehn Minuten später sitzen wir im Außenbereich eines italienischen Restaurants. Als ich die Karte studiere, bin ich angenehm überrascht. Die Gerichte sind typisch und die Preise moderat. Es würde mir missfallen, wenn er mich in ein überteuertes Lokal eingeladen hätte.

Wir bestellen einen halben Liter Rotwein, Wasser und einen Vorspeisenteller, dann lehnen wir uns zurück und ich weiß nicht so recht, was ich sagen soll. Denn ich habe immer noch keine Ahnung, was Glenn im Schilde führt. Ich beuge mich wieder nach vorn und lächle: »Also gut, Glenn. Dann schieß mal los. Wenn wir Freunde werden wollen, will ich alles über dich wissen.«

»Alles?«, fragt er und grinst. »Was denn alles? Frag mich, was du wissen willst und ich werde antworten. Aber das beruht auf Gegenseitigkeit, einverstanden?«

»Das ist nur fair«, sage ich und gebe ihm den Vortritt.

Er überlegt kurz. »Also gut, lass uns erst mal warmwerden.«

»Das heißt?«, frage ich.

»Fangen wir mit unverfänglichen Dingen wie zum Beispiel deiner Lieblingsfarbe an.«

»Oh, da muss ich dich enttäuschen. Ich habe keine.«

»Echt nicht? Jedes Mädchen hat eine.«

Ich schaue in seine dunklen Augen und will sagen, dass ich momentan auf schokobraun stehe, aber das würde mich verraten. »Keine Ahnung. Ich mag das Orange eines Sonnenuntergangs, aber ich weiß auch die blaue Stunde kurz vor Einbruch der Dunkelheit zu schätzen. Ich mag die Farbenvielfalt der Natur und will mich nicht auf eine einzige festlegen.«

»Aha, also eine Raupe Nimmersatt.«

»Was Farben angeht, ja.«

»Und du? Was ist deine Lieblingsfarbe?«

Glenn schaut mir direkt in die Augen und sagt: »Blau finde ich wunderschön.«

Verlegen senke ich den Blick.

»Okay, ich bin dran. Was ist dein Lieblingsfilm?«, frage ich und bin gespannt, was er antworten wird.

»Hm, da gehts mir so wie dir mit der Lieblingsfarbe. Ich kann mich nicht festlegen.«

»Dann nenn' mir doch die, die dir am wichtigsten sind.«

»Okay, fangen wir an mit ‚Pulp Fiction', Uma Thurman ein Traum, dann Jodie Foster in ‚Das Schweigen der Lämmer' oder Sharon Stone in ‚Basic Instinct', um nur ein paar aufzuzählen.«

»Drei tolle Frauen«, sage ich, »da frage ich mich doch, wer von uns beiden die Raupe Nimmersatt ist.«

»Touché«, sagt er und lächelt, als hätte ich ihn beim heimlichen Naschen erwischt.

»Ich sehe vor allem gern deutsche Filme«, schwärme ich. »Jeden Sonntagabend den ‚Tatort' und dann wäre da zum Beispiel noch ‚Aimée und Jaguar', Maria Schrader in ihrer Paraderolle.«

»Oh, eine lesbische Liebe zu Zeiten des Kriegs«, sagt Glenn und nickt. »Der Film ist grandios.«

Ich bin erstaunt, dass er ihn kennt und schon wieder hat er einen Pluspunkt gesammelt.

»Okay«, sagt er, »wenn du mich auf ein Konzert mitnehmen würdest, welches wäre das?«

Ich grinse und sage: »Kennst du nicht.«

»Wetten?«

»Niemals. Das nächste Konzert, für das ich Karten habe, ist nur was für Mädchen oder Jungs, die wie Mädchen sein wollen.«

Die Bedienung tritt an unseren Tisch und serviert die Getränke. Dann stoßen wir an.

»Worauf wollen wir trinken?«, fragt Glenn.

Ich zucke mit den Schultern. »Wie wär's auf die Kondition und vielleicht auf Freundschaft?«

»Gute Idee«, sagt er und unsere Gläser stoßen aneinander. Wir trinken und lassen uns nicht aus den Augen.

»Eines Tages, Baby, werden wir alt sein«, zitiere ich eine Zeile eines Poetry-Slam-Poems.

»Du gehst zu Julia Engelmann.« Glenn grinst selbstsicher und sagt. »Das ist aber nicht wirklich nur was für Mädchen, ich mag sie auch. Aber ein Konzert ist das auch nicht, oder?«

»Doch«, freue ich mich, ihn zu überraschen. »Sie hat gerade eine CD herausgebracht. Ich kann sie dir ausleihen, wenn du magst.

»Gern, ich finde ihre Texte toll. Und wo wir bei tollen Texten sind. Ich hätte dich zu ‚Rammstein' geschleppt.«

»Uuh«, mache ich und muss zugeben, dass das eher nicht nach meinem Geschmack wäre, aber vermutlich würde ich überall hingehen, wohin er mich schleift.

Die Vorspeise wird serviert und wie selbstverständlich picken wir beide mit unseren Gabeln im Carpaccio. Ich will es nicht, alles in mir sträubt sich dagegen, aber unsere Unterhaltung beginnt mir Spaß zu machen.

»Okay, das war zum Warmwerden«, sagt Glenn.

»Aber um uns besser kennenzulernen, müssen wir auch ans Eingemachte gehen. Lust?«

In dem Moment klingelt sein Handy. Er sieht drauf, stellt es auf stumm und ignoriert den Anruf.

»Ans Eingemachte«, sage ich. »Bin ich dabei. Wer war das eben an deinem Telefon, hm?«

KAPITEL 12

5 JAHRE ZUVOR – GLENN

Ich fühle mich ertappt. Hoffe ich eben noch, für Sina unbemerkt, das Telefon auf stumm gestellt zu haben, fragt sie mich nun, wer dran war. Ich habe das Display herumgedreht, weil ich weiß, wenn ich Claudias Anrufe ignoriere, läuft die zu Hochform auf. In der Vergangenheit nervte sie meist so lange, bis ich dranging. Was mach ich jetzt? Lügen oder die Wahrheit sagen? Ich zucke mit den Schultern. »Kennst du nicht«, sage ich und hoffe, dass sich Sina damit zufriedengibt.

»Schon klar, der Feigling will, dass wir ans Eingemachte gehen, aber bei der ersten und wirklich simpelsten Frage zieht er den Schwanz ein.« Ihr Blick ist pure Provokation und ich muss mich geschlagen geben.

»Na gut«, sage ich und drehe mein Handy auf den Rücken und siehe da, Claudia startet den zweiten oder weiß der Geier den wievielten Versuch. Das Telefon bleibt stumm, lediglich im Display steht der Name meiner Ex.

»Claudia also.« Sina schürzt die Lippen und sieht mich direkt an.

Ich nicke. »Meine Exfreundin.«

»Und weiß sie das?«

»Ja, klar«, sage ich, »nur ich schätze, sie hat ein kleines Problem mit dem Loslassen.«

»Hm, das würde Felix vielleicht auch von mir behaupten.«

»Wieso?«, frage ich, »rufst du Felix auch noch regelmäßig an und und nervst ihn zwanzig Mal hintereinander?«

Sina kräuselt die Stirn. »Zwanzig Mal?«, fragt sie mit ungläubiger Miene.

»Manchmal mehr, manchmal weniger. Wenn ich drangehe, gibt sie meist Ruhe.«

»Dann geh‘ doch dran«, sagt Sina und sieht mich herausfordernd an.

Ich lehne mich zurück und muss schmunzeln. »Tu‘ das nicht, Sina. Wenn du mir einen Gefallen tun willst – so unter Freunden – tust du gut daran, mich davon abzuhalten, Claudias Anrufe anzunehmen.«

»Wieso sollte ich das tun?«

»Weil Claudia verrückt ist«, sage ich und überlege, ob das die richtige Charakterisierung für meine Exfreundin ist.

»Verrückt also. Auf eine gute oder schlechte Weise?«, hakt Sina nach.

»Ich würde sagen, auf eine ungesunde Art. Anfänglich hielt ich das für okay, hab mich sogar ein wenig geschmeichelt gefühlt, fand ihre Eifersucht süß.«

Sina nickt verstehend. »Und dann? Was ist passiert?«

»Irgendwann schlug es um. Es war eher schleichend. Erst waren es intensive Gespräche. Später nervte sie mich immer wieder mit derselben Frage, ob ich noch was mit anderen Frauen hätte. Ich konnte sie jedes Mal beruhigen, indem ich ihr erklärte, dass ich eher der monogame Typ bin, was auch stimmt. Wie gesagt – anfänglich hat das funktioniert. Irgendwann uferte es aber aus.«

»Inwiefern?«

»Wenn deine Freundin nachts um zwei wie eine Irre an deine Haustür klopft, um sich zu vergewissern, dass du allein schläfst, ist das nicht mehr süß, dann ist das freaky.«

»Verstehe.« Sina nickt. »Und jetzt? Jetzt ruft sie dich ständig an und was genau passiert dann?«

Ich zucke mit den Schultern. »Na ja, momentan befinden wir uns in der Ich-ignoriere-sie-und-ihre-Anrufe-Phase.«

»Funktioniert ja großartig«, sagt Sina und deutet mit einem überlegenen Blick auf mein Handy, das einen weiteren Anruf anzeigt.

»Was soll ich sagen oder tun? Nehme ich ihren Anruf an, fühlt sie sich in ihrem Tun bestärkt, dann hört das ja nie auf.«

»Ich verstehe das schon. Du sitzt in der Zwickmühle.«

»Ja, schon. Aber ich hoffe, wenn ich sie nur lange genug ignoriere, dass ihr das Spiel langweilig wird. Es ist nur blöd, wenn sie wieder vor meiner Tür steht und meine Nachbarn in Mitleidenschaft zieht.«

»Oh, das ist also auch schon passiert?«, fragt sie interessiert.

»Ja, oft habe ich nachgegeben und mich wieder auf Gespräche und Diskussionen eingelassen. Aber jedes Mal hab ich es hinterher bereut. Das war keine Beziehung, das war nur Stress. Inzwischen hat sie mir meinen Wohnungsschlüssel zurückgegeben und die meisten Nachbarn habe ich darum gebeten, sie nicht mehr ins Haus zu lassen. Ich will schließlich nicht aus der Wohnung fliegen, nur weil sie mich ständig terrorisiert.«

»Das ist schon krass. Ich wüsste gar nicht, was ich

an deiner Stelle täte. Vor allem auch, weil ihr euch ja irgendwann mal geliebt habt.«

»Glaub mir«, stoße ich aus, »das spielt überhaupt keine Rolle mehr. Ich will nur noch, dass sie endlich Ruhe gibt.« Ich schiele auf mein Handy, auf dem der nächste Anruf angezeigt wird. Ich drücke den Anruf weg und öffne die Foto-App.

»Lächle mal«, sage ich und schieße ein paar Fotos von Sina.

»Hör schon auf«, sagt sie nach kurzer Zeit und streckt mir die Zunge heraus. Dieses Foto gefällt mir am besten. Ich muss schmunzeln und zeige es ihr.

»Lösch das bitte«, fleht sie und ich schüttele den Kopf.

»Ich werde dir jetzt einen Tinder-Account erstellen und mit diesem Foto wirst du die Männer um den Verstand bringen.«

»Wohl kaum. Sie werden eher an meinem Verstand zweifeln. Aber nur zu. Ich glaube eh nicht daran, dass du Heiratsmaterial für mich findest. Drei Kerle waren abgemacht, danach werde ich wieder in Ruhe und Frieden leben.«

Ich muss grinsen. »Ich finde unsere neue Freundschaft richtig gut. Du unterstützt mich dabei, Claudia zu ignorieren, und ich lenke mich damit ab, dir einen heiratstauglichen Gentleman heranzuschaffen.«

»Auf Tinder«, sagt sie mit spöttischem Blick. »Alles klar.«

Sinas Stimme ist tief und rau und für einen kurzen Moment leckt sie sich über die Lippen, was anziehender auf mich wirkt als es sollte. Ihr Haar ist frisch gewaschen und duftet nach Lavendel. Mit einer Gabel pikt sie in eine getrocknete Tomate und schiebt sie sich genüsslich in den Mund. Und wieder kann ich nur daran denken, wie sehr ich es genieße, wenn mein Date isst, ohne Kalorien zu zählen. Abgesehen davon bin ich eher in Sorge, dass ihr eines der von mir ausgesuchten Dates zusagen könnte, während ich dieser Frau zusehends verfalle.

»Bis ich jemanden für dich finde«, necke ich sie, »können wir gern auch noch mal deinen Ex eifersüchtig machen.«

»Nee, lass mal, der ist abgehakt. Ich konzentriere mich jetzt auf die Zukunft. Wie hast du dir das vorgestellt mit Tinder?«, fragt sie interessiert. »Willst du den Kontakt zu den Typen selbst herstellen?«

»Klar, warum nicht?«

»Die merken das doch, spätestens wenn sie Fragen über mich stellen, die du am Ende falsch beantwortest. Außerdem war ich schon mal dort angemeldet und die eiserne Regel lautet, sich niemals mit einem Mann zu treffen, ohne vorher mindestens einmal mit ihm zu telefonieren. Willst du das denn etwa auch tun und deine Stimme verstellen?«

»Das nicht. Wir werden wohl für einen überschaubaren Zeitraum eng zusammenarbeiten müssen. Aber hey, du telefonierst doch mit deiner besten Freundin sicher auch jeden Tag. Und es dient ja einem guten Zweck.«

»Schon«, sagt sie gedehnt, »aber das kann nur in die Hose gehen. Du weißt doch gar nicht, auf was für Typen ich stehe oder was mir gefällt.«

Ich muss lachen. »Ja, genau. Wir wollen ja auch dein Beuteschema durchbrechen. Die Jungs, die dir gefallen, haben dir alle kein Glück gebracht. Jetzt suche ich dir den Typen aus. Wir können ja gemeinsam dein Profil erstellen, okay? Komm, das wird lustig.«

Sina zieht ein genervtes Gesicht und lehnt sich zurück. Da erscheint die Bedienung erneut an unserem Tisch. »Habt ihr schon gewählt?«, fragt sie.

Sina bestellt Pasta Verduro Pollo und mich überrascht es nicht, dass wir uns dasselbe Essen ausgesucht haben. Also bestelle ich das Gleiche und lade mir die Tinder-App auf mein Handy.

»Hast du einen Text im Kopf, den ich nehmen soll oder darf ich mir selbst etwas ausdenken?«, frage ich.

»Nö, du bist der Kuppler, also liegt es bei dir, die Ware bestmöglich im Schaufenster zu platzieren.«

»Na schön«, sage ich und überlege laut: »Biologisch tickende Zeitbombe sucht Heiratswilligen mit Bodenhaftung?« Ich grinse breit.

Sina verdreht die Augen. »Dein Ernst? Du willst mein Kuppler sein? Mit diesem Text?«

»Nein, das war natürlich Spaß. Ich kann das besser. Warte!« Ich denke kurz nach und sage dann: »Toughe Tagesmutti sucht waschechten Hausmann zur Gründung einer eigenen Fußballmannschaft.« Als ich in Sinas Gesicht gucke, muss ich losprusten. Gott sei Dank fängt sie im nächsten Moment auch an zu lachen.

»Du sagtest«, gackert sie, »deine Ex ist verrückt? Was ist mit dir?«

»Ich habe nicht gesagt, dass ich nicht verrückt bin, aber eben auf die gute Weise.«

»Schon klar. Gib mir dein Handy!«, fordert sie mit ernster Miene. Ich gebe es ihr und schaue dabei zu, wie sie etwas eintippt. Dann gibt sie es mir zurück.

Ich lese: »No ONS, No F+, no Baumschule, no

Bullshit, Sixpack im Kopf, geistig beweglich, Fels in der Brandung. Soulmate und Lebenskomplize.«

»Nicht schlecht«, sage ich, »aber fehlt nicht der wahre Beweggrund? Du willst schließlich ankommen. Für immer.«

Sie nickt. »Gut, dann schreib noch was mit ‚Ankommen auf Augenhöhe' dazu«, sagt sie schulterzuckend, als unser Essen kommt. Ich stelle den Text und ihr Foto online und lege das Handy erst mal zur Seite. Die Pasta duftet herrlich und ich sehe Sina den Heißhunger direkt an.

Wir wünschen uns »Guten Appetit« und dann essen wir in einvernehmlichem Schweigen. So schön.

KAPITEL 13

GEGENWART – GLENN

Auch wenn es mir schwerfällt, Sina die ganze Geschichte um Claudia, Vivien und mich zu erzählen, bin ich erleichtert, mich ihr endlich anvertrauen zu können. Und jetzt im Augenblick zeigt sie trotz all der aufgestauten Wut, die ich gänzlich nachvollziehen kann, endlich eine menschliche Regung. Ihr kullern Tränen über die Wangen und ich erkenne Entsetzen und, wenn mich nicht alles täuscht, sogar Mitgefühl in ihrem Blick.

»Wirklich, Sina, ich hatte vor, mir ein Leben mit dir aufzubauen. Für mich war alles klar. Ich wollte zu dir ziehen, so wie wir es abgesprochen hatten. Noch an dem Abend, an dem wir aus Rom gekommen waren, hatte ich angefangen, alles in Kisten zu verstauen. Sogar noch, nachdem ich von Claudias Schwangerschaft erfahren hatte.« Bei dem Gedanken an Claudia, wie sie damals blass, blutleer und lebensmüde im Krankenhausbett gelegen hatte, verschlägt es mir noch heute die Sprache. Ich nehme einen Schluck Wasser und sortiere mich.

»Von vorn ... Ich hatte Claudia am nächsten Morgen im Krankenhaus besucht. Eine Psychologin sprach mit mir, erklärte mir, dass das Baby wie durch ein Wunder noch lebte. Claudia hatte damals Tabletten genommen, aber ihr Vater hatte sie rechtzeitig gefunden. Allerdings ... so schlecht es ihr damals ging und so kraftlos sie war, sie rastete komplett aus und schrie, sie würde sich und das Kind umbringen, wenn ich sie verlassen würde.« Ich stoppe, denn meine Gedanken kreisen um die Situation, in der ich mich seinerzeit befand.

»Kannst du dir auch nur annähernd vorstellen, was damals in mir vorging?«, frage ich leise und suche Sinas Blick. Sie weicht mir aus und wischt sich verstohlen eine Träne von der Nasenspitze.

»Wirklich Sina! Wie hättest du an meiner Stelle reagiert?« Instinktiv spüre ich, dass meine Frage rhetorisch bleibt, weil sie nicht antworten wird. Nicht antworten kann.

»Wie lautete die Diagnose?«, fragt sie nach einigem Zögern, wie als Beweis für mich, dass sie tatsächlich versucht, meine Handlungsweise zu verstehen.

»Bipolare Störung«, sage ich und endlich erwidert sie meinen Blick.

»Dachte ich mir schon«, antwortet sie beinahe tonlos.

»Wenn du die Krankheit kennst, weißt du auch, wie schwer sie zu händeln ist, oder?«

Sina nickt.

»Claudias Vater war damals mit seinem Latein am Ende. Ich war der Einzige, der helfen konnte. War es da nicht meine Pflicht, das Wohl meines Kindes über mein eigenes Glück zu stellen?«

»Nicht nur über deines, auch über meines! Du machst es dir zu einfach«, presst Sina hervor und schüttelt den Kopf. »Sie hätte psychiatrische Hilfe gebraucht.«

»Ich muss dir Recht geben. Aber hättest du die Mutter deines Kindes in eine geschlossene Anstalt gegeben? Überlege genau, Sina, hättest du das?«

»Warum nicht? Sie hätte dort alle Hilfe bekommen, die sie benötigte.«

»Gut, dann wärst du schlauer gewesen als ich. Ich weiß das erst heute. Ich war naiv. Ich hatte nicht den Hauch einer Ahnung, worauf ich mich einlasse. Ich dachte tatsächlich, ich biege das irgendwie hin.«

»Schön«, keift Sina. »Und wo bin ich da in der ganzen Geschichte? Meinst du nicht, du wärst mir zumindest eine Erklärung schuldig gewesen? Vielleicht hattest du einen guten Grund, bei dieser Frau zu bleiben. Vielleicht macht dich dein Handeln auch zum verdammten Märtyrer. Aber ich hätte eine Erklärung verdient. Du hast uns einfach zurückgelassen!«

»Uns?«, frage ich und weiß nicht, was sie meint.

»Ich meine mich«, korrigiert sie schnell. »Wobei ich irgendwie auch uns beide meine. Uns und unsere Liebe. Du hast uns einfach weggeschmissen, ohne mit der Wimper zu zucken. Ohne dich auch nur einmal umzudrehen.«

»Das stimmt so nicht«, widerspreche ich. »Das Einzige, dessen ich mich schuldig gemacht habe, ist, dass ich feige war. Ja, das war ich tatsächlich. Ich habe tagelang überlegt, wie ich dir das erklären kann. Und ich wusste nicht, wie ich dir mit meiner getroffenen Entscheidung unter die Augen treten sollte. Ich war komplett ratlos.«

»Und dann sagst du lieber gar nichts? Wie geht sowas? Du hast um meine Hand angehalten. Du hast drei Monate an mir herumgegraben, mir weisgemacht, dass es keine andere Möglichkeit als ein »wir« gibt und dann entscheidest du über Nacht, dass ich es nicht mal Wert bin, mir zu sagen, dass sich deine Pläne ändern?«

»Ich hatte Angst.«

»Angst wovor?«

»Davor, dass es dich zerbricht. Ich weiß doch, wie sehr du unter deinen letzten gescheiterten Beziehungen gelitten hattest.«

»Ach, und meinst du, es zerbricht mich nicht, nur weil du es nicht mit ansiehst? Das ist absurd.«

Ich atme tief durch. »Zum damaligen Zeitpunkt musste ich entscheiden, was in dem Moment Priorität hatte. Ich hatte doch noch gar nicht richtig entschieden, was ich tun würde. Ich wusste nur nicht, wie ich dir erklären sollte, dass ich mich nun erst mal um meine schwangere Exfreundin zu kümmern hatte. Allein das. Wie hätte ich dir sagen sollen, dass ich Vater werde? Wir, du und ich, hatten uns eine Zukunft mit Kindern ausgemalt, wir hatten sogar schon die Namen für sie ausgesucht und plötzlich wurde ich vor vollendete Tatsachen gestellt. Wie hätte ich dir das sagen sollen? Verzeih, aber das mit dem Kind mach ich jetzt erst mal mit meiner Exfreundin?«

»Okay, vergiss es einfach!«, faucht sie. »Du hast mich im Unklaren gelassen und nun zieh die Konsequenz. Du wolltest kein Leben mit mir. Nun lebe damit. Was willst du noch?«, fragt Sina mit müden Augen.

Ich stütze mein Gesicht in die Hände und frage mich, wie ich ihr erklären soll, dass ich ohne sie nicht mehr leben kann, nicht mehr leben will.

»Sina ..., ich ...« Ich breche ab und suche nach den richtigen Worten. »Ich weiß doch, dass ich nicht einfach so zurückkommen und mich in deinem Leben ausbreiten kann. Aber ich will dir sagen, dass es keinen Tag gab, an dem ich nicht an dich gedacht habe. Und es gab keine Nacht, in der ich nicht von dir geträumt habe. Ich habe dich so unglaublich vermisst, dass ich's am Ende vermasselt habe. So richtig vermasselt.«

Sinas Blick ruht auf mir und ich erkenne in ihren Augen, dass sie meine Worte berühren. Das ängstigt mich mehr, als dass es mir Hoffnung gibt. Aber ich will hoffen.

»Sie ist dir abgehauen«, sagt sie trocken. Sie schärft ihren Blick und streckt ihren Rücken durch. »Sie ist dir abgehauen und jetzt bin ich dir wieder eingefallen.« Ihre Stimme ist kalt.

Ich schüttle den Kopf und atme tief durch. Dann sage ich: »Die Wahrheit ist, dass sie tot ist.«

»Tot?«, flüstert Sina betroffen.

»Ja, sie ist tot, und zwar meinetwegen. Ich bin Schuld.«

»Wieso denkst du, dass es deine Schuld ist? Woran ist sie denn gestorben?«, fragt Sina, während sie bei der Bedienung, die gerade an unserem Tisch vorbeikommt, noch ein Glas Rotwein ordert.

»Diesmal kamen zu den Tabletten noch Rasierklingen hinzu. Sie wollte wohl auf Nummer sicher gehen. Es war Selbstmord«, presse ich hervor und unterdrücke aufkommende Übelkeit. Ich nippe an meinem Wasser, um den sauren Geschmack im Mund zu neutralisieren und in diesem Moment wird mir bewusst, dass ich mich seit Claudias Tod noch niemandem anvertraut habe. Abgesehen von meiner Aussage bei der Polizei und dem kurzen Gespräch mit Claudias Vater, das ich mir hätte sparen können, weil er inzwischen Alzheimer hat, habe ich mit keinem einzigen Menschen über das Geschehene gesprochen. Meine Mutter stand mir zwar jederzeit zur Seite, aber ich war bis jetzt unfähig, im Detail darüber zu sprechen.

»Wenn sie sich selbst umgebracht hat, hast du doch keine Schuld«, sagt Sina und ihre Worte sollen sicher besänftigend wirken, aber das tun sie nicht. Denn ich weiß es besser. »Sie hat mir einen Abschiedsbrief hinterlassen.«

»Und was steht drin?«

Meine Hand wandert in meine Jackettasche, in der sich Claudias Brief befindet.

»Ich weiß nicht«, sage ich, »ob es okay ist und ob man sowas überhaupt macht. Ich weiß im Grunde gar nichts. Ich bin verunsichert und wütend und doch so erleichtert und dennoch traurig. Sie war die Mutter meiner Tochter.« Ich mache eine kurze Pause, ziehe den Brief hervor und lege ihn auf den Tisch. »Ich möchte, dass du ihn liest.«

»Ich?« Sina lehnt sich zurück, was beinahe wirkt, als würde sie einen Schritt rückwärts tun. »Der ist für dich. Wieso sollte ich ihn lesen?«

Ich fahre mir nervös durchs Haar. »Claudia hat all die Jahre gewusst, für wen mein Herz schlägt. Lies den Brief. Dann wirst du alles verstehen.«

»Ich denke gar nicht daran«, sagt sie mit einem Zittern in der Stimme.

Die Bedienung bringt den Rotwein und stellt ihn auf dem Brief ab, so, als wäre er ein bedeutungsloser Bierdeckel. Ich stehe auf und lege zwanzig Euro auf den Tisch. Ich muss weg hier. Mein Kreislauf spielt verrückt und ich weiß nicht, was ich noch sagen soll oder tun kann. Ich will nur, dass sie den verdammten Brief liest.

»Lies den Brief«, sage ich deshalb nochmal, »und bitte, ich flehe dich an, überdenke alles. Überdenke, ob ich wirklich aus deinem Leben verschwinden soll. Ich verstehe, wenn du anderweitig gebunden bist und du das nicht einfach so aufgeben kannst. Aber überlege, ob ich nicht doch noch einen Platz in deinem Leben finden kann. Und wenn ich dir nur ein guter Freund sein darf. Bitte Sina. Ich klammere mich hier an jeden Strohhalm. Von mir aus spiele ich den Zaungast, den guten Freund und ich werde dich nicht bitten, zu mir zurückzukommen. Ich lebte fünf Jahre in der Verbannung. Ich will doch nur ...« Meine Worte versiegen. Ich weiß nicht, was ich sagen kann, weil ich weiß, was ich will. Ich will in ihre Arme sinken, meinen Kopf an ihre Brust legen und endlich nach Hause kommen. Sina ist mein Zuhause. Und ich will heim.

»Bitte, Sina, lies den Brief«, sage ich, drehe mich um und verlasse fluchtartig das Restaurant.

KAPITEL 14

GEGENWART – SINA

Ich bin verwirrt. Wobei es das nicht genau trifft. Ich bin verwirrt und wütend. Aber vor allem bin ich eines, unsagbar traurig, verzweifelt sowieso. Denn ich muss erkennen, egal, was Glenn mir angetan hat, egal, wie viel Zeit vergangen ist, meine Gefühle für diesen Scheißkerl überfrachten alles, was ich bis jetzt jemals empfunden habe. Jeder Winkel seines vertrauten Gesichts, jedes Wort, das er spricht, jede Geste, jeder Blick ... es ist, als würde das Puzzleteil, das ich seit fünf Jahren aufs Schmerzlichste vermisse, endlich wieder da sein und mich zu einem Ganzen machen. Ich sehe ihm nach, beobachte, wie er das Restaurant verlässt und obwohl er gebrochen scheint, geht er in einer aufrechten Haltung, wie ich sie bei keinem Mann je gesehen habe. Und jetzt, wo er weg ist, spüre ich nur noch Leere. Ich will aufspringen, ihm nachlaufen, ihn umarmen und küssen, ihn willkommen heißen, aber ich bin mir sicher, dies wäre der größte Fehler meines Lebens. Ich muss ihn hassen. Ich will ihn hassen. Niemals werde ich aufs Spiel setzen, was ich mir in den letzten fünf Jahren so hart erkämpft habe. Eine Familie. Eine echte Familie. Menschen, die mich lieben und die zu mir halten. Leo ist jetzt mein Vertrauter, mein Freund. Er ist derjenige, den ich liebe. Mein Blick fällt auf den Brief vor mir. Sicher war das Kuvert mal strahlend weiß. Nun wirkt es abgegriffen und es hat inzwischen dieselbe Eierschalenfarbe wie die

Tischdecke, auf der es liegt. ‚Glenn' steht handgeschrieben auf dem Umschlag und das allein sollte mir reichen, den Brief weder zu öffnen noch zu lesen. Er ist nicht an mich adressiert. Der Inhalt geht mich folglich nichts an.

»Darf ich kassieren?« Die Bedienung steht wie aus dem Nichts neben mir und hält ihr Portemonnaie wie einen kostbaren Schatz in den Händen. Ich nicke.

»Das macht dann fünfzehn Euro fünfzig«, sagt sie und starrt auf das Geld, das auf dem Tisch liegt. Mit einem Nicken deute ich auf den Zwanzig-Euro-Schein und sage: »Stimmt so.«

Üblicherweise würde ich nicht so hohes Trinkgeld geben, aber da es nicht mein Geld ist, verzichte ich. Die Bedienung bedankt sich und zieht ab.

Ich bleibe zurück mit einem vollen Glas Rotwein und einem Brief, der nicht an mich adressiert ist. Um mich herum hat sich das Restaurant gefüllt. Man isst, lacht, prostet sich zu. Die Menschen scheinen fröhlich, ungezwungen. Keiner von ihnen wirkt traurig oder verzweifelt. Keiner scheint zu erkennen, in was für einer Situation ich mich befinde. Ich nehme noch einen Schluck Wein, obwohl ich die Wirkung der ersten beiden Gläser mehr als deutlich spüre. Was soll ich denn jetzt tun? Ich hole mein Handy aus der Tasche und wähle Paulas Nummer.

»Na endlich«, sagt sie keuchend, so als wäre sie gerade einen Marathon gelaufen. »Und? Erzähl! Wie war's?«

Ich muss mich unendlich zusammenreißen, denn mir ist nach Heulen zumute.

»Ich weiß es nicht, Paula. Ich weiß gar nichts mehr.«

»Hey, komm schon! Du hast ihm hoffentlich die Meinung gegeigt und ihn dann in die Wüste geschickt.«

»Er ist gegangen. Ich sitze noch im Neni und mein Kopf platzt gleich.«

»Wieso denn? Was ist passiert? Soll ich zu dir kommen?«

»Nein, nein«, wehre ich ab. »Kurzfassung. Glenns Exfreundin war psychisch krank und sie hat ihm vor fünf Jahren die Pistole auf die Brust gesetzt. Sie war schwanger und drohte, sich umzubringen, als er sie verlassen wollte. Glenn ist bei ihr und dem Kind geblieben und sie hat sich letztlich trotzdem ...« Ich halte inne, weil es mir unangemessen erscheint, über sie und ihren Tod zu reden. Ich kenne sie nicht und ich wehre mich dagegen, mich mit der Person auseinanderzusetzen, die an meinem persönlichen Drama schuld ist.

»Umgebracht?«, fragt Paula mit ungläubiger Stimme.

»Ja, sie ist tot.«

»Finden wir das gut oder schlecht?«, fragt Paula.

Ich schnaube. »Man, du kannst Fragen stellen. Weder noch. Ich sitze hier vor dem Abschiedsbrief, den sie an Glenn geschrieben hat.«

»Was? Wieso? Hat *er* dir den gegeben?«

»Ja, er bittet mich, ihn zu lesen. Aber ich will nicht.«

»Was steht denn drin?«, fragt Paula völlig irrational.

»Mensch, das weiß ich nicht und ich will es auch gar nicht wissen.«

»Na, du machst es ja spannend. Und Glenn ist einfach gegangen?«

»Ja, er ist fort.«

»Das heißt, selbst, wenn du ihn lesen würdest,

könntest du hinterher behaupten, du hättest es nicht getan. Also lies ihn, verdammt!«

»Paula-Logik, oder?«, frage ich.

»Ja, schon. Aber ich bin wirklich neugierig, was da drinsteht und weshalb er glaubt, dass der Inhalt irgendetwas an deiner Meinung ändert.«

»Meinung«, sage ich. »Was zählt schon eine Meinung?«, frage ich resigniert.

»Oh nein«, raunt Paula, »sag nicht, du liebst ihn noch! Sag nicht, er wickelt dich wieder um den kleinen Finger! Gefühle haben hier nichts zu suchen!«, ermahnt sie mich.

»Als wüsste ich das nicht«, schroffe ich zurück, »ich liebe Leo und dabei wird es bleiben und deshalb lese ich auch den Brief nicht.«

Da ich ihn nicht einfach so liegenlassen kann, nehme ich ihn dennoch an mich und stehe auf. »Ich gehe jetzt nach Hause und lege mich zu meinem Verlobten ins Bett. Glenn hat bekommen, was er wollte.«

»Wie naiv du bist. Der hat noch lange nicht, was er will.«

»Natürlich. Er hat mich um ein Gespräch gebeten, das hat er bekommen. Und jetzt ist auch mal gut. Er hat gesagt, dass er mich nach dem Treffen vom Haken lässt.«

»Sina, er hat dir etwas in die Hand gegeben, das dich garantiert umstimmen wird. Vielleicht hast du recht. Vermutlich ist es das Beste, du liest den Brief nicht. Er wird nur noch mehr Schaden anrichten. Kannst du denn noch fahren oder bist du zu betrunken?«

»Nein, muss ich auch nicht. Ich bin mit den

Öffentlichen unterwegs. Mir gehts gut, Paula. Mach dir keine Sorgen. Ich fahre jetzt nach Hause zu meiner Familie und alles bleibt beim alten. Den Brief rühre ich nicht an. Ich werde ihn Glenn am Montag zurückgeben und ihn bitten, sein Versprechen einzulösen. Er muss begreifen, dass es vorbei ist. Aus und vorbei.«

»So machen wir's. Komm gut heim, Sina. Bis Montag.«

Wir legen auf und ich laufe zur Bushaltestelle.

Als ich die Tür zu unserer Wohnung aufschließe, überrollt mich mein schlechtes Gewissen. Alles ist ruhig und dunkel. Leo und Josephine scheinen zu schlafen, wie ich erleichtert feststelle. Ich taste nach dem Brief in meiner Jackentasche und ziehe ihn hervor. Glenn. Die handgeschriebenen Buchstaben sehen aus wie gemalt und ich kann erkennen, dass der Umschlag mehr als einmal geöffnet wurde. Sicherlich hat Glenn den Brief sehr oft gelesen und ich bin mir immer noch nicht im Klaren, wie ich es finden soll, dass er ihn mir einfach so überlassen hat.

»Sina, bist du es?« Erschrocken schiebe ich den Brief zurück in meine Jackentasche.

»Ja, Schatz! Entschuldige, war ich zu laut?«, flüstere ich in unser Schlafzimmer hinein. Leo knipst die Nachttischlampe an und reibt sich verschlafen die Augen.

»Nein, du weißt doch, dass ich nicht in den Tiefschlaf komme, bevor du nicht zu Hause bist«, murmelt er.

»Schlaf weiter, ich glaube, ich gehe noch duschen.«

»Duschen? Jetzt? Du hast geduscht, bevor du

weggegangen bist.« Seine Miene wechselt von verschlafen zu argwöhnisch. »Wo wart ihr denn?«

»Paula hat mich in die Monkey-Bar am Zoo geschleppt. Wir saßen draußen und irgendwie bin ich durchgefroren«, lüge ich, gehe ins Bad und ziehe mich schnurstracks aus. Ich dusche so heiß, wie ich es aushalten kann, so als könnte ich mir damit das schlechte Gewissen vom Körper waschen. In ein Handtuch gewickelt laufe ich zurück ins Schlafzimmer, wo immer noch Licht brennt. Leo liest in einer Zeitschrift, er scheint auf mich zu warten.

»Na, ist dir jetzt wärmer?«, fragt er über die Zeitung hinweg.

»Ja, geht schon«, sage ich und suche in meinem Schrank nach einem Nachthemd.

Ich lege das Handtuch über einen Kleiderständer und will mich anziehen, als Leo sagt: »Bleib so und komm her, ja?«

»Es ist schon spät«, maule ich, »und ich bin so müde, Schatz.« Schnell ziehe ich das Nachthemd über und krieche zu ihm unter die Decke. »Nur kuscheln?«, frage ich mit versöhnlicher Stimme, doch Leos Hände wandern ungefragt zu meinen Brüsten.

»Ich hab dich vermisst«, murmelt er in meine Halskuhle, dann küsst er die empfindsame Haut hinter meinem Ohr und ich bäume mich ihm entgegen. Ich überlasse mich seinen Händen, die hinunterwandern und die Stelle zwischen meinen Beinen liebkost. Er weiß genau, was er tun muss, um mich in Fahrt zu bringen. Als er in mich eindringt und ich die Augen schließe, bin ich wieder im Jahr Zweitausendfünfzehn. Leos Hände werden zu Glenns Händen. Ich genieße jede seiner Berührungen, gebe mich ihm hin und ganz tief in meinem Innern wünschte ich, er wäre nie zurückgekommen. Denn in meinem Kopf kreisen nur noch ein Gesicht, ein Körper und ein Name.

KAPITEL 15

5 JAHRE ZUVOR – SINA

Es ist halb sieben, als mein Wecker klingelt. Müde und benommen drehe ich mich auf die Seite und blinzle auf mein Handy. Gefühlt hat es gestern Abend Stunden gedauert, bis ich eingeschlafen bin, was sich nun rächt. Ich bin gerädert, allerdings jetzt, wo ich sehe, dass Glenn mir heute Nacht mehrere Nachrichten hinterlassen hat, bin ich euphorisch und sofort hellwach. Ich setze mich auf, öffne und lese die erste Message.

Hallo Prinzessin, du schläfst bestimmt schon. Ich swipe mich gerade durch Tinder und habe einige Matches für dich ergattert. Die besten schicke ich dir, damit du dir die Herrschaften angucken kannst. Wir können dann ja gemeinsam dein erstes Date auswählen. Gute Nacht. Kuss-Emoji, Glenn.

»Na, der hats ja eilig«, murmele ich enttäuscht und öffne die erste Tinder-Card. Dort grinst mich Nils an. Er ist eins dreiundachtzig, gut gebaut, dunkelhaarig. Obendrein hat er einen Job, nur was für einen, verrät sein Profil nicht. Der Text ist recht eindeutig, für meinen Geschmack zu eindeutig und sagt mehr, als jede Frau jemals hören will: »Du suchst etwas, das dich ausfüllt? Hier bin ich, Single und auf der Suche nach Begegnungen mit Tiefgang.«

Ich schnaube und antworte Glenn auf die Card.

Nicht dein Ernst. Der will doch nur Sex. Wenn das jetzt weiter so geht, bist du gefeuert.

Innerlich gewappnet öffne ich die nächste Card. Tom sieht leicht bekifft aus, es gibt so gut wie keine

Informationen über ihn, nur einen kurzen Text: »Suche junge Dame, die mir vierundzwanzig sieben auf den Sender geht.«

Ich weiß nicht, ob ich lachen oder heulen soll und antworte Glenn Folgendes:

Ich glaube, wir müssen doch noch mal über die Zielgruppe reden, weil allmählich gehst du mir auf den Sender!

Ich sehe, dass Glenn online geht und etwas schreibt.

Die ersten zwei Kerle dienen nur der Erkenntnis, dass es, egal welche Typen du triffst, immer noch schlimmer geht. Lach-Emoji

Vorerst antworte ich nichts, öffne aber die nächste Card. Lutz, männlich, sportlich, ausgetobt, erfolgreich im Leben, sucht die Eine, um endlich vor Anker zu gehen. Ich scrolle durch die Fotos und finde ihn zumindest schon mal attraktiv. Die Hopsefotos am Strand und eines, auf dem er aus einem Flugzeug springt, irritieren mich. Was erwarten solche Typen von Frauen? Dass sie hinterherspringen? Dasselbe Faible haben? Oder soll es bedeuten, dass sie alles schon erlebt haben und sich jetzt in Ruhe der Langeweile hingeben können – in einer Beziehung?

Widerwillig kommentiere ich die Card:

Noch nicht die Hundertprozentmarke, bin aber auch nicht ganz abgeneigt.

Glenn liest meine Nachricht und ich erwarte eigentlich eine Antwort. Jedoch kommt keine. Er geht offline. Ich schaue zur Uhr und seufze, denn ich bin spät dran. Lustlos schlage ich die Decke zurück und schleppe mich unter die Dusche. Das Wasser macht mich etwas wacher und als ich beim Morgenkaffee sitze, entdecke ich eine neue Nachricht von Glenn.

Prima. Habe Lutz angeschrieben. Halt' dich bereit. Mal sehen, vielleicht kriegen wir ja heute dein erstes Telefonat oder sogar schon ein echtes Date zustande. Stay tuned.

Ich antworte mit dem augenrollenden Emoji und bin mir sicher, dass Glenns Plan nur in die Hose gehen kann.

Es ist nach zehn, als mein Handy in meiner Hosentasche vibriert. Obwohl ich gerade in der Kita und damit beschäftigt bin, für Sarah, die Kleinste in der Gruppe, braune Knete zu einem Baumstamm zu formen, ziehe ich das Telefon hervor und sehe eine mir unbekannte Nummer. Ich entriegele das Display und nehme den Anruf an.

»Hallo?«

»Hi, hier ist Lutz«, meldet sich eine männliche Stimme am anderen Ende.

»Lutz«, wiederhole ich und bin ratlos. Und das merkt er wohl auch, denn er schiebt nach: »Lutz, von Tinder.«

»Oh«, entfährt es mir und jetzt bin ich ziemlich sauer auf Glenn, denn er scheint meine Nummer weitergegeben zu haben. Trotzdem sage ich: »Hallo, Lutz von Tinder«, woraufhin ich einen ungeduldigen Blick von Sarah ernte, die auf ihren gekneteten Baumstamm wartet.

»Kannst du mir auch bei den Ästen helfen?«, plappert sie, als ich nebenher den Baumstamm weiter forme.

»Hast du etwa Kinder?«, fragt Lutz am anderen Ende.

»Ähm, ja«, stottere ich, zurzeit sogar neun, um die ich mich kümmern muss.«

»Neun?«, ruft er schockiert aus.

»Ach so, ja, aber es sind ja nicht die Eigenen. Ich bin Erzieherin im Kindergarten.«

»Oh, dann übst du also schon für die Eigenen?«, fragt er und ich weiß nicht, was ich darauf antworten soll. Auch weiß ich nicht, was Glenn ihm über mich geschrieben hat, deshalb bin ich ziemlich unschlüssig, was ich überhaupt sagen soll.

»Eher nicht«, antworte ich, »die Eigenen sind sicherlich noch mal etwas ganz anderes.«

»Stimmt.«

»Und?«, frage ich, nachdem die Pause am anderen Ende unangenehm lang wird, »rufst du aus einem bestimmten Grund an?«

»Nee, eigentlich nicht. Du hattest doch geschrieben, dass du erst telefonieren möchtest, bevor du dich mit mir triffst.«

Beschämt kneife ich die Augen zusammen und verkneife mir einen Fluch. »Ach ja, das ist richtig, nur jetzt ist es schlecht. Wie gesagt, arbeite ich.«

»Na, gut. Wir können ja heute Nachmittag gemeinsam einen Kaffee trinken, dann werden wir ja sehen, ob die Chemie stimmt. Was meinste?«

Ich überlege und genau genommen ist mir danach, ihm eine Absage zu erteilen. Denn ich fühle mich gerade so, als würde Glenn mich in eine Sache hineinmanövrieren, für die ich momentan überhaupt nicht bereit bin. Dazu kommt, dass ich jedes Mal, wenn ich die Augen schließe, nur ein Gesicht vor Augen habe.

»Und? Kaffee?«, wiederholt sich das andere Ende der Leitung.

»Ja, okay«, presse ich hervor. »Sagen wir siebzehn Uhr im Parkcafé?«

Lutz scheint begeistert, denn er bedankt sich überschwänglich, bevor wir beide auflegen.

Als ich die Kita um sechzehn Uhr verlasse, wähle ich Glenns Nummer. Die Wut, die ich auf ihn habe, hatte den ganzen Tag Zeit, sich zu entfalten, also melde ich mich mit einem »Spinnst du eigentlich?«, als er meinen Anruf annimmt.

»Hallo Prinzessin«, sagt er in einer Art Sing-Sang, der beweist, was für hervorragende Laune er selbst gerade hat. Ich sehe ihn direkt vor mir, wie sich das Grübchen beim Grinsen in seine Wange gräbt.

»Spar dir deine *Prinzessin*«, poltere ich heraus. »Deinetwegen muss ich jetzt diesen Lutz treffen!«

»Oh fein«, findet Glenn, »also hat er dich tatsächlich angerufen.«

»Ja, hat er allerdings. Aber wir beide hatten doch die Abmachung, dass wir uns absprechen. Er hat mich einfach bei der Arbeit überfallen zwischen Knete und Quengel-Sarah.«

»Hey, komm schon, schmoll doch nicht, ich habe dir heute Morgen versprochen, dass du heute Nachmittag eventuell schon ein Date hast. Was würdest du nur ohne mich tun?«, fragt er – natürlich rhetorisch.

Trotzdem antworte ich: »Ohne dich würde ich jetzt gemütlich eine Stunde durch den Park laufen und mich hinterher mit Netflix belohnen. Aber nein, ich muss einen Typen daten, der aus Flugzeugen springt und Hopsefotos am Strand macht. Wer braucht denn sowas?«

»Darf ich dich erinnern, Prinzessin«, fragt er gedehnt, »dass du ohne mich in deiner Wohnung sitzen und den Ex-Sex-Geräuschen lauschen würdest?

Außerdem haben wir doch ein gemeinsames Ziel. Wir wollen dich mit Mister Right verkuppeln. Tick, tack, tick, tack.«

»Was soll denn jetzt wieder dieses tick, tack?«, frage ich irritiert.

»Ach nichts, ich ahme nur deine biologische Uhr nach.«

Ich atme tief durch. »Du hast das gänzlich falsch verstanden. Nur, weil ich mir wünschte, endlich im Leben anzukommen, heißt das noch nicht, dass du dich da einmischen sollst. Ich werde auch ohne dich und deine seltsamen Kuppeleien weiterleben.«

»Davon bin ich überzeugt, aber ich hatte lange keinen solchen Spaß. Gönn' mir das doch. So unter Freunden.«

Ich stoße einen Laut aus, der irgendetwas zwischen »Grrr« und »Mmpff« ist, und beende das Gespräch grußlos. Ich kann nicht fassen, dass dieser Typ sich einfach in mein Leben geschlichen hat und es restlos auf den Kopf stellt. Ich steige auf mein Fahrrad und radele Richtung Fehrbelliner Platz zum Parkcafé. Als ich mich dort umsehe, stelle ich fest, dass Lutz noch nicht da ist. Ich schaue mir nochmal die Fotos von ihm an, die Glenn mir morgens geschickt hat und lasse meine Augen ein weiteres Mal durchs Café schweifen. Ich entdecke ihn nirgends, jedoch zeigt ein Blick auf meine Uhr, dass ich zu früh bin, also suche ich mir einen Platz im Außenbereich. Das Wetter ist schön und die Bäume spenden genügend Schatten. Beim Warten spüre ich null Nervosität. Ich bin mir sicher, hätte ich mir das Date allein eingefädelt, hätte ich bereits feuchte Hände. Nur ist es leider so, dass mir inzwischen ein anderer Typ feuchte Hände verursacht.

Genervt über diese Erkenntnis verdrehe ich die Augen und werde prompt von Lutz überrascht, der wie aus dem Nichts vor mir steht.

»So schlimm?«, fragt er spontan und sieht an sich hinunter.

»Äh nein«, sage ich und reibe mir eine imaginäre Wimper aus dem Auge. Dann gebe ich ihm die Hand. »Sina«, sage ich und »freut mich«, obwohl das gelogen ist.

Ich begutachte Lutz, der sich neben mich setzt, was ich beim ersten Date nicht leiden kann. Ich schaue meinem Gegenüber lieber geradeaus ins Gesicht, als die ganze Zeit meinen Kopf in eine Richtung zu drehen. Also stehe ich kurzerhand auf und setze mich auf die andere Seite.

»Alles gut?«, fragt er irritiert.

Ich nicke und erkläre ihm, wieso ich mich umgesetzt habe.

»Verstehe«, sagt er, »das ergibt durchaus Sinn.«

Wir bestellen bei der Bedienung zwei Gläser Rotwein und dann geht der Ausfrageteil los.

»Und? Wonach genau suchst du?«, fragt mich Lutz.

Ich zucke mit den Schultern und überlege. Dann antworte ich: »Ich weiß es nicht, aber ich muss wohl darauf vertrauen, dass ich erkenne, wenn der Richtige vor mir steht. In letzter Zeit hatte ich leider kein Glück mit den Männern.«

Lutz nickt wissend und hält das Weinglas, das die Bedienung gebracht hat, zum Anstoßen hoch. »Auf den oder die Richtige.«

Unsere Gläser klirren aneinander und wir trinken den ersten Schluck.

»Und hast du konkrete Vorstellungen?«, frage ich

und mustere ihn. Er sieht gut aus. Dunkles Haar, symmetrische Gesichtszüge und mir gefällt, dass er groß ist, ich schätze zirka eins neunzig. Er hat ein breites Kreuz und seine Hände sehen aus als könnten sie zupacken.

Lutz lehnt sich jovial zurück und nickt. »Ich habe sehr klare Vorstellungen von meiner Zukunft.«

»So?«, frage ich, »und wie sehen die aus?« Und jetzt lehne ich mich zurück und höre mir an, was mein potentieller Bald-Ehegatte und möglicher Vater meiner ungeborenen Kinder für Vorstellungen von unserem Leben hat.

KAPITEL 16

5 JAHRE ZUVOR – GLENN

Es ist vertrackt. Zum fünften Mal schon lese ich das Dossier eines zweistöckigen Einfamilienhauses, das ich morgen zwei Interessenten zeigen werde und mir wird klar, dass ich zwar lese, aber nichts verinnerliche. Meine Gedanken schweifen die ganze Zeit zu Sina und ihrem Date. Immer wieder öffne ich irrationalerweise Whatsapp, obwohl mir keine Nachricht angezeigt wird - als könnte ich damit bewirken, dass sie sich endlich bei mir meldet. Entnervt klappe ich den Laptop zu und beschließe, Feierabend zu machen. Die Sporttasche liegt gepackt im Auto, also werde ich wohl ins Fitnessstudio fahren und mich mit Hanteltraining ablenken, bevor ich noch Dinge tue, die ich im Nachhinein bereue. Wie konnte ich nur so blöd sein und Sina zu dieser Tinder-Geschichte überreden? Mir hätte wirklich was anderes, was Besseres einfallen müssen als das. Mein Handy vibriert in der Hosentasche und mein Puls fängt an zu rasen. Ich schaue aufs Display und Ärger kommt in mir hoch. Claudia. Seit zwei Tagen gibt sie Ruhe und jetzt beginnt sie von neuem. Wann wird sie endlich kapieren, dass es aus und vorbei ist? Wenigstens hämmert sie nächtens nicht mehr an meine Wohnungstür, seitdem ich meinen Schlüssel zurückbekommen habe. Ich ignoriere den Anruf und fahre los. Als ich zwei Stunden später mein Handy checke, sind, außer vierzehn entgangener Anrufe von Claudia, leider immer noch keine Nachrichten von

Sina eingetroffen. Ich will das Gefühl der aufkommenden Enttäuschung unterdrücken, aber es macht sich breit in meiner Brust wie dickflüssiger Teer in brüchigem Asphalt. Es dichtet alles ab und lässt kaum Hoffnung zu. Was hatte ich denn erwartet, frage ich mich, während mein Verstand gegen den Frust ankämpft. Ich bin nicht nur zu feige, Sina zu sagen, dass ich mich ein bisschen in sie verknallt habe. Darüber hinaus bin ich außerdem unfähig, dieses Gefühl auch nur ansatzweise zuzulassen und um mehr als Freundschaft zu kämpfen. Viel zu groß ist die Angst, dass die nächste Beziehung genauso endet wie die mit Claudia. Eine Erkenntnis, die mich trifft wie eine Ohrfeige. Wie kann ich einer Frau jemals wieder unvoreingenommenes Vertrauen entgegenbringen? Wie soll das gehen? Als ich meine Wohnungstür aufschließe und mein Blick durch die Wohnung schweift, sehe ich hinter jeder Tür, hinter jedem Schrank Claudia, wie sie mich anschreit. Wie sie manisch meine Wohnung durchsucht oder sich meiner bemächtigt, ohne Rücksicht auf meine Gefühle zu nehmen. Sie hatte sich stets das genommen, was sie wollte. Ich muss an Sina denken. Daran, wie sie meinte, ich könne ihr ja eine neue Wohnung suchen, damit sie nicht mehr neben ihrem Ex wohnen muss. Ich frage mich gerade, ob ich mir nicht auch eine andere Wohnung suchen sollte. Ich könnte die Bilder und die Vergangenheit aus meinem Hirn streichen und noch einmal ganz von vorn beginnen. Wieso eigentlich nicht?

Mein Handy klingelt. Diesmal bin ich nicht aufgeregt. Ich rechne fest damit, dass es wieder Claudia ist, die mich erreichen will. Halbherzig sehe ich aufs Handy und jetzt macht mein Herz doch einen Satz. Es ist das erste Mal, dass Sina mich von sich aus anruft.

»Hallo Prinzessin«, begrüße ich sie mit hoffentlich entspannter Stimme.

»Lass das Prinzessinengesäusel!«, schimpft sie. »Deinetwegen ist mein Feierabend, der mir wirklich heilig ist, zu einer absoluten Farce geworden!«

Obwohl sie außerordentlich garstig klingt, plumpst mir ein Mühlenstein vom Herzen. Jetzt muss ich nur achtgeben, dass Sina das nicht mitbekommt. »Lass mich raten«, sage ich scheinheilig, »Lutz war nicht dein Typ? Was hat er angestellt?« Ich setze mich in meinen Lieblingssessel und lege meine Füße auf den Hocker.

»Ich habe von vornherein gesagt, dass das aussichtslos ist. Diese Plattform ist das Allerletzte. Da tümmeln sich nur kranke Idioten, egozentrische Spinner und Kerle, die im normalen Leben keine Frauen abkriegen.«

»Ach?«, werfe ich ein, »und was bringt dich zu der Auffassung? Erzähl mir von Lutz.«

»Lutz ist ein selbstverliebtes Arschloch, der mir in einem halbstündigen Monolog erzählt hat, was er von seiner zukünftigen Gattin erwartet. Dass ich ihm jeden Tag ein Festmahl zubereiten müsste und er mindestens fünf Mal die Woche Sex einfordert, waren noch die harmlosen Dinge, auf die er Wert legt.«

Für einen kurzen Moment presse ich meine Lippen aufeinander und schlucke das Lachen, das aus mir hinauswill, mit aller Kraft hinunter. Dann frage ich: »Sowas hat der beim ersten Date gesagt?«

»Nicht nur das«, wettert Sina, »Lutz spielt gern Golf und verreist oft. Sein Vater finanziert das, aber wenn seine Zukünftige trotzdem arbeiten geht, hat er damit kein Problem. Denn auch, wenn man verheiratet ist, muss man ja nicht ständig aufeinanderhocken. Obendrein muss sich ja jemand um die Kinder kümmern. Und rate, wer das auf keinen Fall macht?«

»So ein Nichtsnutz«, poltere ich heraus und muss mir schon wieder ein Lachen verkneifen.

»Der ist noch viel mehr. Der ist ein Nichts-Lutz!«, faucht Sina.

»Stimmt! Und was machen wir jetzt?«, frage ich.

»Na nichts. Wir legen das Projekt auf Eis. Wirklich Glenn, ich habe keine Zeit für so einen Mist!« Sina klingt wütend und ich kann sie total verstehen, dennoch ist diese Datingsache momentan die einzige Möglichkeit, mit ihr in Kontakt zu bleiben.

»Drei hast du gesagt«, erwidere ich deshalb bestimmt.

»Nein!«, sagt sie trotzig, »*du* hast drei gesagt. Und *ich* habe mich in einem Anfall von temporärer geistiger Verblödung darauf eingelassen.«

»Eben. Und darum werden *wir* weitersuchen. Du wirst doch nach einem läppischen Misserfolg die Flinte noch nicht ins Korn werfen«, sporne ich sie an. Ich an ihrer Stelle würde vermutlich schon gar nicht mehr mit mir reden.

»Und du willst mein Freund sein?«

»Ja, das will ich wirklich. Was hältst du davon, wenn wir uns morgen treffen und zusammen dein nächstes Opfer aussuchen?«

Sina zögert einen Moment. »Morgen geht nicht. Da treffe ich mich mit Carmen. Wir haben uns lange nicht gesehen.«

»Wer ist denn Carmen?«

»Meine Freundin.«

»Deine Freunde sind auch meine Freunde«, sage ich. »Ich will Carmen kennenlernen.«

Ich höre, wie Sina schnaubt. »Das hast *du* doch nicht zu bestimmen. Carmen will mir Mädchenkram erzählen, da störst du nur.«

»Hey, wir sind jetzt Freunde. Da ist das Geschlecht egal. Wir machen morgen ein Dreierdate unter Freundinnen. Komm, das wird lustig.«

»Hast du eigentlich keine eigenen Freunde?«, fragt sie und trifft damit einen wunden Punkt.

»Wenn ich ehrlich bin«, sage ich, »ist mein bester Freund vor einem halben Jahr nach Hamburg gezogen. Er ist Anwalt und hat dort eine lukrative Stelle in einer Wirtschaftskanzlei bekommen. Er hat mich hier einfach mutterseelenallein zurückgelassen.«

»Genau darüber würde ich mal nachdenken! Vermutlich wolltest du den auch verkuppeln. Vielleicht sollte ich auch nach Hamburg gehen, um dich loszuwerden«, sagt Sina.

»Merkst du eigentlich, dass du auf meinen Gefühlen herumtrampelst?«, frage ich mit weinerlicher Stimme.

»Heul doch«, faucht sie.

»Komm schon, Sina. Lass mich Carmen kennenlernen. Sie ist bestimmt nett. Sonst wäre sie ja nicht deine Freundin. Alle deine Freunde sind nett. Inklusive mir.«

»Echt Glenn, du bist sowas von selbstverliebt. Aber meinetwegen sollst du Carmen kennenlernen. Sie steht übrigens auf meiner Seite und wird dir eins husten von wegen Tinder. Wir treffen uns in der Buchkantine um siebzehn Uhr.«

Ein gleichmäßiger Piepton sagt mir, dass sie mal

wieder grußlos aufgelegt hat.

Als ich am nächsten Tag zur Buchkantine fahre, bin ich aufgeregt. Nicht nur, weil ich Sina heute wiedersehe, sondern auch, weil ich vor zwei Stunden das Einfamilienhaus verkauft habe. Die Gewissheit, Sina heute treffen zu dürfen, verlieh mir Kräfte, von denen ich selbst nicht wusste, dass sie in mir schlummern. Euphorisiert und bestens gelaunt, zeigte ich dem frischvermählten Paar, das bald Eltern werden würde, mit den Augen eines glücklichen Mannes das Haus. Ich erweckte die offene amerikanische Küche mit Worten zum Leben und pries die zwei Kinderzimmer an, als wären es heilige Stätten und einzig ihrer Kinder würdig. Ich wuchs über mich hinaus und es dauerte nicht lang, da stand die schwangere Frau im Wohnzimmer und wischte sich eine Träne der Rührung aus dem Auge, als sie hauchte: »Schatz, das wird unser neues Zuhause.« Woraufhin Schatz wissend nickte, mir die Hand reichte und fragte: »Wo soll ich unterschreiben?«

Beschwingt steige ich aus dem Auto und nehme drei Stufen auf einmal, so dass ich mitten auf der Terrasse der Buchkantine stehe. Ich sehe mich um und entdecke die beiden Frauen sofort. Von Sina fange ich mir einen düsteren Blick ein und als ich an den Tisch trete, sagt sie mit tiefer Stimme: »Glenn, das ist Carmen. Carmen, das ist Glenn.«

Ich schenke Carmen mein umwerfendstes Zahnpastalächeln, das sie freundlich erwidert. Sie wirkt ein wenig wie eine Barbiepuppe, weshalb ich sie sekundenlang anstarre. Als dieser Moment eindeutig zu lange dauert, bietet sie mir den Platz neben sich an und sagt: »Besser, du setzt dich zu mir. Mademoiselle hat heute nicht die allerbeste Laune.«

»Ich weiß, wie ich sie aufheitern kann«, ich löse meinen Blick von Carmen und winke die Bedienung herbei. »Eine Flasche Champagner«, ordere ich und lehne mich zurück.

»Champagner? Haben wir im Lotto gewonnen?« Sina zieht spöttisch eine Augenbraue hoch.

»So gut wie«, sage ich, »ich habe heute ein Haus verkauft. Das will ich mit meinen Freunden feiern.« Ich lächle in die Runde und Carmen pfeift anerkennend durch die Zähne.

»Du hast 'n Immobilienhai an der Angel und sagst nüscht?«, fragt sie irritiert.

Sina schüttelt den Kopf und verdreht die Augen. »Niemanden hab ich an der Angel. Glenn hat es sich zur Aufgabe gemacht, mein neuer Freund zu sein und mir das Leben zur Hölle zu machen, indem er mir fragwürdige Tinder-Dates verschafft.«

Carmens Blick geht von einem zum anderen: »Freunde? Ihr seid Freunde? Ihr wisst aber schon, dasset sowat zwischen Männern und Frauen nich jibt.«

»Ich weiß das! Sag ihm das!« Sina verzieht den Mund zu einem breiten Grinsen. Aber wir beide wissen, dass sie nur eine Grimasse zieht.

»Papperlapapp! Wir werden ein Exempel statuieren!«, sage ich. Die Frauen schütteln unisono den Kopf und die Bedienung bringt den Champagner. Ich gieße ein und wir prosten uns zu. »Auf die Freundschaft«, sage ich und die Frauen schütteln wieder den Kopf, nehmen trotzdem einen beherzten Schluck.

»Und?«, frage ich Carmen, »was machst du so den

ganzen Tag?«

Sina senkt verlegen den Blick und zupft nicht vorhandene Fussel von ihrer Bluse. Carmen streckt den Rücken durch, wobei ich das erste Mal ihr überaus üppiges Dekolleté bemerke. Entweder ist sie von Mutter Natur mehr als nötig gesegnet, oder aber sie hat einen Chirurgen reich gemacht. Und jetzt, als ich ihr wieder direkt ins Gesicht sehe, werde ich den Verdacht nicht los, dass sie ihre gesamte Vorderfront hat tunen lassen. Mit der kerzengeraden, kleinen Nase und den aufgespritzten Lippen wirken ihre Gesichtszüge plastisch, weshalb ich sie schon wieder anstarre. Ich zwinge meinen Blick auf das Glas in meiner Hand.

»Hat Sina dir nich erzählt, wat ick beruflich mache?«

»Äh nein. Genau genommen habe ich erst gestern von dir erfahren.«

Carmen sieht zu Sina und sagt: »Wie lange kennt ihr euch eijentlich? Und wie habt ihr euch kennenjelernt?«

Bevor ich auch nur überlegen kann, wie ich den Anfang unserer Freundschaft schmeichelhaft erzählen könnte, platzt es aus Sina heraus: »Glenn hat mir die Handtasche gestohlen.«

Jetzt ist es an mir, den Kopf zu schütteln. »Gar nicht wahr. Du hast sie in meinem Auto vergessen, nachdem ich so nett war, dich nach Hause zu fahren, was ein ziemliches Risiko war.«

»Ja, für mich«, fällt mir Sina ins Wort, »du hättest ein Serienmörder sein können.«

»Das Risiko bestand ja wohl eher darin, dass du sturzbetrunken warst und jederzeit die Sitze hättest kontaminieren können.«

»Moment mal!« Carmen legt ihre Hand auf meinen Arm und schaut zu Sina. »War dit der Abend, an dem Felix mit dir Schluss jemacht hat? Denn dann war dit och der Abend, an dem wir tanzen waren und du jejangen bist, ohne mir Bescheid zu jeben!«

»Ja, das ist dann wohl der Abend«, sage ich siegessicher. »Ich habe deiner guten Freundin Sina quasi das Leben gerettet.«

»Handtasche geklaut«, wiederholt Sina und verdreht die Augen.

»Du hast mir nich jesagt, wie heiß der Typ is«, sagt Carmen und zwinkert mir zu.

»Findest du?«, fragt Sina und täuscht ein Gähnen vor. »Sagt mir Bescheid, wenn ich euch allein lassen soll.«

»Nein, bitte nicht«, hebe ich resigniert die Hände. »Du weißt doch, dass ich momentan nichts mit dem anderen Geschlecht anfange. Freundschaft genügt mir völlig.«

»Als ob.« Sina schnaubt und bedenkt mich mit einem zweifelnden Blick. »Da muss nur die Richtige ihre Angel auswerfen.«

Ich genieße unsere kleinen verbalen Duelle sehr, jedoch will ich sie nicht überstrapazieren, weshalb ich das Thema, wie ich irrigerweise annehme, auf unverfängliches Terrain lenke.

»Carmen, wolltest du nicht erzählen, was du beruflich machst?«

»Ja, Carmen, erzähl doch mal, womit du dein Geld verdienst.« Sina lächelt mich zuckersüß an und sieht dann zu ihrer Freundin, die ein noch breiteres Grinsen im Gesicht hat.

»Ick arbeite im Bordell«, sagt sie und klimpert mit

ihren falschen Wimpern. Ich muss aufpassen, dass mir der Schluck Champagner, den ich gerade getrunken habe, nicht durch die Nase wieder herausprustet. Schnell sammle ich mich und tue so, als fände ich es völlig normal, dass Sina mit einer Prostituierten befreundet ist. Ich stelle mein Glas hin und sage: »Das finde ich großartig, dann kennst du dich ja aus mit der Männerwelt.« Ich hole mein Handy hervor, öffne die Tinder-App und lege es auf den Tisch.

»Oh ja.« Carmen nickt zustimmend und sieht auf das Display. »Und wobei kann ick behilflich sein? Brauchste ’ne Frau?« Lasziv leckt sie sich über die Lippen, berührt meinen Arm und mustert mich von oben bis unten.

Ich grinse. »Mitnichten. Eigentlich bin ich auf der Suche nach einem Mann.«

»Ach so!« Carmen zieht die Hand fort, als hätte sie sich an mir verbrannt. Ich genieße diese kleine Einlage und sehe, dass Sina sich ebenso amüsiert. Aber nur so lange, bis ich sage: »Genaugenommen suche ich einen Mann für unsere Sina.«

KAPITEL 17

GEGENWART – GLENN

In der Agentur ist es später geworden, als beabsichtigt. Als ich die Kita betrete, um Vivien abzuholen, sehe ich, dass kaum noch Kinder da sind und meine Tochter wieder mit demselben Mädchen spielt wie neulich. Kopfüber hängen beide an einem Klettergerüst und kugeln sich vor Lachen. Mir geht das Herz auf. Nur für einen Moment, denn jetzt entdecke ich Sina. Sie hilft einem Kind, eine Schleife zu binden. Ich gehe in ihre Richtung, denn ich hoffe, sie hat den Brief inzwischen gelesen und ist zu einem weiteren Gespräch bereit.

»Hasenohr, Hasenohr, einmal rum, dann durchs Tor«, höre ich sie sagen und muss schmunzeln, denn mit diesem Spruch habe ich auch Vivien das Schleifenbinden beigebracht. Aus dem Augenwinkel sehe ich, dass meine Tochter mich entdeckt hat und auf mich zuläuft. »Papa, ich darf doch zu Josephines Geburtstag gehen, oder?«, fragt sie außer Atem. Ich gehe in die Hocke und umarme sie zur Begrüßung. »Na klar, darfst du mit ihr feiern«, sage ich und freue mich riesig, dass sie endlich Anschluss gefunden hat. Es ist das erste Mal seit Wochen, dass sie glücklich und euphorisch ist. »Wann wird denn gefeiert und hast du die Adresse?« Meine Tochter schaut zu Sina und nickt.

Sina weicht meinem Blick aus und sagt: »Die Feier ist am Samstag, Josephine wird vier. Es wurde eine Einladung in Viviens Umkleidefach gelegt. Da steht auch die Adresse drin.«

»Klasse«, freue ich mich, »dann müssen wir noch ein Geburtstagsgeschenk besorgen. Schätzchen, frag doch Josephine, was sie sich wünscht, ich möchte noch kurz mit deiner Erzieherin sprechen.«

Sina schüttelt den Kopf und Vivien rennt los, um Josephine zu fragen.

»Lass das, Glenn. Es ist alles gesagt. Du kannst noch mit reinkommen, damit ich dir den Brief zurückgebe.«

»Hast du ihn gelesen?«, frage ich.

»Der Inhalt geht mich nichts an. Das habe ich dir schon bei unserem Treffen gesagt.«

Ich hole tief Luft, will etwas antworten, aber was? Ich lasse die Luft aus meinen Lungen entweichen und suche ihren Blick. Sina weicht mir aus und geht zur Buddelkiste, um die Förmchen einzusammeln. Wie ferngesteuert laufe ich ihr hinterher und helfe dabei. »Sina, bitte. Lies den Brief. Ich flehe dich an.«

Sina sieht auf, setzt sich auf die Umrandung des Buddelkastens und blickt mir direkt ins Gesicht. »Du hast mir gar nicht zugehört oder?«

»Doch, aber ...«, murmele ich und setze mich auf die gegenüberliegende Seite der Buddelkiste.

»Kein aber! Wir hatten einen Deal. Wir gehen was trinken und ich höre mir an, was du zu sagen hast. Du hast bekommen, was du wolltest. Jetzt erfüll' du deinen Teil der Abmachung.«

»Ich wollte dir am Samstag noch so vieles erzählen, aber mir hats einfach die Luft abgeschnürt. Ich musste da weg. Meinst du, mir setzt das alles nicht zu?«

»Glenn, wirklich! Was erwartest du denn? Die Zeiten haben sich geändert. Ich werde mich nicht mehr auf deine Spielchen einlassen. Das hat vor fünf Jahren funktioniert, aber ich bin erwachsen geworden. Ich bin nicht mehr die dumme Pute, die sich von dir die Tinder-Dates aussuchen oder leere Versprechungen machen lässt. Ich bin inzwischen verlobt. Glücklich verlobt. Auch wenn sich dieser Fakt deiner Vorstellungskraft entzieht. Ich werde geliebt.«

»Denkst du, das weiß ich nicht?«, werde ich laut, obwohl ich das gar nicht will. »Ich weiß ganz genau, was ich da von dir verlange. Aber vielleicht gestehst du mir zu, dass auch ich reifer geworden bin, wobei ich das damals auch war. Ich habe eine Entscheidung getroffen, die ich bitter bereue, und im Grunde auch nicht. Ich würde sie vermutlich jederzeit wieder so treffen. Aber glaube mir doch, wenn ich dir sage, dass ich heute und jetzt und hier sehr genau weiß, was ich will.«

»Na, da kann ich dir nur gratulieren. Aber mir ebenso, denn auch ich weiß genau, was ich will. Und stell dir vor, du bist es nicht.«

»Und wenn es so ist, muss ich mich eben damit abfinden. Das werde ich auch tun. Trotzdem habe ich den Wunsch, dir mein Handeln zu erklären. Ich weiß ganz genau, wie sehr ich dich verletzt habe. Ich will es endlich aus der Welt räumen.«

»Wieso denn jetzt auf einmal? Es spielt keine Rolle mehr. Du hast vor fünf Jahren eine Entscheidung getroffen. Nicht nur für dich, Claudia und deine Tochter, sondern auch für mich. Eine Erklärung wärst du mir vor fünf Jahren schuldig gewesen. Heute bringt es mir nichts mehr, außer dass es alte Wunden aufreißt.«

»Siehst du«, sage ich energisch, »bei dir reißt es eine

Wunde auf. Meine ist nie verheilt. Ich kämpfe seit fünf Jahren einen Kampf, den ich einfach nicht gewinnen kann, wenn du mich nicht anhörst. Bitte Sina, bitte lies den Brief.«

Müde stehe ich auf und winke Vivien zu mir. Sina sitzt da, die Buddelförmchen auf dem Schoß, dazu eine trotzige Miene. Ich weiß nicht, ob ich sie erreicht habe oder je erreichen werde. Am liebsten würde ich sie an beiden Händen hochziehen, in die Arme nehmen und ihren Duft einatmen, ihr Vernunft einhauchen.

»Josephine wünscht sich einen Hund«, ruft Vivien begeistert, während sie näher kommt.

»Einen Hund?«, frage ich, »etwa einen echten?«

Vivien zuckt die Schultern. »Was denn sonst?«

»Okay, uns wird schon was einfallen«, murmele ich und suche ein letztes Mal Sinas Blick, den sie leider nicht erwidert. Ich muss wohl froh und dankbar sein, dass sie nicht aufsteht und mir den Brief zurückgibt. Vielleicht darf ich ja hoffen, dass sie ihn doch noch liest. Vivien schiebt ihre Hand in meine und zieht mich zur Umkleide, wo die Einladung für Josephines Geburtstag liegt. Sie nimmt sie aus dem Fach, öffnet den Briefumschlag und gibt mir die Karte, die ich laut vorlese.

Liebe Vivien, hiermit lade ich dich am nächsten Samstag, fünfzehn Uhr zu meinem Geburtstag ein. Mitzubringen sind Spaß und gute Laune. Bitte komm' in die Karl-Marx-Allee 182 und klingele bei Familie Breuer. Ich freue mich auf dich. Liebe Grüße, deine Josephine.

Der Geburtstag ist schon übermorgen, das heißt, wir müssen kurzfristig noch ein Geschenk besorgen. Ich gehe zu Vivien in die Hocke und grinse sie breit an.

»Was hältst du davon, wenn wir jetzt einkaufen gehen?«

Meine Tochter nickt aufgeregt. »Aber wo kriegen wir denn einen Hund her?«, fragt sie mit ratloser Miene.

»Ich hätte da schon eine Idee«, sage ich und erhebe mich. Als wir die Kita verlassen, sehe ich, dass Sina immer noch auf dem Rand der Buddelkiste hockt, auf ihrem Schoß sitzt jetzt Josephine, den Kopf an ihre Brust gelehnt. Ein sehr intimes Bild und für mein Empfinden ein wenig zu vertraut für ein fremdes Kind, das nach Nähe sucht. Ich löse meinen Blick und meine Gedanken von diesem letzten Bild und schnalle Vivien an. Dann fahren wir los.

KAPITEL 18

GEGENWART – SINA

»Du musst mit Leo reden. Unbedingt. Heute!« Paulas Stimme klingt wie ein scharfes Messer und das, was sie sagt, schneidet tief in meine Eingeweide und verursacht ein Stechen in meinem Bauch. Ich sitze in ihrem Büro und wehre mich gegen eine aufkommende Panikattacke. Ich muss mich viel eher sortieren, denn alles scheint aus dem Ruder zu laufen. Jedes Mal wenn Glenn die Kita betritt, um Vivien abzuholen, habe ich grauenvolle Angst, dass Josephine herbeigeeilt kommt und ‚Mama' zu mir sagt. Jeden verdammten Moment seiner Anwesenheit bin ich derart angespannt, dass ich kaum noch atmen oder nachdenken kann.

»Ich weiß, dass ich mit ihm reden muss. Aber wie, um Himmels Willen, kann ich ihm sagen, dass der Vater meines Kindes noch lebt? Leo wird mich verlassen. Und das zu Recht.« Meine Stimme ist weinerlich und ich verachte mich selbst dafür, denn diese Suppe habe ich mir allein eingebrockt.

»Quatsch! Leo wird dich unterstützen. Doch das kann er nicht, wenn du ihm nicht endlich sagst, was los ist.«

»Hab ich da meinen Namen gehört?« Leo steht plötzlich in der Tür und strahlt uns beide an. Mit Herzklopfen, das man vermutlich bis nach Timbuktu hören kann, sehe ich zur Uhr und bemerke, dass er mit Sicherheit seit zehn Minuten vor der Kita wartet, um uns abzuholen.

»Papa«, weht Josephines Stimme durch die Flure

und ich höre ihre herbeieilenden Schritte. Vater und Tochter begrüßen sich mit einer stürmischen Umarmung und allein dieser Anblick schnürt mir die Kehle zu. Als ich zu Paula hinübersehe, schneidet sie eine Grimasse, die mich anspornen soll. Ich presse die Lippen aufeinander, um nur nichts zu sagen, und verkneife mir ein Augenverdrehen.

»Entschuldige Leo, wir haben die Zeit vergessen«, sage ich und lächle ihn an.

Er streichelt meine Wange. »Ist ja nicht das erste und sicher auch nicht das letzte Mal, Liebling. Du siehst müde aus. Ist alles in Ordnung?«

Ich nicke schnell und sage: »Ja ja, alles okay«, bevor Paula noch etwas ausplaudert, wofür ich erst Mut sammeln muss. »Lass uns heimfahren.«

Mein Mut heißt Rotwein. Leo hat Josephine ins Bett gebracht und setzt sich neben mich auf die Couch. Wie jeden Abend zieht er meine Beine auf seinen Schoß, um mir die Füße zu massieren. Dem linken Fuß, an dem ich damals den Bänderriss hatte, schenkt er besonders viel Aufmerksamkeit. Seine Berührungen sind sanft und trotzdem wirken sie krampflösend, man merkt sofort, dass Leo als Physiotherapeut genau weiß, was er tut.

»Willst du auch ein Glas Wein?«

Leo schüttelt den Kopf. »Heute nicht, Liebling.« Es entsteht eine kurze Pause, dann sieht er von meinen Füßen in mein Gesicht: »Sagst du mir, was los ist?«, fragt er mit leiser Stimme. Mein Herz fängt prompt an zu rasen. Weiß er irgendetwas oder hat er nur eine vage Ahnung?

»Was soll schon los sein?«, frage ich und will meine

Füße fortziehen. Geistesgegenwärtig hält er sie fest und umschließt sie mit einem Arm. Die Hand des anderen Arms legt er sanft auf meine Knie. »Du weißt, dass du mir alles sagen kannst, oder?« Sein Blick ist offen und wieder einmal wird mir klar, welch großes Los ich mit ihm gezogen habe. In diesem Moment durchströmt mich so viel Zuneigung, dass ich mich auf seinen Schoß ziehe, um ihn zu küssen. Er schließt mich in eine Umarmung und erwidert den Kuss, aber nur kurz. Er löst sich, nimmt mein Gesicht in die Hände und schaut mir tief in die Augen. »Und jetzt sag mir bitte, was los ist, ich kann sonst nicht schlafen. Und wir wälzen uns schon seit vierzehn Tagen im Bett herum, wenn ich richtig gerechnet habe.«

Ich schüttele den Kopf und vergrabe mein Gesicht in seinen Händen.

»Es tut mir leid«, sage ich, »ich wusste nicht, wie leicht ich zu durchschauen bin.«

»Wir sind seit vier Jahren zusammen. Es wäre traurig, wenn mir entgehen würde, dass dich etwas belastet. Und noch trauriger wäre die Tatsache, dass du dich mir nicht anvertrauen willst. Also sag' mir bitte, was los ist. Ich verspreche, wir finden eine Lösung.« Er nimmt seine Hände von meinem Gesicht und senkt den Blick. »Lass dir Zeit, aber wir gehen nicht schlafen, bevor wir geredet haben.«

Ich nicke und sage: »Wir müssen unser Klingelschild ändern. Morgen schon.«

»Unser Klingelschild? Inwiefern willst du das ändern?«

»Da darf nur Breuer draufstehen. Mein Name muss bis morgen weg sein.«

»Okay«, sagt Leo, »und sagst du mir auch, wieso das

Ganze? Irgendwie machst du mich jetzt doch nervös. Haben wir geheiratet, ohne dass ich es mitbekommen habe? Oder bist du im Zeugenschutzprogramm?« Er zieht eine Grimasse, will mich zum Lachen bringen, doch ich fühl mich einfach nur grauenvoll. Ich löse mich von ihm und setze mich aufrecht hin.

»Es geht um Josephine«, sage ich.

Leo setzt sich nun auch gerade hin und nimmt einen Schluck Wein aus meinem Glas. »Josephine«, wiederholt er und wartet geduldig, bis ich weiterspreche. Also beginne ich, die ungeliebte Wahrheit auszusprechen.

»Ich habe dir damals erzählt, dass ihr Vater tot ist.«

Leo nickt.

»Und ich bat dich, mich nicht weiter nach ihm zu fragen, weil es zu sehr schmerzte, über ihn zu sprechen.«

Ein weiteres Nicken.

»Und du tatest mir den Gefallen, weil du instinktiv spürtest, dass ich nicht bereit war. Dafür möchte ich dir danken.«

Leo greift nach meiner Hand und hält sie fest. »Aber jetzt bist du es?«

»Eigentlich nicht. Aber ich habe keine Wahl.«

Es entsteht eine Pause und dann sagt Leo. »Er ist gar nicht tot, oder?«

Ich schüttele den Kopf und sehe ihn nun direkt an. Sein Blick ist gelassen und sein Gesicht entspannt. »Davon bin ich auch nie ausgegangen. Ich habe immer gedacht, wenn du bereit bist, wirst du mir alles erzählen.«

Und wieder weiß ich nicht, wie ich diesen Mann verdient habe. »Ich hätte dir die ganze Wahrheit sagen müssen, als du Josephine wie dein eigenes Kind angenommen hast.«

»Das spielte überhaupt keine Rolle für mich. Josephine ist und bleibt meine Tochter, egal was passiert. Jetzt erzähl, ist der Kindsvater aufgetaucht? Und wenn ja, was will er von dir?«

Ich nicke. »Er ist wieder in Berlin. Er war lange Zeit fort. Er wusste damals nichts von meiner Schwangerschaft. Er verschwand, bevor ich mit ihm darüber reden konnte.«

»Oh.« Leo zieht fragend die Augenbrauen hoch. »Er weiß noch nicht mal, dass er Vater ist?«

»Nein. Beziehungsweise, er weiß, dass er Vater ist. Vater einer anderen vierjährigen Tochter. Er hatte kurz vor unserer Beziehung seine Exfreundin geschwängert. Er konnte sie damals nicht im Stich lassen, weil sie psychische Probleme hatte und deren Leben und das seines Kindes auf dem Spiel stand. Er hat zusammen mit ihr Deutschland verlassen, ohne mir Bescheid zu geben. Er war einfach zu feige.«

»Und damit hat er sich selbst um das Wissen gebracht, dass er Vater eines weiteren Kindes geworden war.«

»Richtig.«

»Okay. Erzähl weiter«, sagt Leo und nimmt noch einen Schluck Wein.

»Ich stecke in der Zwickmühle«, sage ich. »Er ist zurück, wohnt wieder in Berlin und hat obendrein seine Tochter in meiner Einrichtung untergebracht.«

»Das heißt, du bist die Erzieherin seiner Tochter? Und was sagt die Mutter dazu?«

»Die ist tot.«

»Tot? Woher weißt du denn das alles?« Leo wird

allmählich nervös.

»Also schön«, sage ich, stehe auf und gehe rastlos durchs Wohnzimmer. »Er bat mich um ein Treffen, bei dem er mir schilderte, unter welchen Umständen er damals verschwunden war. Am Ende erzählte er mir, dass sich die Mutter seiner Tochter umgebracht hat. Aber auch das spielt gar keine Rolle für uns. Die Frage ist, wie wir verhindern können, dass er von Josephine erfährt.«

»Was?« Leo erhebt sich und fährt sich nervös durchs Haar. »Du hast ihn getroffen? Wann denn?«

Ich kann ihm kaum in die Augen sehen, er sieht aus wie ein angeschossenes Reh. Ich geh auf ihn zu und nehme seine Hand. »Es tut mir so leid. Ich hab dich angelogen. Ich habe mich am Paula-Abend mit ihm getroffen. Ich wollte nur hören, was er zu sagen hat. Das bedeutet überhaupt nichts. Also nichts für uns beide.«

»Aber wieso belügst du mich? Das hast du doch gar nicht nötig.«

Ich lasse seine Hand los und setze mich wieder hin. Mein Bauch schmerzt vor Scham und Angst und ich zittere am ganzen Körper.

»Ich weiß nicht, warum ich gelogen habe. Vielleicht, weil mich seine Rückkehr so aufgewühlt hat. Nie im Leben habe ich damit gerechnet, dass er wieder auftaucht. Für mich war er tatsächlich im weitesten Sinne gestorben. Seitdem er zurück ist, habe ich grauenvolle Angst, dass er mir Josephine wegnimmt.«

»Aber deshalb kannst du sie ihm doch nicht vorenthalten? Oder anders, du kannst deiner Tochter ihren Vater nicht absprechen.«

Ich schlucke hart. »Vorhin sagtest du noch,

Josephine ist deine Tochter, komme, was da wolle. Wie passt das?«

»Ja, ist sie auch. Aber das bedeutet nicht, dass du ihr ihren biologischen Vater unterschlagen darfst.«

Ich weiß nicht, ob ich mich über Leos Einstellung freuen oder ärgern soll. Im Grunde hat er ja recht. Andererseits hieße das, dass ich Glenn zurück in mein Leben lasse. Und das kann nicht gut ausgehen. Denn was Leo nicht weiß, ist, dass jeder Gedanke an Glenn eine Sehnsucht in mir entfacht, die sich wie ein Flächenbrand ausbreitet und alles zerstört, was jemals existiert hat.

»Was mache ich denn jetzt?«, frage ich. »Dazu kommt, dass sich unsere Tochter mit seiner angefreundet hat. Ich konnte nicht verhindern, dass Josephine Vivien zu ihrem Geburtstag einlädt. Die beiden hängen in der Kita ständig zusammen. Es ist, als wüssten sie instinktiv, dass sie etwas verbindet. Es ist einfach nur grauenvoll.«

»Sina! Sie sind Geschwister«, sagt Leo.

»Halbschwestern«, korrigiere ich.

»Meinetwegen. Aber du kannst nicht so tun, als gäbe es diesen Mann und unser Kind nicht. Das ist absurd. Das bist nicht du. Das sind nicht wir. Wir sind Menschen mit Herz und Verstand, hörst du?« Leo setzt sich neben mich, nimmt mein Kinn in die Hand und zwingt mich, ihn anzusehen. Ich schließe für einen Moment die Augen, weil ich mich zu sehr schäme.

»Sieh mich an«, sagt er in festem Ton und ich öffne die Augen. »Wir sind so nicht. Wir werden eine Lösung finden. Wir haben noch immer alles irgendwie gedeichselt, das weißt du doch. Ich frage mich ernsthaft, wovor du davonläufst.«

Ich weiß genau, wovor ich weglaufe, aber das kann ich Leo nicht sagen. Also zucke ich die Schultern. »Du hast ja recht. Wir werden das Problem lösen. Was meinst du? Soll ich morgen mit ihm sprechen?«

Leo fährt sich mit der Hand durch sein blondes Haar. Das tut er immer, wenn er nicht weiter weiß. Eine Geste, die mir so vertraut ist, wie sein gutmütiges Wesen.

»Das überlegen wir uns noch. Vielleicht müssen wir das nicht gleich morgen klären. Es ist Josephines Geburtstag. Wir müssen nichts übereilen. Aber wir werden unsere Tochter nicht im Unklaren lassen, okay? Wir werden das klären. Bestimmt nicht morgen, aber ganz bald.«

Ich nicke und sinke dankbar in Leos Arme. Ich sauge seinen Geruch in mich auf und fühle mich sicher und geborgen. Er legt seine Lippen an meinen Hals und murmelt: »Versprich mir, dass du in Zukunft immer zu mir kommst, wenn dich irgendetwas bedrückt. Ich werde bald dein Mann sein und es heißt ‚in guten wie in schlechten Zeiten' und das hier ist noch nicht mal schlecht. Josephine wird in Zukunft zwei Väter haben, von denen sie geliebt wird. Und sie bekommt eine Schwester dazu. Daran ist nichts Schlechtes.«

Ich blicke in Leos Gesicht. »Und wenn er sie mir wegnehmen will?«

Mein Verlobter lächelt mich zuversichtlich an. »Das wird nicht passieren. Dieser Glenn ist ein alleinerziehender Vater, der sich vor Jahren aus dem Staub gemacht hat. Und wenn er nicht ganz auf den Kopf gefallen ist, weiß er, dass er keine Chance aufs Sorgerecht hat. Der wird froh sein, wenn wir ihn mitspielen lassen.«

Einigermaßen beruhigt lege ich meinen Kopf zurück an seine Brust. »Danke, dass du mich so liebst, wie du mich liebst.« Ich ziehe ihn fester an mich und genieße die Wärme seines Körpers.

KAPITEL 19

5 JAHRE ZUVOR – SINA

Wieder einmal sitze ich im Parkcafé und warte auf mein Date. Das heutige, zweite, heißt Christoph und die Bedingungen sind denkbar ungünstig, denn drei Tische weiter sitzen Glenn und Carmen, die sich offenbar gegen mich verschworen haben. Sie tun so, als hätten sie ein eigenes Date, nur um Christoph und mich zu beobachten. Man würde mir dann hinterher Feedback, wertvolle Tipps und Verbesserungsvorschläge für noch erfolgreicheres Dating geben können, falls es wieder in die Hose geht. Ich bin stinksauer und weiß nicht, auf wen von beiden mehr. Allein, wie Carmen ständig beim Reden ihre Hand auf Glenns Arm legt. Ja, vielleicht bin ich selbst schuld, weil ich ihr geschworen habe, dass Glenn für mich tabu ist. Aber hätte ich ihr die Wahrheit gesagt, wobei ich die Wahrheit ja selber nicht genau kenne, würde es keine zehn Minuten brauchen, bis sie ihm jede Einzelheit, wie auch immer sie aussähe, steckte. Jetzt darf ich dabei zugucken, wie die reinkarnierte Barbiepuppe ständig auf Tuchfühlung mit ihm geht und mich fragen, wieso um Himmels willen mich das so sehr ärgert. Und warum mich die Frage beschäftigt, ob Glenn am Ende genau auf diesen Typ Frau steht. Ich war fest davon ausgegangen, dass er nicht auf ihre Masche hereinfällt. Aber am Ende ist er eben auch nur ein Mann. Mitten in meine Gedanken hinein verkündet mein Handy eine Nachricht. Im Display erscheint Glenns Name: *Na, wirst du etwa versetzt?*

Als ich ihm einen wütenden Blick schicke, schaut er demonstrativ auf die Uhr. Ich würde am liebsten aufstehen und zu den beiden Knallchargen rübergehen, um ihnen zu sagen, was ich von ihrer Aktion halte. Abgemacht war nämlich, dass wir uns morgen wieder treffen. Ich finde es dreist, dass sie sich derart lächerlich und unprofessionell verhalten. Und dass Glenn ausgerechnet Carmen, meine Freundin, mit ins Boot geholt hat, um einen Typen für mich auszusuchen, lässt mir vor Wut das Klappmesser in der Tasche aufgehen.

»Bist du Sina?«, holt mich Christoph aus meinen mentalen Mordgelüsten. Als erstes, und darüber freue ich mich sehr, fällt mir auf, dass er genauso aussieht wie auf seinen Fotos. Erster Pluspunkt. Ich stehe auf und begrüße ihn mit Küsschen rechts, Küsschen links, wobei ich Glenn und Carmen ein breites Grinsen über seine Schulter hinweg schicke, das sie großmütig abwinken. Christoph nimmt mir gegenüber Platz, wofür er sofort den zweiten Pluspunkt kassiert. Ich mustere ihn. Er hat blondes, kurzgeschnittenes Haar, blaue Augen und ist einen Kopf größer als ich. Sein Lächeln wirkt ehrlich und natürlich. Jetzt gilt es nur noch herauszufinden, ob er tatsächlich etwas Ernstes sucht. Im Hinterkopf schwirren mir immer noch Carmens Worte herum, als sie ihn bei Tinder aufgetan hat. *Der is voll süß. Der sieht aus wie Tommy von Annika, findste nich?*

»Schön, dass es so schnell mit einem Kennenlernen klappt«, sagt Christoph.

»Finde ich auch«, entgegne ich und nachdem er kurz erzählt, dass er heute früher Feierabend machen konnte und gut hergefunden hat, stelle ich gleich die erste Frage: »Und? Was machst du so in deiner Freizeit, wenn du nicht gerade datest?«

Er lehnt sich zurück und überlegt kurz. »Ehrlich gesagt, date ich eher selten. Ich habe kaum Zeit dafür. Meistens treibe ich lieber Sport oder bin mit dem Rad unterwegs.«

»Cool, was trainierst du so?«

»Im Grunde liebe ich alles, was auf -ing endet.«

Es muss daran liegen, dass ich seit Felix keinen Sex hatte, denn mir fällt ad hoc nur das Wort ‚Petting' ein. Ich denke aber, dass er das eher nicht im Sinn hat. Oder doch? Schließlich treffen wir uns über Tinder. Mein fragender Blick veranlasst ihn glücklicherweise, seine Antwort zu präzisieren. »Also zum Beispiel Jogging, Climbing, Cycling, Surfing, Skating, Swimming.«

»Ah«, mache ich und schäme mich irgendwie fremd. Wieso kann er die Dinge nicht auf Deutsch benennen?

»Und was machst du gern?«, fragt er.

Nach kurzer Überlegung sage ich: »Ich mache auch gern vieles, das auf -ing endet. Zum Beispiel Drinking, Eating, Relaxing, Sleeping und bisweilen sogar Dating.« Nun grinse ich breit und Christoph guckt mich skeptisch an.

»Na toll, du nimmst mich auf die Schippe, oder?«

Ich zwinkere ihm zu. »Nur ein ganz kleines Bisschen.« Warum machen Menschen das? Warum muss man heutzutage alles verenglischen? Ist es besonders *exciting*?«

»Stimmt, darüber muss ich mal in Ruhe nachdenken«, lacht er. »Aber ja, viele meiner Freunde sprechen genau so. Und vermutlich reiht man sich ein, ordnet sich unter oder lässt sich damit anstecken? Es ist schon so normal geworden, Anglizismen zu verwenden, dass man gar nicht mehr darüber nachdenkt.«

Ich finde es liebenswürdig, dass Christoph auf meine Provokation nicht beleidigt reagiert. Er scheint Humor zu haben und sich selbst zu reflektieren. Ein weiterer Pluspunkt.

Die Bedienung kommt an unseren Tisch. Es ist dieselbe junge Dame wie neulich, als ich mit Lutz hier war. Ihr Blick fragt: ‚Kennen wir uns?' Mein Blick antwortet: ‚Frag lieber nicht!'

Wir ordern zwei Apfelschorlen und gehen übergangslos ins nächste Thema.

»Darf ich fragen, was du beruflich machst?«, fragt Christoph.

»Hm«, sage ich und muss schmunzeln, »deine Freunde würden es professionelles Babysitting nennen.«

»Du bist Erziehering?«, lacht er und versucht, seine Wortschöpfung englischklingend auszusprechen. Wir prusten beide los und ich erhasche einen irritierten Blick von Glenn, der mich nicht einen Moment aus den Augen lässt. Tja, denke ich, da guckst du, ich kann mit Männern Spaß haben und Männer haben Spaß mit mir. Ich blende ihn aus und versuche, mich auf Christoph zu konzentrieren, denn er gefällt mir zunehmend.

»Genau«, sage ich, »ich arbeite in einem Kindergarten. Das war schon als kleines Kind mein Traumberuf. Und was machst du beruflich?«

Nach kurzer Überlegung kann er sein Grinsen kaum verbergen. »O man, das ist jetzt echt komplett bescheuert, aber mein Beruf fängt tatsächlich mit einem ‚Ing' an.«

»Hör auf, du bist nicht wirklich Ingenieur, oder?«, lache ich.

»Ertappt!« Er hebt die Hände. »Genau genommen bin ich Prozessingenieur. Ich entwickele zum Beispiel Roboter, die Automaten bedienen.«

»Ich dachte, Automaten sind irgendwie dasselbe wie Roboter.« Vermutlich gucke ich grenzdebil, denn Christoph holt kurzerhand sein Handy hervor und zeigt mir ein Filmchen, in dem ein menschenähnlicher Roboter eine Kaffeemaschine bedient.

»Verrückt«, sage ich.

»Ja, ein bisschen«, stimmt er zu, »ich kann einen Roboter so programmieren, dass er Dinge für dich tut.«

»Really fascinating«, sage ich mit der Stimme einer schlechten Synchronsprecherin in einem noch schlechteren Werbespot. »Könnte der theoretisch auch Staubwischen, Betten aufschütteln oder mein Bad putzen, kochen oder mir die Füße massieren?«

»Der Traum einer jeden Frau.« Christoph zwinkert mir zu. »Aber ich denke, es gibt Dinge, die du getrost auf ein menschliches, im besten Fall männliches Wesen abwälzen kannst.«

»So, so!«, sage ich. »Bist du etwa ein Mann, der sich zum Staubwischen verdonnern lässt?«

Christoph zieht ein Gesicht wie bei einer Wurzelkanalbehandlung und sagt: »Logisch, es gibt kaum etwas, das ich lieber täte.«

Wir lachen wieder. Und überhaupt fliegt die Zeit nur so dahin. Unser Gespräch ist leicht, unverkrampft und witzig und ich vergesse sogar, dass ich von meinen so genannten Freunden beobachtet werde. Das vergesse ich so lange, bis Glenn und Carmen plötzlich an unserem Tisch vorbeigehen, um sich kurz darauf wie zufällig zu uns umzudrehen.

»Sina? Bist du es?«, fragt Glenn scheinheilig. Und auch Carmen ist scheinbar überrascht, mich hier zu sehen. »Wir ham uns ja lange nich jesehn«, bricht es aus ihr heraus und ich finde, die Dreistigkeit der beiden schlägt dem Fass den Boden aus. Deshalb geht mein Mund auch nur auf und wieder zu, ohne dass etwas herauskommt.

»Und wer ist dieser nette junge Mann?«, fragt Glenn und sieht hinunter zu Christoph.

»Is dit etwa der Grund, warum du dich so lange nich bei mir jemeldet hast?«, zieht Carmen nach. Mir will auf der Stelle der Kragen platzen, weil ich überhaupt keine Ahnung habe, was die beiden hiermit bezwecken wollen.

»Christoph«, stellt sich mein Date nun selbst vor. »Sina und ich haben uns vor ein paar Wochen auf einer Party kennengelernt«, lügt er genauso dreist wie meine Freunde. Ich schätze, er will mir helfen, damit ich mich vor meinen Freunden nicht zum Tindern bekennen muss.

»Auf einer Party? So, so?«, sagt Glenn und grinst nun breit in die Runde. »Dann kennt ihr euch schon länger, ja?«

»Na ja«, winke ich ab, »so lange nun auch wieder nicht. Wo wollt ihr denn noch hin? Wir möchten euch nicht aufhalten.« Ich mache eine wegscheuchende Handbewegung, die von beiden ignoriert wird.

»Carmen, Schätzchen«, sagt Glenn, »es ist doch so nett, dass wir unsere Sina endlich mal wiedersehen.

Haben wir noch Zeit, gemeinsam mit den beiden etwas zu trinken? Christoph, du hast doch nichts dagegen, oder?«

Ohne eine Antwort abzuwarten, setzt sich Glenn auf einen freien Stuhl zwischen Christoph und mich. Carmen umrundet daraufhin den Tisch und platziert sich ihm gegenüber. Ich will schreien. Ein Blick in Christophs Gesicht zeigt mir, dass er die Situation urkomisch findet. Klar, er hat Humor. Für einen kurzen Moment nimmt er sein Handy zur Hand, um etwas einzutippen. Beim Vibrieren meines Smartphones bin ich mir sicher, dass er mir gerade eine Nachricht geschickt hat. Verstohlen blicke ich aufs Display: ‚*Und du fandest es seltsam, dass meine Freunde Wörter verenglischen?*‘ Dahinter ist ein tränenlachender Smiley abgebildet. Ich antworte mit einem knappen ‚*touché*‘, einem augenrollenden Emoji und einem ‚ich mache es wieder gut, versprochen‘. Dann lege ich mein Handy zur Seite und schaue zu Glenn.

»Entschuldige, Christoph, wo bleiben meine Manieren?«, fragt Glenn. »Das ist Carmen und ich bin Glenn. Wir kennen uns alle schon eine gefühlte Ewigkeit.« Und das ist endlich mal nicht gelogen. Ich frage mich, wann und ob wir alle auffliegen, weil ich immer noch nicht weiß, was Glenn im Schilde führt. Aber so langsam bin ich mir sicher, dass er keinesfalls daran interessiert sein kann, mich zu verkuppeln. Denn Christoph wäre eindeutig ein Mann nach meinem Geschmack. Ob ich will oder nicht, ich vergleiche die beiden Männer miteinander. Und so attraktiv Christoph mit seiner humorvollen Art auf mich wirkt, ist Glenn dennoch derjenige, der die Schmetterlinge in meinem Bauch in rotierende

Hubschrauber verwandelt. Verdammt, es kann doch nicht sein, dass ein Typ, der vermutlich jede haben kann, mir derart den Kopf verdreht, dass ich nicht mal mehr auf einen seriösen Kerl wie Christoph reagiere. Mein Blick wandert zurück zu ihm. Er ist wirklich heiß. Selbst die Kellnerin hat sich bei der Bestellung vor Aufregung die Lippen geleckt. Was stimmt nur nicht mit mir?

»Und was treibt euch in dieses Café«, fragt Christoph und holt mich damit aus meinem Gedankenkarussell.

»Ick finde, der Salat is ein Träumchen«, sagt Carmen, »ick habe noch nie so leckeres Dressing und erlesene Toppings wie hier jejessen.« Sie grinst in die Runde und Christoph und ich brechen ob der Absurdität dieser beiden Wörter in schallendes Gelächter aus.

KAPITEL 20

5 JAHRE ZUVOR – GLENN

Nun geh schon ran, denke ich und lausche dem Klingelton, der sich erneut in die Ansage der Mailbox verwandelt. Resigniert lege ich auf. Ich bin mir durchaus bewusst, dass ich Bockmist gebaut habe, aber dass Sina nun gar nicht mehr mit mir sprechen will, finde ich übertrieben. Weshalb ich wieder ihre Nummer wähle. Das Freizeichen ertönt. Jetzt springt von Neuem die Mailbox an. *Hier ist Sina. Ich bin ausgewandert. Irgendwann komme ich sicher zurück. Bis dahin wartet deine Nachricht im dritten schwarzen Loch der sechsten Galaxie.*

»Sehr lustig, Sina«, spreche ich auf ihre Mailbox. »Was kann ich tun, damit du wieder mit mir redest, hm? Es tut mir leid. Ich wollte dein Date nicht stören. Ich weiß doch auch nicht, warum ich das gemacht habe. Bitte, ruf mich an, damit wir in Ruhe über alles reden können.«

Ich lege auf und durchkämme meine Wohnung nach irgendetwas, dass ich noch tun kann. Doch da ist nichts. Ich habe die letzten zwei Wochen jeden einzelnen Schrank ausgemistet. Ich habe geputzt, Wäsche gewaschen und sogar gebügelt. Ich habe vorher noch nie gebügelt. Aber irgendwie verschaffte mir das Glätten meiner Kleidung inneren Frieden – jedenfalls in dem Moment, in dem ich es tat. Jetzt gibt es jedoch nichts mehr zu tun. Meine Wohnung sieht aus wie einem Möbelkatalog entsprungen, sie glänzt sauber und ist so ordentlich und sortiert wie die eines

Zwangsgestörten. Selbst Marie Kondo würde vor mir auf die Knie gehen und um meine Hand anhalten. Und das alles nur, weil Sina seit vierzehn Tagen nicht mit mir spricht. Die Einzige, die mich ständig anruft, ist Claudia. Absurd. Ich blicke zur Uhr und sehe, dass es Zeit für Sinas Laufrunde ist. Vielleicht habe ich ja heute Glück und sie besinnt sich. Ich fahre zu ihrer Wohnung, lenke den Wagen in den Parkhafen und bleibe drin sitzen, den Häusereingang direkt im Visier. Es ist kurz vor fünf und ich bin genauso angespannt wie die letzten zwei Wochen. Meistens habe ich eine oder anderthalb Stunden vor ihrem Haus gesessen und auf sie gewartet. Aber sie kam nicht. Auf Klingeln hat sie auch nicht reagiert. Mir ist klar, dass ich mich wie meine stalkende Exfreundin benehme. Und noch mehr bewusst bin ich mir, dass ich damit aufhören sollte. Aber was kann ich sonst tun? Ich will Sina wiedersehen. Unbedingt. Und da, jetzt geht die Tür auf und endlich – sie kommt heraus. Sie blickt in alle Richtungen und ich ducke mich reflexartig, obwohl ich mir sicher bin, dass sie mich nicht entdeckt. Mir flattert vor Aufregung das Herz. Schaut sie etwa nach mir? Was soll ich tun? Wenn ich jetzt zu ihr laufe, verschrecke ich sie vielleicht und sie verschanzt sich sofort wieder in ihrer Wohnung. Aber wenn ich hier sitzen bleibe, vertue ich meine Chance, mit ihr zu reden. Soll ich es wagen? Kurzentschlossen steige ich aus dem Auto und laufe in sicherer Entfernung hinter ihr her. Noch hat sie mich nicht entdeckt und sie verfällt in ihren üblichen Laufschritt. Sie biegt in denselben Feldweg ein, auf dem wir gemeinsam gelaufen sind. Hier sind so gut wie nie Menschen unterwegs. Vielleicht ist das eine gute Möglichkeit, in

Ruhe mit ihr zu sprechen. Ich lasse es darauf ankommen und ziehe das Tempo an. Als ich auf ihrer Höhe bin und sie mich bemerkt, fasst sie sich ans Herz und stößt einen erschrockenen Laut aus. Das Entsetzen steht ihr förmlich ins Gesicht geschrieben und jetzt tut es mir leid, dass ich ihr offenbar einen Schrecken eingejagt habe. Sie stoppt ihren Lauf und stößt mich mit beiden Händen kraftvoll weg.

»Was soll das, du Spinner? Weißt du, wie du mich erschreckt hast?« Ihre Wangen sind gerötet und an ihrer Schnappatmung erkenne ich, dass ihre Angst nicht gespielt ist.

»Entschuldige«, rufe ich, weil ich nicht weiß, ob sie mich durch ihre Kopfhörer hindurch hören kann. »Das wollte ich nicht. Es tut mir leid. Aber du gehst weder an dein Handy noch machst du die Tür auf. Mir blieb ja nichts anderes übrig als diese Aktion hier.« Ich hebe beide Hände, wie um ihr zu zeigen, dass ich wehrlos bin und nichts Böses im Schilde führe, wobei ich streng genommen hoffe, dass sie das sowieso weiß. Ich will ihr keine Angst machen, obwohl mein Handeln schon skurril ist. Das ist mir bewusst. Sie nimmt die Stöpsel aus den Ohren und geht weiter, ohne wieder in den Laufschritt zu verfallen. Nach ein paar Metern bleibt sie stehen und sieht mich direkt an. »Ehrlich, Glenn. Was willst du von mir?«

Sie verlässt den Weg und setzt sich im Schneidersitz auf eine Wiese. Sie lässt den Blick über das gegenüberliegende Feld streifen, dann sieht sie mich wieder an.

»Ich meine das ernst. Wenn du mir wieder mit irgendeinem Bullshit kommst von wegen, du willst mich verkuppeln oder nur mein Freund sein, dann ...«

Sie lässt die Drohung unausgesprochen, doch ich weiß, dass ich endlich Farbe bekennen muss. Ich gehe zu ihr hinüber und setze mich im Schneidersitz vor sie. Die Sonne scheint auf meinen Rücken und Sina direkt ins Gesicht. Ihre blauen Augen, die mich sonst dunkel anfunkeln, haben kleine braune Pünktchen auf der Iris. Das sehe ich heute zum ersten Mal.

»Du willst es also ganz genau wissen, ja?«, murmele ich und streiche mir beschämt übers Gesicht.

»Ja, will ich«, sagt sie und ihre Miene ist Entschlossenheit pur. »Wieso bist du an den Tisch gekommen, als ich das Date mit Christoph hatte? Es lief doch alles gut und du meintest, du würdest mir einen Mann fürs Leben suchen. Richtig?«

Es dauert eine Weile, dann nicke ich. »Richtig.« Mein Schweigen zieht sich noch etwas in die Länge, dann rutscht mir ein »aber« heraus.

»Aber?«, fragt Sina und verdreht genervt die Augen. »Spuck es aus, Glenn, denn deine Masche fängt an, mich zu langweilen.« Im selben Moment vibriert mein Handy. Ich schau kurz nach und sehe, dass es mal wieder Claudia ist. Sina kann ihren Namen auf meinem Display wohl erkennen, denn als nächstes faucht sie: »Selbst deine Ex fängt an, mich anzuöden. Was will die ständig von dir? Und noch wichtiger, wieso schießt du sie nicht endlich in den Wind?«

»Das hab' ich doch längst, verdammt. Was kann ich dafür, wenn sie mich fortwährend anruft? Aber was ärgert es dich eigentlich?« Ich hebe eine Augenbraue und schaue sie durchdringend an.

»Mich ärgert es nicht, es ist nur alles so bekloppt. Diese ganze Situation ist doch bescheuert. Die Fakten sind folgende: Du hattest mir gesagt, du stehst nicht auf mich und doch verhinderst du jede Annäherung eines Mannes an mich, obwohl du mir genau dabei helfen wolltest. Was stimmt nur nicht mit dir?«

Ich spüre, wie meine Kiefer beginnen, zu mahlen. Ich beiße sie fest aufeinander, um jetzt nur nichts Falsches zu sagen.

Sie deutet auf mein Gesicht. »Dir platzt gleich 'ne Ader im Kopf, wenn du dich weiter so anstellst. Was ist eigentlich los mit dir, hä?«

»Das stimmt so alles nicht«, presse ich mühsam hervor.

»Was stimmt so nicht?«

»Ich habe zum Beispiel niemals behauptet, nicht auf dich zu stehen.« Jetzt ist es raus. »Vielleicht habe ich mal gesagt, dass ich dich nicht attraktiv finde, aber genau genommen ärgere ich mich heute noch darüber.«

Sina hebt den Kopf und schaut mich direkt an. Ihre Augen tasten mein Gesicht ab, als wäre sie ein fleischgewordener Lügendetektor.

»Du ärgerst dich also, dass du mich null attraktiv findest, ja?« Eine Falte fehlenden Verständnisses gräbt sich senkrecht in ihre Stirn.

Im ersten Moment muss ich über ihre Naivität lachen, doch dann kommt mir in den Sinn, dass sie vermutlich nur die Ahnungslose mimt. »Du tust jetzt nur so, als ob du Bahnhof verständest, oder?«, frage ich.

»Tue ich nicht!«, sagt sie in festem Ton und bohrt ihren Zeigefinger gegen die Haut unter meinem Schlüsselbein, was ziemlich schmerzhaft ist.

»Hey«, sage ich und halte ihren Finger fest. Als sie ihn wegziehen will, nehme ich ihre Hand und verschränke meine Finger mit ihren. Wieder will sie ihre Hand fortziehen, doch ich drücke etwas stärker zu und halte sie fest. Ohne sie loszulassen, lege ich mich ins Gras und blinzle in die Sonne. Sina schaut eine Weile auf mich hinunter, dann legt sie sich neben mich und ihr Griff lockert sich, sie lässt es zu, dass ich ihre Hand halte. Allein das lässt mein Herz höher schlagen und ich streichele mit meinem Daumen über die wunderbar weiche Haut ihres Handrückens.

Ich schließe die Augen und sage. »Du weißt ganz genau, dass ich dich toll finde.«

»Weiß ich eben nicht. Woher sollte ich das wissen? Typen wie du stehen für gewöhnlich nicht auf Mädchen wie mich. Und ich stehe auch nicht auf Typen wie dich.«

»Ich blinzle kurz zu ihr hinüber und sehe, dass ihre Augen geschlossen sind.

»Was heißt denn Typen wie mich?«

Sie holt kurz Luft, sagt dann aber doch nichts. Ich atme tief durch und versuche, meine Aufregung in den Griff zu kriegen.

»Ich weiß, dass ich widersprüchliche Signale ausgesendet habe.«

»Das nennst du widersprüchliche Signale?«, schimpft Sina.

»Gut, lass es mich anders ausdrücken. Ich wusste wohl selbst nicht so genau, was ich wollte. Aber was meinst du eigentlich, wenn du sagst, dass Typen wie ich nicht auf Mädchen wie dich stehen?«

»Frag nicht so blöd. Dein Gesicht sieht aus wie ein in Stein gemeißeltes Gemälde, der Rest deines Körpers gehört einem Unterwäschemodel.«

Ich muss grinsen. »Danke für das Kompliment.

Aber ehrlich, Sina. Das sind doch nur Äußerlichkeiten. Innen drin bin ich auch nur ein Kerl, der mit der Richtigen glücklich werden will.«

»Ja, schon gut. So oberflächlich bin ich nun auch nicht. Die Frage ist doch, ob du inzwischen weißt, was du willst.«

»Ich glaube schon.«

»Glauben ist nicht wissen.« Sina gähnt theatralisch und will mir ihre Hand entziehen. Wieder halte ich sie fest, jetzt mit beiden Händen.

»Reicht es dir denn nicht, zu wissen, dass ich ...?«

»Dass was?«, bohrt sie nach.

»O man, du willst es ganz genau wissen, oder?«, stöhne ich und weiß nicht, wie ich es aussprechen soll, ohne dass es kitschig oder schwülstig klingt.

»Echt, Glenn, da muss mehr kommen. Ich kann keinen Mann gebrauchen, der nicht weiß, was er will. Erinnere dich, das hatte ich schon alles. Verschwende nicht meine kostbare Zeit.«

»Das will ich doch gar nicht«, sage ich und setze mich auf. »Weißt du denn immer hundertprozentig, was du willst?«

Sina setzt sich ebenso auf und entzieht mir vorsichtig ihre Hand. Ich lasse sie diesmal los.

»Ich will das, was meine Eltern hatten.«

»Und was genau hatten die?«

Ihr Blick schweift in die Ferne. »Ich habe noch nie eine so große Liebe wie die zwischen meinen Eltern gesehen. Mein Vater hat um die Hand meiner Mutter angehalten, da waren beide zwanzig. Er ist kurz nach der Maueröffnung mit ihr nach Rom gereist und ist bei untergehender Sonne auf dem Dach der Engelsburg vor ihr auf die Knie gegangen. Warum gibt es sowas heute nicht mehr?«

»Es geht ja in erster Linie nicht um den Antrag, sondern um das gemeinsame Leben, das sie führen«, sage ich.

»Das weiß ich doch. Und sie sind zusammen wunderbar.«

»Wo wohnen deine Eltern?«

»Sie haben ein kleines Häuschen in Ferch. Ich bin dort aufgewachsen. An den Wochenenden sind wir, wenn das Wetter schön war, an den See gegangen, haben gebadet, Picknicks gemacht. Meine Schulfreunde waren auch dort. Es war irgendwie nie langweilig. Meine Eltern waren – sind einfache Leute. Mein Vater hat einen Fahrradladen, meine Mutter arbeitet in der Krankenpflege. Ich kann mich nicht erinnern, dass es zwischen ihnen mal ein böses Wort gab. Und wenn, dann hatten sie echte Probleme, die sie zusammen gemeistert haben. Sie waren eine Einheit. Nichts kam zwischen sie.«

»Wieso betonst du, dass deine Eltern einfache Leute sind?«

Sina zuckt mit den Schultern. »Keine Ahnung. Vielleicht sind die Verlockungen hier in der Stadt zu groß. Früher gab es keine Apps, mit der man sich einen Mann angeln konnte. Man nahm den, der einem den Hof gemacht hat und war damit zufrieden. Heute will sich keiner mehr festlegen. Jeder will nur sehen, ob er noch etwas Besseres, Schöneres, Klügeres oder Reicheres findet. Immer doch noch mal über den Gartenzaun spähen, ob der Nachbar es nicht doch besser getroffen hat als man selbst.«

»Glaubst du, dass ich auch so bin?«

»Was ich glaube, spielt keine Rolle. Aber seitdem

ich von dort weggegangen und nach Berlin gezogen bin, ist mein Leben ein völlig anderes. Sicher, es gibt hier in der Großstadt ein Überangebot an Männern und auch Frauen. Alle oder viele von ihnen sind Singles. Im Grunde könnte man jeden Tag jemand anderen mit nach Hause nehmen. Das ist nicht schwer. Aber am nächsten Tag schon stellt sich heraus, dass der Typ einen Haken hat. Allein, wenn ich die Männerprofile auf Tinder lese, vergeht es mir.«

»Was genau meinst du?«

»Zum Beispiel wenn Männer von sich sagen, sie seien sapiosexuell, muss ich das erstmal googeln. Manchmal denke ich, ich bin nicht von dieser Welt. Alles entwickelt sich so schnell weiter und ständig werden neue Sachen erfunden. Paare suchen einen Spielgefährten fürs Bett, der Nächste ist polyamorös. Dann wieder gibt es Typen, die springen aus Flugzeugen oder von Hausdächern oder sie stellen Fotos von sich und ihren Kindern ins Portal. Ich frage mich inzwischen, was mit mir nicht stimmt, Glenn. Ich will doch nur ein einfaches und ganz normales Leben. Eben wie das meiner Eltern.«

Ich nicke, weil ich weiß, was Sina meint. Ich nehme erneut ihre Hand und halte sie fest. Sie lässt es zu.

»Wäre mein Vater nicht so jung gestorben, wären meine Eltern auch noch zusammen. Ich bin zwar im Westteil der Stadt aufgewachsen, aber trotzdem glaube ich zu wissen, was Haltung und Werte bedeuten, weil sie es mir vermittelt haben. Vielleicht habe ich das ja in dir gesehen, bevor du es mir gesagt hast.«

»Wie solltest du das sehen?«

»Keine Ahnung. Bei Claudia habe ich ziemlich schnell gemerkt, dass sie verrückt ist. Mag sein, dass sie nichts dafür kann. Mag sein, dass diese Stadt sie verrückt werden lässt. Vielleicht hat sie zu oft Party gemacht mit zu viel Ecstasy oder aber mit ihrer Hirnchemie stimmt von Geburt an etwas nicht. Was ich sagen will – ich weiß, was du meinst. Sie ist das perfekte Äquivalent zum dritten Spielgefährten, von dem du eben gesprochen hast. Ich kenne mich in dieser Welt auch nicht mehr aus. Möglicherweise fällt es mir deshalb so schwer, meine Gefühle für dich zuzulassen. Weil ich den Glauben an die Liebe verloren habe.«

Sina sieht mir tief in die Augen. »Du gibst es also zu, dass du Gefühle für mich hast?«

Ich nicke. »Seit dem ersten Abend, als du in die Blumen gespuckt hast. Du wirktest so verloren, so tief verletzt, so traurig und irgendwie hatte ich den Wunsch, dich zu retten, dir zu zeigen, dass es auch noch normale Typen auf der Welt gibt.«

Sina atmet tief durch. »Das alles hast du gedacht, als wir uns zum ersten Mal sahen?«

Ich nicke. »Und doch hat mir meine Exfreundin so stark zugesetzt, dass ich Angst davor habe, etwas zu sehen, was am Ende nicht da, nicht real ist.«

»Aber wenn du jedes Mal mit dieser Haltung oder Sichtweise herangehst, bleibst du bis ans Ende deiner Tage einer dieser Berliner Singles, die sich nicht festlegen können.«

»Und genau das ist mir in den letzten zwei Wochen bewusst geworden. Durch dich. Ich habe wirklich eine Scheißangst, aber wenn du mich lässt, werde ich dir beweisen, dass ich es Wert bin.«

Sina schüttelt den Kopf. »Ich weiß nicht.«

»Was weißt du nicht?«, frage ich und mein Herz

rutscht mir in die Hose.

»Ich weiß noch nicht mal, wie du küsst, wie soll ich da wissen, ob ich dir eine Chance geben soll.« Sie blinzelt grinsend gegen die Sonne und beißt sich auf die Unterlippe.

Ich rutsche ein Stück an sie heran und berühre vorsichtig ihre Wange. Sie schmiegt ihr Gesicht in meine Hand und küsst meinen Daumen, als ich ihr sanft über den Mund streichle. Mein Herz klopft so laut, dass die Ameisen um uns herum ein Erdbeben wittern müssten. Wie in Zeitlupe bewege ich mich auf sie zu, bis sich unsere Lippen berühren und zu einem Kuss vereinen, von dem wir, da bin ich mir sicher, in fünfzig Jahren unseren Enkelkindern erzählen werden. Sie fühlt sich warm und weich an und es ist ein Gefühl, wie nach langer Zeit nach Hause zu kommen. Sie schmeckt genauso verführerisch wie sie duftet. Allein, mit welcher Zurückhaltung sie den Kuss erwidert, raubt mir die Sinne und lässt mein Innerstes explodieren. Wir schmiegen uns enger aneinander, halten und umarmen uns, bis unser Kuss ein Verlangen in mir entfacht, dem man bedauerlicherweise nicht auf einer öffentlichen Wiese nachgeben kann. Mit einem Seufzen löse ich mich sanft von ihr. Sie legt atemlos ihren Kopf an meine Brust und wird ganz ruhig. Wir versinken in unserer eigenen Welt und genießen die Nähe des anderen. Ich begehre sie so sehr, aber ich will sie erst, wenn sie bereit dafür ist und mir ganz vertraut. Ich spüre ihren Atem auf meiner Haut und es fühlt sich an wie das süßeste Versprechen für die Zukunft, das mir je eine Frau gab.

KAPITEL 21

GEGENWART – GLENN

»Wenn Josephine der Hund nicht gefällt, kann ich ihn auch behalten, damit er sich nicht so allein fühlt.« Vivien schaut mich mit verschmitztem Blick an und drückt das Geschenk, einen batteriebetriebenen Plüschhund, der bellen und neben dem Kind herlaufen kann, an die Brust.

»Was hältst du denn davon, wenn du dir zu Weihnachten den gleichen Hund wünschst?«, frage ich und ihre Augen leuchten nun noch mehr. Sie nickt und sagt: »Dann können Josephine und ich immer zusammen mit ihnen Gassi gehen.«

»Gute Idee«, stimme ich zu, als wir in die Karl-Marx-Allee einbiegen. »Ihr habt euch richtig toll angefreundet, oder?«

»Wir spielen gern zusammen. Und ihre Mama ist auch sehr nett.«

»Ihre Mama?«, frage ich. »Wann hast du sie denn kennengelernt?«

»Na, im Kindergarten.« Vivien zuckt verständnislos mit den Schultern. Wir sind angekommen und ich suche das Klingelschild.

»Breuer«, heißt Josephine sagt Vivien und ich höre die Ungeduld in ihrer Stimme. Und wieder freue ich mich über diese unschöne menschliche Regung, denn sie bedeutet Normalität und Routine. Alles ist besser als völlige Zurückgezogenheit und Leere.

Ich klingele und kurz darauf ertönt der Türsummer. Wir laufen drei Stockwerke hinauf, in der Tür wartet ein ebenso ungeduldiges Geburtstagskind. Sie hüpft aufgeregt auf der Stelle und hat ganz rote Wangen. Vivien, die vom Treppensteigen außer Puste ist, legt auf den letzten Stufen trotzdem noch einen Zahn zu und fällt ihrer Freundin um den Hals. »Herzlichen Glückwunsch zum Geburtstag«, sagt sie außer Atem und drückt ihr das Geschenk in die Hand. Hinter den Kindern erscheint ein großer blonder Mann.

»Guten Tag«, begrüßt er uns mit einem freundlichen Lächeln.

»Vivien konnte es kaum abwarten«, lache ich, »ich glaube, wir sind zehn Minuten zu früh.«

»Ist schon recht so. Dann kann Josephines Mutter wenigstens noch ein bisschen was vorbereiten, ohne dass ihr der Knirps ständig dazwischen wuselt«, sagt der junge Mann und streckt mir die Hand entgegen. »Ich bin übrigens Leo, Josephines Vater.«

»Ich bin kein Knirps mehr und ich wusele überhaupt gar nicht, Papa«, beschwert sich Josephine lautstark und zieht Vivien mit sich in die Wohnung.

Wir Männer nickten uns mit einem Augenzwinkern zu.

»Ich bin Glenn«, stelle ich mich nun auch vor. »Wann ist die Party denn zu Ende? Nicht, dass ich zu früh komme.«

Leo sieht auf die Armbanduhr, so als hätte er über diese Frage noch nicht nachgedacht, dann sagt er: »Ich denke, wir peilen so neunzehn Uhr an, wenn das okay ist?«

»Ja, klar. Dann bis später. Und viel Spaß mit den Kindern.« Ich wende mich zum Gehen und Leo will schon die Tür schließen, da schießt mir ein Gedanke durch den Kopf. »Moment«, rufe ich und er öffnet erneut.

»Ich möchte dir noch meine Handynummer geben, falls irgendetwas ist.« Leo zieht fragend die Augenbrauen hoch, holt jedoch sein Handy aus der Gesäßtasche. Ich will mich irgendwie erklären, aber was sollte ich schon sagen? *Ruf mich bitte an, wenn Vivien aufhört zu reden oder krampfheulend in der Ecke sitzt?* Ich setze seinem Blick das Gesicht eines fürsorglichen Vaters entgegen und sage: »Es kann ja immer mal was sein.«

»Klar, kein Problem. Sag mal an. Ich speichere mir die Nummer gleich ein. Ich denke, sie werden zukünftig sowieso öfter miteinander spielen wollen.«

Ich gebe sie ihm und verabschiede mich mit einem guten Gefühl, was in dem Moment, als ich das Haus verlasse, umschlägt in unterschwellige Aufregung. Denn das, was ich vorhabe, ist eher ein Wagnis, denn eine gut durchdachte Idee. Es ist viel mehr ein Versuch, Sina ein Stück näher zu kommen. Ich laufe zur U-Bahnhaltestelle am Strausberger Platz und fahre zwei Stationen bis zum Frankfurter Tor. Ich war seit fünf Jahren nicht hier, doch als ich aus dem U-Bahn-Tunnel ins Tageslicht zurückkehre, ist mir, als wäre ich nie weggewesen. Ich laufe zur Petersburger Straße und stehe wenig später nur einen Klingelknopfdruck entfernt vor Carmens Haustür. Ich will mir die ersten Sätze zurechtlegen, aber irgendwie weiß ich überhaupt nicht, wie ich beginnen soll. Es ist so lange her und ich muss mich wohl glücklich schätzen, dass ihr Name – Haupt – noch auf dem Klingelschild steht. Während ich überlege, wie ich mein Erscheinen begründen könnte, vernehme ich Kinderstimmen im unteren Treppenhaus. Sie kommen rasch näher, so dass ich keine Zeit mehr habe, darüber nachzudenken, was ich Carmen sagen könnte, also drücke ich den Klingelknopf und warte ab. Durch das Lärmen der Kinder kann ich nicht hören, ob sich im Inneren der Wohnung etwas tut, weswegen ich ein wenig überrascht bin, als nun doch die Tür aufgeht. Zur selben Zeit gehen zwei Kinder mit ihrer Mutter an mir vorbei ins nächste Stockwerk.

»Glenn?« Carmen steht mit offenem Mund vor mir und reibt sich die Augen. Es ist inzwischen fünfzehn Uhr und ich nehme an, entweder arbeitet sie immer noch im Milieu und muss deshalb tagsüber schlafen, oder aber sie hat gerade zufällig einen Mittagsschlaf gemacht.

»Hallo Carmen«, sage ich und schenke ihr mein schönstes Lächeln.

»O man, janz der alte«, sagt sie mit rauer Stimme und lehnt sich gegen den Türrahmen. Leider macht sie keine Anstalten, mich hineinzubitten.

»Nicht mehr der alte, versprochen«, sage ich und behalte mein lächelndes Pokerface.

»Wat is passiert? Biste von den Toten auferstanden?«

»Sowas in der Art.«

Carmen nickt und rührt sich keinen Zentimeter.

»Komm ich ungelegen?«, frage ich.

Sie zuckt mit den Schultern. »Kommt druff an.«

»Worauf?«

»Glenn, wat willste? Oder besser jefragt, wat willste ausjerechnet hier?«

»Das sage ich dir, wenn du uns einen Kaffee kochst und mich reinlässt.«

Sie macht einen kurzen Schulterblick und stöhnt:

»Hier siehts aus wie nach ’nem Bombenangriff. Ick war nich uff Besuch einjestellt.«

»Wir können auch runter ins Café gehen.«

»O man, du kommst wirklich ungelegen, ick bin hundemüde. Ick muss och noch duschen und mich für die Arbeit fertig machen.«

»Komm schon«, sage ich mit einem flehenden Lächeln, »lass mich rein, ich guck mich auch nicht um. Mir ist egal, wie es bei dir aussieht. Ich bleibe auch nicht lange.«

»Echt, du hast Nerven.« Carmen gibt nach, schiebt die Tür auf und lässt mich nun doch hinein. Wir gehen in die Küche, in der sie das Fenster aufreißt, was meiner bescheidenen Meinung nach dringend nötig ist. Dann befüllt sie die Kaffeemaschine, steckt sich eine Zigarette an und setzt sich zu mir. Die Küche ist beengt. Es gibt eine kleine Kochnische, einen Kühlschrank, einen Tisch für zwei Personen und einen großen Mülleimer, neben dem sich Papiermüll von mindestens sechs Monaten stapelt. Carmen scheint ihr Leben noch immer nicht im Griff zu haben. Aber vielleicht ist es auch nicht das, was sie anstrebt. Ich kenne sie nur top gestylt. Das Bild, das sich mir heute bietet, ist ihr vermutlich unangenehm, denn so ungeschminkt mit wirrem Haar ist kaum etwas übrig von der damaligen Erscheinung.

»Und?« Sie zieht an der Zigarette, inhaliert tief den Rauch und bläst ihn Richtung Fenster wieder aus. »Wat is passiert, Glenn? Welcher verdammte Teufel hat dich jeritten, datte dich über Nacht in Luft uffjelöst hast? Wie lange isset her, hm?« Sie lehnt sich zurück, so dass der Kimono zum Teil freien Einblick auf ihr üppiges Dekolletee gibt. Sie unterlässt es, diesen

Zustand zu ändern, schaut mich nur an.

»Etwa fünf Jahre«, sage ich.

»Fünf Jahre«, wiederholt sie andächtig nickend.

»Es ist viel passiert, Carmen, vielleicht können wir uns Einzelheiten ersparen.«

Sie zieht die Stirn kraus. »Wenn wir uns die sparen können, frage ick mich, watte hier willst.«

»Um ehrlich zu sein, wollte ich dich fragen, ob du mal mit Sina reden kannst. Vielleicht könntest du ein gutes Wort für mich einlegen.«

Carmen lacht kurz auf, wird sofort wieder ernst. »Du globst, ick habe noch Kontakt zu ihr?«

»Hast du nicht?«, frage ich irritiert.

Sie schüttelt den Kopf. »Sie war ja völlig durch den Wind, nachdem de weg warst. Ick wollte ihr helfen, ihr beistehen. Aber wie soll dit jehn, wenn jemand deine Hilfe kategorisch ablehnt? Die hat sich komplett in sich zurückjezogen, sich verschanzt. Echt, die war nich mehr sie selbst. Da haste janze Arbeit jeleistet, mein Lieber.«

»Du hast sicher dein Bestes gegeben«, sage ich und versuche, mir meine Enttäuschung nicht anmerken zu lassen. Ich hatte gehofft, dass Carmen noch Kontakt zu Sina hat und ihr ins Gewissen reden kann.

»Manchmal sehe ick sie noch und wir wechseln och ein paar Worte miteinander, aber allet nur oberflächlich. Sie hat da ja jetzt diesen Typen ..., wie heißt der glei'?« Sie zieht an der Zigarette und überlegt angestrengt.

»Keine Ahnung«, sage ich und im Grunde will ich es auch nicht wissen.

»Leo«, sagt sie. »Leo heißt der. Bin ick mir sicher.«

Ist es Zufall, dass ich diesen Namen heute zum

zweiten Mal höre oder läutet die Alarmglocke in meinem Kopf zu Recht? Bist du dir sicher, dass er so heißt?«, frage ich.

»Doch. Doch. Bin ick.«

»Weißt du, wie er aussieht?«

Sie winkt lächelnd ab. »Keene Panik, der kommt nich an dich ran.«

»Trotzdem«, sage ich. »Wie sieht er aus?«

»Wat weeß ick. Groß, blond, irgendwie wie so'n Weichling. Also echt dit totale Jegenteil von dir. Wat se sich bei dem jedacht hat, weeß ick echt nicht. Aber sie scheint glücklich mit ihm zu sein.«

Groß und blond und das Gegenteil von mir könnte auch Josephines Vater sein, denke ich bei mir und vertraue darauf, dass das tatsächlich ein Zufall ist. Alles andere würde keinen Sinn ergeben.

»Rein theoretisch, nur so aus Neujier, wat hätt ick Sina denn sajen sollen? Oder besser jefragt? Wat willste eigentlich noch von ihr? Jetze, nach all den Jahren?«

»Wie gesagt, die Vergangenheit – das ist 'ne lange Geschichte. Aber um es kurz zu machen, ich bin zurückgekommen, weil ich Sina nicht vergessen kann.«

»Na, dit fällt dir ja früh ein, du Vojel! Aber ehrlich? Sowat Schönet müsste mal einer über mich sajen. Ick glaube, es gibt keenen Mann, der sich nach fünf Jahren an mich erinnert. Jens vielleicht, aber den hab ick och beklaut.« Sie lacht kehlig und ich muss schmunzeln.

»Jeder Topf findet seinen Deckel, Carmen. Du findest deinen ganz sicher auch noch.«

»Nee, ick globe, der Zug ist abjefahrn. Bin och langsam zu alt für Kinder. Würden mir eh nur auf den Nerv jehn. Schon mal darüber nachjedacht, datt wir dit selbe Kaliber ham?«

Sie greift über den Tisch nach meiner Hand und hält sie plötzlich fest. Ich lasse die Berührung für den Moment zu, auch wenn sie mir zudringlich erscheint.

»Wie meinst'n das?«, frage ich.

Carmen zuckt mit den Schultern, wobei sich der Ausschnitt ihres Kimonos noch weiter öffnet. »Ick weeß nich, vielleicht hätte ick mich an deiner Stelle och aus'm Staub jemacht. Wer weeß?!«

Irgendwie verstehe ich nicht so recht, worauf sie hinaus will, aber ich kann auch nicht mehr nachfragen, da mein Handy klingelt. Ich schaue aufs Display, wo eine mir unbekannte Nummer erscheint.

»Smith«, melde ich mich formell und höre im nächsten Moment schon eine höchst aufgeregte Frauenstimme.

»Komm schnell, irgendwas ist mit Vivien.« Mein Herz schlägt augenblicklich im Stakkato. »Sina?«, frage ich, weil ich mir fast sicher bin, dass es ihre Stimme am anderen Ende ist.

»Ja, entschuldige Glenn, ich bin's, Sina. Komm bitte schnell zu ..., zu ... Josephines Geburtstag.«

Und in dem Moment schrillen nicht nur sämtliche Alarmglocken bei mir, sondern es fällt auch der Groschen.

»Was ist passiert?«, frage ich und versuche, meinen Puls mit gleichmäßiger Atmung zur Räson zu bringen. Ich springe auf, verlasse gehetzt Carmens Wohnung und renne die Treppe hinunter. Sie muss denken, der Teufel ist hinter meiner Seele her.

»Ich weiß es nicht so genau. Ich habe für die Kinder gekocht und mir dabei ganz unglücklich in den Finger geschnitten. Es hat ziemlich stark geblutet. Als

Vivien in die Küche kam, hat sie angefangen wie wild zu schreien. Wir konnten sie zwar wieder beruhigen, aber jetzt sitzt sie nur noch da und sagt gar nichts mehr.«

»Hat sie das Blut gesehen? War es viel?«, frage ich atemlos.

»Na ja, wenig war es nicht, der Schnitt war tief.«

Ich will fluchen, einen Schrei ausstoßen, mir selbst wehtun. Doch das alles würde nichts nützen. Es ist alles meine Schuld! Wieso nur habe ich meine Tochter auf einen Geburtstag geschickt? Ich ahnte doch, dass irgendwann der Zusammenbruch kommt.

»Ich bin sofort da. Macht einfach gar nichts. Ich beeil mich.« Ich lege auf und renne los. Ich warte auf keine U- oder Straßenbahn. Ich bin mir sicher, es geht schneller, wenn ich laufe. Also spurte ich durch die Straßen, als wäre der Teufel tatsächlich hinter mir her und während ich das Gefühl der völligen Nutzlosigkeit meines Vaterseins zu verdrängen suche, fügt sich das letzte Puzzleteil in meinem Kopf zu einem Ganzen zusammen. Vor meinem geistigen Auge erscheint ein Bild. Kindergarten. Buddelkiste. Josephine auf Sinas Schoß. Josephines Mutter bereitet in der Küche das Essen zu. Sina ... Leo ... und Josephine.

KAPITEL 22

GEGENWART – SINA

Das Klingeln an der Tür lässt mich angespannt innehalten. Leo öffnet. So hatten wir es abgemacht. Bis Vivien angekommen ist, ist *er* derjenige, der die Besucher, zusammen mit Josephine, in Empfang nimmt. Die Klingelschilder hatte er heute Morgen noch ausgewechselt, damit wir den Zeitpunkt, an dem wir mit Glenn sprechen, selbst bestimmen können. Aufmerksam horche ich, mit wem er sich unterhält. Ein Blick zur Uhr sagt mir, dass Josephines erster Gast zehn Minuten zu früh dran ist. Meine Nerven sind zum Zerreißen gespannt. Ich hoffe, Leo verplappert sich nicht aus Versehen oder am Ende mit Absicht. Seitdem er weiß, dass Glenn zurück ist, quält ihn dieselbe innere Unruhe wie mich. Ich höre, wie er die Tür wieder schließt. Josephine und Vivien kommen aufgeregt in die Küche getrappelt.

»Schau, Mama, ein Hund, mit dem ich in echt Gassigehen kann. Er kann sogar richtig bellen«, freut sich meine Tochter, während sie das Geschenkpapier in Nullkommanix vom Plüschtier abgerissen hat. Ein Geschenk, das meiner Meinung nach völlig übertrieben ist, denn ich weiß, dass es knapp die Fünfzig-Euro-Marke überschreitet. Schließlich ahnt Glenn nicht, dass er das Geschenk für seine eigene Tochter gekauft hat. Josephine hat die Reste der Verpackung endlich vollständig entfernt, sie setzt den Plüschhund, behutsam, als wäre es ein echtes Tier, auf den Boden und läuft mit feierlicher Miene aus der

Küche. Vivien lächelt mich an.

»Da habt ihr aber ein tolles Geschenk besorgt«, sage ich und sie nickt eifrig.

»Ich bekomme vom Weihnachtsmann auch so einen geschenkt, dann können wir immer zusammen spielen.« Die Unschuld in ihren Worten lässt mein schlechtes Gewissen anwachsen.

»Das wäre ja toll«, sage ich und meine es sogar ehrlich. Vivien und Josephine sind in dem ganzen Dilemma die ernstlich Leidtragenden. Sie sind in eine auf dem Kopf stehende Erwachsenenwelt hineingeboren worden und müssen ausbaden, was ihre Eltern angerichtet haben. Vivien läuft meiner Tochter in ihr Zimmer nach und ich verziere die Torte mit den letzten Gummibärchen, aus denen ich eine ‚4' forme.

»Das ist also Glenn Smith«, sagt Leo, als er in die Küche kommt. Er verschränkt die Arme vor der Brust und lehnt sich gegen den Kühlschrank. Sein Gesicht ist nachdenklich, seine Körperhaltung ablehnend.

»Wie meinst'n das?«, frage ich wachsam. Ich weiß, wie Glenn auf andere Menschen wirkt und kann mir vorstellen, dass Leo von dessen äußerer Erscheinung mindestens so erschlagen ist wie ich damals, ... wenn ich ehrlich bin, bis heute. Wenn er einen Raum betritt, nimmt er ihn ein. Sein Anblick ist und bleibt auf irrationale Weise faszinierend, und jetzt komme ich mir töricht vor, weil ich immer noch so empfinde wie vor fünf Jahren. Ich sollte es allmählich besser wissen.

»Du hast mir nicht erzählt, wie gut er aussieht«, sagt er und weicht meinem Blick aus. Er schürzt die Lippen. Leo weiß es vielleicht nicht, aber im Laufe der letzten Jahre habe ich gelernt, dass ihn genau dieser Gesichtsausdruck verrät. Er ist voller Bedenken und

Argwohn.

»Ach das!«, sage ich unmotiviert und hoffe, dass er es mir abnimmt, »sein Anblick zieht bei mir nicht mehr, das sind alles nur Äußerlichkeiten.« Ich drapiere das letzte Gummibärchen und ringe mir ein Lächeln ab. Leo schürzt weiter die Lippen und wirkt in sich gekehrt.

»Ich hab was echt Blödes gemacht«, sagt er nach einer Weile zerknirscht.

»Was denn?«

»Ich habe mich ihm als Josephines Vater vorgestellt.«

»Aber das bist du doch auch, Leo. Das ist völlig okay.«

»Ist es nicht. Es war dumm von mir. Wie stehe ich denn heute Abend da, wenn du ihm erklärst, dass *er* Josephines Vater ist?«

»Wie meinst du das? Wieso denn heute Abend?«, frage ich bänglich.

»Entschuldige, der Typ hat mich total aus dem Konzept gebracht. Ich habe ihm gesagt, dass er Vivien um neunzehn Uhr abholen kann.«

»Wieso das denn? Wir hatten doch achtzehn Uhr vereinbart.«

»Ich weiß. Ich dachte nur, wenn die anderen Gäste weg sind, könnten wir in Ruhe mit ihm reden.«

»Aber doch nicht heute«, sage ich mit anklagender Stimme und fasse mir beklommen an die Brust. »Ich dachte, wir warten noch ein bisschen.« Allein bei der Vorstellung, Glenn zu sagen, dass Josephine seine Tochter ist, werden meine Knie weich und wacklig. Was nichts daran ändert, dass ich mit ihm reden muss, innerlich jedoch bin ich längst nicht bereit dafür.

Leo macht einen Schritt auf mich zu und guckt sich die Torte genauer an. »Die ist wirklich gut gelungen«, sagt er und versucht ein Lächeln. Er weiß, dass ich weder gut noch gern backe. Dass er mich ausgerechnet jetzt lobt, ist seine Art, sich bei mir zu entschuldigen und mir zu zeigen, wie sehr er es schätzt, dass ich die Sache mit dem Backen trotzdem immer wieder in Angriff nehme – für unsere Tochter.

»Sie sieht gar nicht mal schlecht aus«, lächle ich tapfer zurück, »jetzt muss sie nur noch schmecken.«

»Wird schon«, sagt Leo mit Zuversicht im Blick. »Und das Gespräch wird auch gutgehen. Tut mir leid, dass ich das über deinen Kopf hinweg entschieden habe. Wenn du noch nicht bereit bist, müssen wir das noch nicht tun. Es war nur so ein Gefühl ..., ich wollte es hinter mich bringen. Ich will, dass alles wieder normal ist.«

»Ich auch«, sage ich und ziehe Leo in eine feste Umarmung. »Ich habe nur Angst, dass nichts mehr normal sein wird, wenn er erst die Wahrheit kennt.«

Ein Klingeln an der Tür lässt uns beide aufschrecken und ich frage mich, ob es von jetzt an immer so sein wird, wenn es bei uns klingelt. Josephine und Vivien rennen los, um zu öffnen. Leo und ich ringen uns ein Lächeln ab, wie um uns zu versichern, dass wir gemeinsam diese Situation meistern werden.

»Erst mal feiern wir jetzt Geburtstag, der Rest wird sich finden«, sagt Leo und folgt den Kindern, um die nächsten Gäste in Empfang zu nehmen. Es dauert nicht lange, bis unser Wohnzimmer ein Indoorspielplatz ist. Vor dem Kuchenessen machen wir Topfschlagen und bei lauter Discomusik einen

Luftballontanz, bei dem jeweils zwei Kinder einen Luftballon tanzend zwischen den Bäuchen balancieren müssen, ohne ihn dabei mit den Händen berühren zu dürfen. Das Pärchen, das es schafft, den Luftballon am längsten oben zu behalten, ist Sieger. Josephine und Vivien gewinnen. Sie stellen es sehr geschickt an, wie wir staunend feststellen. Die anderen Kinder klatschen aufgeregt. Es ist eine so gute und ausgelassene Stimmung, dass sogar ich für den Moment die bevorstehende Unterhaltung aus meinen Gedanken verbannen kann. Nach einem Stuhltanz, den Ottokar, ein Freund aus der Kita für sich entscheidet, setzen wir uns an die gedeckte Kaffeetafel und schneiden die Torte an. Während alle essen, stehle ich mich leise in die Küche. Für eine von Leo geplante Schnipseljagd durch den Kiez will ich noch ein paar Brote zubereiten und Gemüse schnippeln, damit wir anschließend ein Picknick veranstalten und den Tag gemütlich im Grünen ausklingen lassen können. Leo hat am Vormittag in unserer Gegend Hinweise versteckt, die die Kinder später aufspüren sollen. Während ich das Gemüse schnippele, wandern meine Gedanken erneut zu Glenn. Wenn wir ihm die Wahrheit gesagt haben, müssen wir als Nächstes mit Josephine sprechen. Und wenn sie es weiß, kommen wir nicht umhin, es meinen Eltern zu erzählen. Wo soll das alles nur hinführen?

»Kannst du mir den Fleck rausmachen?«, fragt Vivien und ich bin so intensiv in mein Gedankenkarussell versunken, dass ich erst gar nicht bemerke, wie tief ich mir in den Finger schneide. Irrationalerweise kommt der Schmerz vorerst nicht in meinem Gehirn an. Ich sehe zwar, wie stark es blutet und dass die halbe Fingerkuppe eingeschnitten ist, aber alles, woran ich im Augenblick denken kann, ist, wie ich erst vor einer Woche Leo gewarnt habe, dass das neue Porzellanmesser unglaublich scharf ist. Wie scharf es tatsächlich ist, muss ich nun am eigenen Leib spüren. Der Schmerz kommt plötzlich und heftig. Dann höre ich einen spitzen Schrei. Die Szene vor mir spielt sich wie in Zeitlupe ab. Eben noch waren meine Gedanken bei Glenn, Josephine und meinen Eltern und dem augenscheinlich unlösbaren Problem. Jetzt wiederum steht vor mir ein schreiendes Kind, das nach diesem einen markdurchdringenden Schrei leise weinend nach seiner Mama verlangt. Einer Mama, die sich vor nicht allzu langer Zeit das Leben genommen hat. »Mama, du musst aufwachen«, sagt sie. Und dann noch mal in forderndem Ton: »Mama, bitte, du musst jetzt aufwachen.« Vivien blickt durch mich hindurch. Als ich an mir hinuntersehe, ist überall Blut. Hinter Vivien erscheint Leo in der Küche. Innerhalb einer Sekunde erfasst er die Situation. Er eilt auf mich zu, nimmt ein sauberes Küchenhandtuch aus dem Schrank und wickelt es nach kurzer Betrachtung der Wunde um meinen Finger, der jede Sekunde mehr schmerzt.

»Das muss genäht werden.« Leo ergreift meine gesunde Hand, legt sie behutsam um meinen puckernden Finger und sagt: »Feste drücken, okay?«

Ich nicke nur und betrachte Vivien, die jetzt gar nichts mehr sagt. Sie steht verloren in der Küche und blickt durch uns hindurch.

»Ich rufe Paula an, sie muss mit dir in die Klinik fahren«, sagt Leo geistesgegenwärtig und wählt auch schon ihre Nummer. Sie scheint sofort ranzugehen. Er spricht kurz mit ihr, erklärt unsere Notlage und legt schnell wieder auf.

»Sie kommt. Sie fährt dich in die Notaufnahme und ich kümmere mich um die Kinder. Alles wird gut, Schatz.«

Ich nicke nur und starre weiterhin auf Vivien, die keinerlei Gefühlsregung zeigt.

»Was ist mit ihr?«, flüstere ich und deute mit einem Nicken auf das Kind.

Leo geht zu ihr in die Hocke und greift nach ihrer Hand. »Vivien, soll ich mir mal deinen Fleck angucken? Wollen wir das saubermachen?«

Das Mädchen regt sich nicht die Spur und ich bekomme es mit der Angst zu tun. Was hatte Glenn über Claudia erzählt? Hatte er nicht etwas von Schlaftabletten und Rasierklingen gesagt? Was, wenn Vivien ihre tote Mutter gesehen hat? Das wäre ja furchtbar. Ich muss einen Augenblick an den Brief denken, der immer noch in meiner Obhut ist. Sollte ich ihn lesen, um zu verstehen, warum das Kind so verstört reagiert?

»Vivien?«, versucht es Leo erneut. Er schüttelt sie behutsam, doch wieder gibt sie keine Regung von sich.

»Ich glaube, es ist besser, wenn wir ihren Vater anrufen«, sagt Leo.

»Wir haben seine Nummer nicht«, sage ich, obwohl ich sie sehrwohl habe. Ich will nicht, dass Glenn so bald auftaucht. Andererseits bin ich mir sicher, dass einzig er weiß, was mit seiner Tochter zu tun ist.

»Er hat sie mir vorhin gegeben«, sagt Leo und hält mir das Telefon hin. »Ich glaube, es ist besser, du rufst ihn an, oder?« Sein Blick ist bittend und ich spüre, wie mein Kreislauf versagen will. Ich setze mich auf einen Küchenhocker und hole tief Luft. »Ich mach das gleich. Ich ruf ihn an.«

Leo geht zum Wasserhahn und lässt ein Glas volllaufen. Er will es Vivien reichen, doch sie zeigt weiterhin keine Reaktion. »Komm schon, Kleines, trink einen Schluck, das wird dir guttun.« Nichts. Vor uns steht nur noch die äußere Hülle eines Kindes, das vor fünf Minuten noch quietschfidel war.

»Ruf ihn an. Jetzt«, sagt Leo in festem Ton und ich wähle augenblicklich Glenns Nummer.

KAPITEL 23

5 JAHRE ZUVOR – SINA

»Kommste heute Abend mit – mal wieder uff andere Jedanken kommen?«

Carmen weiß noch nichts von Glenn beziehungsweise unserer gegenseitigen fragilen Annäherung und eigentlich wollte ich es vorerst dabei belassen. Wir treffen uns seit zwei Wochen mindestens jeden zweiten Tag zum quatschen, netflixen, laufen und kuscheln und alles fühlt sich neu und aufregend an. Ich habe das Gefühl, wenn ich es laut ausspreche, setze ich mein Glück aufs Spiel. Ich traue der ganzen Sache immer noch nicht, vermutlich weil sie sich gerade so unglaublich gut anfühlt, und die Vergangenheit hat gezeigt, dass das nie ein gutes Zeichen war und Bestand hatte.

»Wo willst du denn hingehen?«, frage ich, obwohl ich heute Abend schon mit Glenn verabredet bin.

»Nur 'n paar Runden tanzen und een, zwee Cocktails schlürfen. Komm schon, ick habe frei, Bernd is unterwegs nach Holland und ick könnte mal wieder ein bisschen Mädelsspaß vertragen«, bettelt Carmen durchs Telefon. Ich sehe sie direkt vor mir, wie sie vor ihrem Kleiderschrank steht und sich den kürzesten Rock herauslegt. Das Problem ist und bleibt: Ich habe überhaupt keine Lust, heute auszugehen. Glenn und ich wollten einen gemütlichen Spieleabend machen. Na klar, ich könnte Carmen einladen, aber ganz ehrlich? Nichts läge mir ferner. Ich will sie nicht in seiner Nähe haben. Abgesehen davon hatten Glenn und ich bisher noch keinen Sex, weil wir beide warten wollen. Vorgestern allerdings sind wir ausgesprochen stürmisch übereinander hergefallen. In letzter Sekunde jedoch hat Glenn die Notbremse gezogen und seitdem kann ich an nichts anderes mehr denken, als ihn endlich in mir zu spüren. Allein der Gedanke daran, lässt Hitze in mir hochkochen. Prompt schäme ich mich, dass ich nicht mal beim Telefonat mit meiner Freundin aufhören kann, davon zu träumen. Das ist ja nicht normal!

»Spaß«, murmele ich und räuspere mich gleich darauf. »Genau, Spaß könnten wir wirklich mal wieder haben. Aber heute ausgerechnet bin ich schon verabredet.«

»Wat? Mit wem denn?«, fragt Carmen überrascht.

»Ist keine große Sache«, versuche ich die Riesensache kleinzureden.

»Nu sag schon. Dieser Tinder-Christoph? Süß war er ja.«

»Nee. Der nicht. Ist doch auch egal. Ist noch nicht spruchreif.«

»Also wenn de mir schon absagst, will ick wenigstens wissen, wejen welchem Kerl. Dit biste mir schuldig.«

Ich seufze. »Na, schön, du Nervensäge. Es ist wegen Glenn.«

»Glenn Smith?«, fragt Carmen erstaunt.

»Kennst du etwa noch einen anderen Glenn in unserem Umfeld?«

»Nee, natürlich nich. Guter Fang. Wenn de den rumkriegst, dann haste den Sechser im Lotto.«

»Ach ja?«, frage ich. »Und was bringt dich zu dieser Annahme? Er ist schließlich auch nur ein Mann.«

Irgendwie ärgert es mich, dass Carmen Glenn einzig aufgrund äußerer Attribute derart in den Himmel hebt und mir darüber hinaus offenbar nicht zugesteht, dass ein solcher Mann Gefallen an mir findet.

»Ja, aber wat für einer«, schwärmt sie. »Diese Kopfform, dit Jesicht und haste mal seine Brust- und Bauchmuskeln jesehen?«

»Also schön, ja, er sieht toll aus. Aber ...«

»Ick hab's!«, fällt sie mir ins Wort. »Es is nich nur sein Körper, er hat so eine wahnsinnig interessante Aura, findste nich?«

Natürlich weiß ich genau, was sie meint, aber zugeben würde ich das ihr gegenüber niemals. Jetzt erst recht nicht.

»Wenn du es sagst ...«, murmele ich und verdrehe die Augen. Irgendwie wird mir das Gespräch langsam zu doof. Dass meine Freundin so von meinem Freund schwärmt, macht mich ziemlich rasend. Vermutlich habe ich keinen Grund zur Eifersucht, aber ihre Worte berühren eine Stelle in meinem Innern, die sich noch wund anfühlt. Vermutlich wird es noch Monate dauern, bis sich Schorf drüber legt. Denn wie schnell Männer ihre Meinungen ändern können, sehe ich an Felix. Und dass Carmen vor Glenn Halt machen würde, wenn sie die Gelegenheit bekäme, wage ich zu bezweifeln.

»Na ja, is ja deine Sache. Kriege ick also 'n Korb von dir?«

»Wir verschieben es nur, ja? Ich will Glenn jetzt nicht absagen. Außerdem tut er mir irgendwie gut nach all den windigen Typen der letzten Monate.«

»Nee, schon klar. Aber sieh zu, dat er sich nich einreiht in die Liste der Arschlöcher.«

Ich verkneife mir einen ätzenden Kommentar, denn mir liegt etwas auf der Zunge, was nicht nett klingen würde. Es hat etwas mit Bordell und abgehalfterten LKW-Fahrern zu tun. Carmens Leben ist oberflächlich, sie hat nichts mit Bodenständigkeit am Hut und wir sind so unterschiedlich wie Tag und Nacht. Für die Zeit meiner Zwanziger war sie zum Feiern und um sich über Männer auszulassen, die absolut Richtige. Aber ich muss mir immer mehr eingestehen, dass sich unsere Prioritäten in verschiedene Richtungen bewegen. Sie liebt ihren Lebensstil, wie er ist. Nachts im Bordell zu arbeiten findet sie okay und sie strebt für die Zukunft kein anderes Modell an. Ich bin die letzten Jahre erwachsen geworden. Wenn Eltern ihre Kinder zu mir in die Kita bringen, ertappe ich mich dabei, mir vorzustellen, wie es mit einem eigenen Kind und der Liebe meines Lebens wäre.

Ein Klingeln an der Tür holt mich aus den Gedanken.

»Carmen, ich muss auflegen. Ich meld mich die Tage, ja? Und mach dir trotzdem einen schönen Abend.«

»Klar, weeßt doch, ick geh och allein tanzen. Bis bald ma.«

Ich öffne die Tür, vor der Glenn mit einem wunderschönen Wiesenblumenstrauß in der Hand steht.

»Für mich?«, frage ich.

Als Antwort kommt er herein, zieht mich in eine feste Umarmung und beginnt mich zu küssen. Ich schmelze dahin. Mit jedem weiteren Kuss löst sich meine schwerlich aufgebaute Selbstbeherrschung in

Wohlgefallen auf. Glenn löst sich von mir und geht in die Küche, wo er eine Vase für die Blumen aus dem Küchenschrank nimmt. Ich mag es, mit welcher Selbstverständlichkeit er sich inzwischen in meiner Wohnung bewegt.

»Ich habe mir etwas überlegt.« Er lässt das Gefäß voll Wasser laufen und arrangiert mit geschickten Händen die Blumen darin. Ich stehe nur da und beobachte ihn dabei. Ich könnte das stundenlang machen, weil er einfach so schön anzuschauen ist. Carmen hat recht, er hat eine ganz besondere Aura.

»Hm, was denn?«, murmele ich und ertappe mich dabei, wie ich wieder nur diese eine Sache im Sinn habe. Ich verachte mich dafür, aber Glenn ist die fleischgewordene Versuchung in meiner Küche und warum sollten wir uns länger zurückhalten? Ich bin bereit, alle Bedenken über Bord zu werfen und uns eine reelle Chance zu geben. Nebenan steht ein zwei mal zwei Meter großes Bett, das nur darauf wartet, in Beschlag genommen zu werden.

»Ich möchte mit dir nach Ferch fahren«, sagt er in meine nicht jugendfreien Gedanken hinein.

»Nach Ferch?«, frage ich, weil ich glaube, mich verhört zu haben.

»Ja, ich will sehen, wo du aufgewachsen bist.«

»Wieso?«, frage ich und versuche, mir die Enttäuschung nicht anmerken zu lassen. Will er vielleicht gar nicht mit mir schlafen? Ist ihm Sex womöglich nicht wichtig?

Er zuckt mit den Achseln. »Meine Familie ist in den Staaten, mein bester Freund ist in Hamburg. Hier zwischen uns«, er deutet abwechselnd mit dem Finger auf uns, »entsteht gerade etwas ganz Großartiges. Du hast mir neulich von deiner Kindheit und Jugend, deinen Eltern und deiner Heimat erzählt. Das hat mich neugierig gemacht. Ich will sehen, wo du aufgewachsen bist.«

»Du willst meine Eltern kennenlernen?«, frage ich und spüre gleichzeitig, wie Unbehagen in mir aufsteigt. Meine Eltern sind stockkonservativ. Wenn ich ihnen Glenn vorstelle, bedeutet das etwas. Ich will so unbedingt, dass sich aus unserer Beziehung etwas Großes, Bedeutsames entwickelt, aber eine kleine hässliche ätzende Stimme in meinem Hinterkopf mahnt mich immer noch zur Vorsicht. Ich bin Niederlagen und Enttäuschungen gewohnt. Wenn meine Eltern Glenn kennenlernen, werden sie genauso wie alle anderen Menschen mit Wohlwollen auf ihn reagieren. Was gut wäre, wenn wir es schafften, daraus einen Dauerzustand zu machen.

»Wenn dir das zu früh ist, würde ich das verstehen.« Er schaut mir tief in die Augen, wartet auf eine Reaktion. Ich überlege, wohl einen Augenblick zu lange, denn plötzlich sagt er: »Wir könnten auch nur so nach Ferch fahren und du zeigst mir, wo ihr immer baden wart. Ich würde gerne auf den Pfaden deiner Jugend wandeln.« Er grinst mich an.

»Was ist mit unserem Spieleabend?«, frage ich.

Glenn zieht einen Mundwinkel nach oben, so dass sein Grübchen zum Vorschein kommt. »Soll ich ehrlich sein?«

Ich bekomme Herzklopfen, weil ich wieder nur vom Schlimmsten ausgehe. Vielleicht findet er Spiele langweilig oder mich oder er fährt lieber in der Gegend herum, als sich mit mir zu beschäftigen. Ich versuche, die negativen Gedanken zu unterdrücken und nicke.

Er kommt näher, nimmt meine Hand und führt sie zum Mund. Zärtlich küsst er jeden einzelnen Finger. »Wenn ich auch nur einen einzigen Moment länger mit dir allein in dieser Wohnung bin, kann ich für nichts garantieren.«

Ich muss die Luft angehalten haben, denn jetzt atme ich hörbar aus.

»Wieso nicht?«, sage ich grinsend. Mein Herz schlägt wie wild gegen meine Rippen. Seine Worte bedeuten mir alles und ich freue mich, dass er es genauso sehr will wie ich. Glenn zieht mich in eine Umarmung, liebkost meinen Hals mit der Zunge, saugt an meinem Ohrläppchen. Ich kann nicht anders, als mich an ihn zu drängen. Ich fahre mit meinen Händen unter sein T-Shirt und streichle seinen Rücken, zieh ihn noch fester an mich.

»Du machst mich wahnsinnig«, stöhnt er und erwidert meine Umarmung, so dass ich deutlich seine Erektion an meinem Bauch spüre. Und jetzt, wo ich weiß, dass er mich genauso begehrt wie ich ihn, ist es plötzlich ganz leicht, mich zu beherrschen. Ich schiebe ihn behutsam von mir weg und lege meine Hand auf seine Wange.

»Ferch also, ja?«, seufze ich.

»Ferch und du. Das ist alles, was ich will.« Ich werfe einen letzten bedauernden Blick auf seine ausgebeulte Hose, dann löse ich mich von ihm.

»Ich glaube zwar, dass der kleine Glenn«, ich zeichne Anführungsstriche in die Luft, »etwas komplett anderes will. Aber ich beuge mich gern dem großen Glenn und zieh mich rasch um, dann kann er sich ...« Ich deute auf seine Hose und grinse, weil mir keine passende Formulierung einfallen will.

Er grinst zurück. »Glaub mir, Sina, er wird sich erst wieder im Griff haben, wenn er dich ...« Er lässt den Rest des Satzes ebenso offen, schenkt mir einen Kuss auf die Wange und sagt beim Verlassen der Küche: »Vergiss nicht, dir Badesachen einzupacken. Ich geh besser schon mal zum Auto und warte dort auf dich, bevor hier alles eskaliert.«

Mir entfährt ein lautes Lachen: »Tu das. Ich beeile mich und bin gleich bei dir.«

KAPITEL 24

5 JAHRE ZUVOR – GLENN

Ich starte das Auto und drehe die Klimaanlage auf, um einen kühlen Kopf zu kriegen. Ich habe mir aus der Firma das Mercedescabrio geliehen, um bei Sina Eindruck zu machen. Jetzt komme ich mir deswegen albern vor. Mein alter Golf hätte es auch getan. Ich vermute, Sina legt keinen gesteigerten Wert auf Statussymbole. Ich muss wie ein Aufschneider auf sie wirken. Ich sehe, wie sie aus dem Haus kommt und nach meinem Auto Ausschau hält. Ich hupe kurz, winke ihr zu und beobachte, wie sie die Stirn kräuselt.

»Neuer Wagen?«, fragt sie, als sie einsteigt.

»War ’ne doofe Idee. Ist mir auch gerade klar geworden. Aber ich dachte, es ist schön, bei diesem herrlichen Sonnenschein offen zu fahren. Wenn wir’s nicht übertreiben, dürfen wir die Firmenautos hin und wieder für private Zwecke nutzen. Keine große Sache also.«

»Dann ist es doch eine gute Idee«, sagt Sina und schnallt sich an.

Ich starte die Navigation und fahre los. Blöderweise hat sich mein Handy mit der Fernsprechanlage des Autos gekoppelt, so dass Sina, wenige Minuten, nachdem wir auf der Autobahn sind, mitbekommt, dass Claudia versucht, mich zu erreichen. Immer wieder drücke ich sie weg, aber sie ist und bleibt hartnäckig.

»Wusstest du, dass man Anrufer blockieren kann?«, fragt sie in den dritten von mir ignorierten Anruf hinein. Ich nicke. »Ja, schon. Ich sollte das vielleicht wirklich tun. Weißt du was? Mach du es für mich. Dann ist endlich Ruhe.« Ich entsperre mein iPhone und gebe es Sina, damit ich mich weiter aufs Fahren konzentrieren kann.

»Echt jetzt? Jetzt soll ich deine Exfreundin sperren?«

»Ist es nicht das, was du willst?«, frage ich.

Sie zuckt die Schultern. »Ich weiß nicht. Lieber wäre mir, deine Vergangenheit wäre geregelt und du hättest mit ihr abgeschlossen.«

»Das habe ich, glaub' mir. Von meiner Seite ist es aus und vorbei.« Ich schiebe meine Hand in Sinas und halte sie fest. »Komm schon, blockiere sie. Es wird Zeit, nach vorn zu blicken. Wir wollen uns schließlich gemeinsam etwas aufbauen. Es ist krank, aber ich habe mich offenbar daran gewöhnt, diese Anrufe zu ignorieren, aber ich verstehe natürlich, wenn sie dich verunsichern und das will ich nicht.«

»Und wenn du nochmal in Ruhe mit ihr redest und sie bittest, das zu unterlassen?«

»Ich denke, das ist keine gute Idee. Jedes Mal, wenn ich das versucht habe, bin ich in der Vergangenheit mit ihr im Bett gelandet.«

»Was?«, fragt Sina entsetzt und entzieht mir ihre Hand.

»Sina, komm schon, bleib' fair. Wir sind jetzt seit zwei Wochen zusammen, richtig?«

Sie nickt.

»Und ich habe Claudia das letzte Mal nach der Nacht gesehen, als ich dich von der Disco nach Hause gefahren habe. Wie lange ist das her, hm?«

»Sieben oder acht Wochen?«, schätzt sie.

»Genau. Seitdem ist garantiert nichts mehr gelaufen.«

»Echt jetzt? Du warst noch mit ihr zusammen, nachdem du mich nach Hause gefahren hast?«

Ich nicke. »Leider. Nur ein einziges Mal. Lass uns nicht mehr drüber reden, okay? Ich verspreche dir, da ist nichts mehr. Und da wird auch nie wieder was sein.«

»Aber seitdem versucht sie ständig, dich zu erreichen?«

»Ja, schon. Aber ich will keinen Kontakt mehr zu ihr haben. Es bringt nichts. Sie wertet jede Begegnung als Neuanfang zwischen uns, verstehst du?«

»Und wenn du ihr sagst, dass du eine neue Freundin hast?«

»Ich befürchte, sie würde beginnen, dich ebenfalls zu terrorisieren.«

»Wieso sollte sie das tun?«

»Weil sie verrückt ist.« Wie zur Bestätigung meiner Aussage ertönt ein erneutes Klingelzeichen und im Display erscheint Claudias Name.

»Hinterlässt sie denn Nachrichten?«

»Ja, die lösche ich inzwischen, ohne sie mir anzuhören. Meistens beschimpft sie mich eh nur.«

»Also, ich weiß nicht, wie ich das finden soll.« Sina sieht aus dem Fenster und ich spüre, dass sie sich von mir zurückzieht.

»Komm schon, wir wollten uns einen schönen Tag machen«, sage ich, doch sie lässt sich keine Reaktion entlocken. Wir befinden uns inzwischen auf einer Landstraße, wo ich bei nächster Gelegenheit in einer Einfahrt halte und den Motor abstelle.

»Warum halten wir?«, fragt Sina und sieht mich nun

direkt an. Ich nehme ihr das Handy aus der Hand und blockiere Claudia. »Sie wird nicht mehr anrufen. Versprochen. Nichts wird zwischen uns stehen. Sina, du musst lernen, mir zu vertrauen. Ich weiß, dass dir in der Vergangenheit übel mitgespielt wurde, aber ich verspreche dir, dass diesmal alles anders wird. Ich bin genauso bereit wie du für diese eine große Sache.« Ein zaghaftes Lächeln huscht über ihr Gesicht.

»Wenn du sowas sagst, komme ich mir so verzweifelt vor. Das will ich nicht sein und das bin ich auch nicht. Ich beanspruche für mich lediglich, dass mein Freund mit offenen Karten spielt, denn das tue ich auch. Nicht mehr und nicht weniger. Ich will und werde dir niemals vorschreiben, was du zu tun oder zu lassen hast. Dass du Claudia nun blockiert hast, ist allein deine Sache. Damit will ich nichts zu tun haben.«

»Damit hast du auch nichts zu tun. Und es ist kein großes Ding. Zeigst du mir jetzt deine Hood?«

»Klar. Ich freu mich richtig drauf. Es gibt einen SUP-Verleih. Wenn der geöffnet ist, können wir eine Runde auf die Bretter. Das heißt, wenn du auf diesen Dingern stehen kannst.« Sie grinst mich breit an und streckt mir die Zunge raus. Ein Zeichen, dass alles wieder gut ist.

Als wir eine Stunde später auf dem Schwielowsee sind, ist unser kleiner Zwist vergessen, jedoch bin ich fix und fertig, weil ich das Stand-Up-Paddling komplett unterschätzt habe. Sina scheint öfter auf einem solchen Board zu stehen. Jedenfalls fährt sie mir schon auf den ersten Metern davon. Es sieht direkt majestätisch aus, mit welcher Leichtigkeit sie auf dem Brett steht und das Ruder abwechselnd ins Wasser taucht. Ich hingegen muss wirken wie ein Anfänger auf einem Drahtseil. Ich kann kaum aufrecht auf dem Board stehen und wenn ich es doch endlich schaffe, wage ich es nicht, mich zu bewegen, da ich nur schwer das Gleichgewicht halten kann. Ich falle zwei Mal ins Wasser und unser Abstand vergrößert sich immer weiter, weshalb ich das Paddel befestige und mich bäuchlings aufs Board lege, um ihr mit den Händen hinterher zu paddeln. Ich habe sie fast eingeholt, als sie sich umdreht und meine Schummelei bemerkt.

»Was tust du denn da?«, lacht sie lauthals.

»Ich ..., ich versuche, an dir dran zu bleiben«, schnaufe ich außer Atem. Ich kann mich kaum konzentrieren, denn ihr knapper Bikini zieht meine gesamte Aufmerksamkeit auf sich. Ihr Körper ist definiert und die Rundungen befinden sich exakt an den richtigen Stellen.

»Du bist ja klitschnass! Bist du etwa ins Wasser gefallen?«

»Nein, nein, das Tauchen ist nur eine heimliche Leidenschaft von mir.«

Sina lacht aus voller Kehle. »Oh nein. Du hast wohl noch nie auf einem Board gestanden, oder?«

Ich schüttele resigniert den Kopf und sie lacht wieder.

»Aber wieso sagst du mir das denn nicht?«

»Ich wollte mir keine Blöße geben«, sage ich und ziehe ihr Board zu mir heran. »Wenn du so lieb bist, könntest du mir kurz mal helfen, mich hinzustellen?« Ich schaue sie mit meinem unschuldigsten Hundeblick an.

»Klar«, sagt sie und greift entschlossen nach meiner Hand. Im ersten Moment täusche ich noch vor, aufstehen zu wollen, doch im nächsten Augenblick lasse ich mich schwer ins Wasser plumpsen und zieh sie mit mir hinein. Ein paar Sekunden unter Wasser, tauchen wir wieder auf und schnappen nach Luft. Ich muss an mich halten, um nicht in lautes Gelächter auszubrechen. Das Funkeln in ihren Augen ist zum Brüllen komisch.

»Du elender Schuft, du!«, ruft sie und spritzt mir mit voller Wucht Wasser ins Gesicht.

»Was willst du von mir? Ich habe doch nur mein Gleichgewicht verloren«, grinse ich, tauche unter und schwimme zu ihr. Ich komme genau vor ihr wieder hoch und ziehe sie in eine feste Umarmung. Sie umschlingt meinen Hals, deutet an, mich küssen zu wollen und stukt mich im letzten Moment unter. Wir balgen eine Weile herum, bis wir beide aus der Puste sind. Ich mime den Unterlegenen und kapituliere keuchend, indem ich mich aufs Board rette, mich herumdrehe und mein Gesicht in die Sonne halte. Sina stemmt sich auf ihr eigenes Board und lässt sich genauso treiben wie ich. Ich taste nach ihrer Hand, bis wir uns berühren und aneinander festhalten.

»Ein schönes Fleckchen Erde«, sage ich und blinzle zu ihr hinüber.

»Oh, ja«, flüstert sie mit geschlossenen Augen.

»Welches ist deine schönste Kindheitserinnerung?«

Sina überlegt einen Moment. »Es sind so viele. Wie soll ich da wissen, welche die Schönste ist?«

»Dann erzähle mir eine von ihnen.«

»Weihnachten und die Adventszeit zum Beispiel. Das waren immer die schönsten Tage im Jahr. An Heiligabend haben wir vormittags gemeinsam den Baum geschmückt und alles hat herrlich nach Plätzchen geduftet. Um die Weihnachtszeit herum durfte ich an den Wochenenden immer Freundinnen mitbringen, mit denen wir dann zusammen die köstlichsten Kekse gebacken haben.«

»Und was habt ihr an Heiligabend gemacht?«

»Das Übliche eben. Meist sind wir schon zu sechzehn Uhr zum Gottesdienst gegangen, weil ich kaum die Bescherung abwarten konnte.«

»Darauf haben deine Eltern Rücksicht genommen?«

Sina grinst. »Hilde, lass uns in die Kirche gehen. Ich hab ja auch keine Nerven aus Seil«, sagt sie mit tiefer verstellter Stimme.

»Lass mich raten«, grinse ich, »du hast deinen armen Vater nachgeahmt?«

»Klar, dem bin ich so lange auf die Nerven gegangen, bis wir den frühen Gottesdienst besucht haben. Aber ich glaube, er hat es genau so genossen wie ich. Denn wenn die anderen Bescherung machten, waren wir längst fertig.«

»Und was ist daran bitte so toll?«

Sina setzt sich auf. »Das wirklich Tolle daran war, dass wir abends immer noch einen Spaziergang durch die Gemeinde gemacht und heimlich in die Fenster der Nachbarn gespäht haben. Ich fand es herrlich, die geschmückten Bäume und in die glücklichen Gesichter zu sehen. Wenn du mich fragst, war das das Schönste. Klar, die Geschenke waren auch toll. Aber an die erinnere ich mich nur noch sekundär. Die friedlichen Momente mit meinen Eltern und die Sicht auf die Dinge, die sie mir in solchen Momenten vermittelt haben, dafür bin ich wirklich dankbar.«

»Hört sich nach einer wirklich schönen Kindheit an. Unsere Weihnachtsfeste waren auch sehr friedvoll. Ich weiß, was du meinst. Ein Gefühl aus Geborgenheit,

Zusammenhalt und Elternliebe im Überfluss. Als Kind konnte man sich nicht vorstellen, dass das je aufhören könnte.«

Sina dreht sich um, so dass sie bäuchlings auf ihrem Board liegt. In ihren dichten Wimpern glitzern Wassertropfen und ihre vollen Lippen lächeln zärtlich, bevor sie ernst wird.

»Du hast mir erzählt, dass dein Vater gestorben ist, als du klein warst. Wie alt warst du da?«

Gerade noch habe ich bei der Schilderung von Sinas Weihnachtsfesten an meinen eigenen Vater und die diffuse Erinnerung an ihn gedacht. Ihre Frage nach ihm überrollt mich dennoch ein wenig und ich muss tief durchatmen. Ich bin unsicher, ob ich die Stimmung, die gerade so wunderbar mein Innerstes gewärmt hat, mit der Krankheit meines Vaters kaputt machen will.

»Ich war sechs. Und es ging ganz schnell«, sage ich knapp und weiche ihrem Blick aus. Sie nickt. »Du musst nicht drüber reden, wenn du nicht magst«, sagt sie sanft. Deshalb schweigen wir eine Weile und genießen die Stille, die uns umgibt.

»Ich würde auch gern die Stimme meines Vaters nachahmen, aber ich kann mich kaum noch an sie erinnern.«

»Du warst noch zu klein.«

»Ich kann mich noch an sein gütiges Lächeln und seine großen Hände erinnern. In seinem Arbeitszimmer hing ein Alternator, so ein großer Lichtkasten, an dem er sich oft Röntgenbilder angesehen hat. Dann hat er mit meiner Mutter über Diagnosen diskutiert. Oft waren sie unterschiedlicher Meinung und wurden laut. Aber nie so laut, dass es sich beängstigend anfühlte. Aus heutiger Sicht würde ich sagen, sie haben sich leidenschaftlich gestritten.«

Sina zieht sich zu mir heran und lächelt. »Wie schön das klingt, *leidenschaftlich streiten.* Versprich mir, dass wenn wir uns streiten, nur so streiten. Mit übertrieben vielen Küssen danach.«

Ich schmunzle, drehe mich auch auf den Bauch und bin ihr jetzt ganz nah. »Am liebsten möchte ich mich gar nicht mit dir streiten, aber ich verspreche dir hiermit feierlich, wenn es doch mal vorkommt, dann nur leidenschaftlich und mit ...« Ich zieh sie noch näher zu mir heran und drücke meine Lippen auf ihre, so dass wir in einem langen leidenschaftlichen Kuss versinken.

KAPITEL 25

GEGENWART – GLENN

Meine Lungen brennen, als ich die letzten Stufen hinauf hetze. Im Türrahmen steht Paula, Sinas Chefin und einmal mehr wird mir bewusst, dass alle außer mir Bescheid wussten. Ich stoppe vor ihr, weil sie dasteht wie eine einbetonierte Statue. Ich müsste sie umrennen, um in die Wohnung zu gelangen. Neben Paula taucht Sina auf. Blass, bläulich verfärbte Lippen, ängstlicher Blick. Ich will sie in die Arme ziehen, ihr sagen, dass alles gut wird, auch wenn ich gar nicht weiß, ob jemals wieder etwas nur annähernd gut wird. Sie hält ihre Hand hoch, um die ein Küchenhandtuch gewickelt ist, das an einigen Stellen blutdurchtränkt ist.

»Leo, kommst du bitte? Glenn ist da«, ruft sie ins Innere der Wohnung, aus der Kinderlärm ertönt. Sie macht einen Schritt auf mich zu. »Wir müssen reden. Aber erst mal muss ich ins Krankenhaus, den Finger nähen lassen und du musst deine Tochter beruhigen oder tun, was auch immer zu tun ist. Ich bin gerade etwas überfordert. Es tut mir leid, aber sie kam in dem Augenblick in die Küche, als ich mir in den Finger geschnitten habe. Ich glaube, sie hat das viele Blut nicht verkraftet.«

»Ver... vermutlich«, stottere ich. Ich fühle mich unendlich schuldig an dieser Situation, auch wenn mir auf rationaler Ebene bewusst ist, dass hierfür niemand die Schuld trägt. Dinge passieren.

Hinter Sina taucht Leo auf. Er hat meine Tochter auf dem Arm. Ein seltsames Bild, obwohl ich natürlich spüre, dass Vivien hier bestens aufgehoben ist.

»Schau mal, Kleines, dein Papa ist da.« Seine Stimme strahlt Ruhe aus und Vivien, deren Kopf an seine Schulter gelehnt war, dreht sich zu mir um. Wortlos breitet sie die Arme nach mir aus, so dass ich sie nehmen kann. Ich betrachte ihr Gesicht, das ein wenig blass wirkt. Ansonsten sieht sie aus wie immer, außer dass sie in sich gekehrt ist. Sie schlingt ihre Arme um meinen Hals und lehnt ihren Kopf an meine Brust. Josephine schiebt sich zwischen ihren Eltern hindurch und tritt zu mir. Sie streichelt Viviens Fuß und fragt: »Was hat sie denn? Kann sie jetzt nicht mehr mit uns feiern?« In diesem Moment fällt mir erst auf, dass sie die Augen und den Mund ihrer Mutter hat. Ich überlege, wann Josephine wohl gezeugt wurde. Sie ist nur drei Monate jünger als Vivien. Ich bin so verwirrt, dass es mir momentan nicht möglich ist, nachzurechnen. Ich küsse Viviens Stirn und sage: »Ihr wird es bald wieder besser gehen. Vielleicht hat sie zu viel Kuchen gegessen, hm?« Josephine nickt verständnisvoll. »Von zu viel Kuchen wird mir auch immer schlecht.«

»Okay«, sagt Leo, »Josy, du kümmerst dich wieder um deine Gäste und Mama lässt sich die Hand verarzten, ja?« Er küsst Sinas Wange und die zärtliche Geste verursacht einen bohrenden Stich in meiner Magengegend. Sein Blick wandert von ihr zu mir. »Und dann müssen wir noch mit dir reden.«

»Aber das muss ja nun wirklich nicht mehr heute sein«, mischt sich Paula ein und hakt sich bei ihrer Freundin unter. Sina befreit sich sanft von ihr und schaut zu mir.

»Doch, mir wäre es lieb, wenn wir heute noch reden

könnten.«

Mein Nicken kommt mir selbst mechanisch vor. Aber ich würde auf der Stelle alles tun, was sie sich von mir wünscht, einfach nur, um bei ihr zu sein. »Ich fahre jetzt erst mal mit Vivien nach Hause und sehe zu, wie ich sie beruhigen kann. Du hast meine Nummer, ruf mich an, wenn du zurück bist.«

»Wir melden uns so bald wie möglich«, sagt Leo und falls ich den Unterton richtig deute, liegt er auf dem kleinen Wörtchen ‚wir'.

»Natürlich«, sage ich und schaue ihn freundlich an. »Bis später.«

Die nächsten drei Stunden sind eine einzige Achterbahnfahrt. Zuhause angekommen rühre ich Honig in heiße Milch, ein Ritual, das Claudia seinerzeit etablierte. An chaotischen Tagen gab es sie als Seelentröster. Gleich, nachdem wir zu Hause waren, hat sich Vivien in ihr Zimmer verkrochen. Sie liegt in ihrem Bett und starrt an die Zimmerdecke, als ich behutsam an ihre Tür klopfe und eintrete.

»Ich habe dir eine Honigmilch gemacht«, sage ich und setze mich zu ihr auf die Bettkante. Sie nickt nur und schenkt dem Getränk, das ich auf ihrem Nachttisch abstelle, keine Beachtung. Ich streichle ihr die Haare aus dem Gesicht und atme tief durch.

Ein Penny für deine Gedanken, wabert es mir durch den Kopf. »Willst du mir erzählen, was passiert ist?«, frage ich behutsam.

Vivien schüttelt kaum merklich den Kopf, liegt nur da und starrt ins Leere.

Ich bin ratlos. Aber ich möchte meiner Tochter irgendwie vermitteln, dass alles gut ist.

»Hör mal, Spätzchen«, beginne ich vorsichtig, »dass die Sina sich vorhin in den Finger geschnitten hat, hat dir bestimmt Angst gemacht.«

Vivien schaut mich nun direkt an. Sie will etwas sagen und ich gebe ihr Zeit, ihre Gedanken in Worte zu fassen. Nach einer Weile fragt sie: »Muss sie jetzt sterben?«

»Aber nein. Sie hat sich nur aus Versehen mit dem Messer verletzt. Leider war die Wunde sehr tief, so dass es stark geblutet hat. Ich verstehe, dass dir das einen Schrecken eingejagt hat, aber das muss dich nicht beunruhigen. Sina fährt jetzt ins Krankenhaus und ein Arzt wird die Wunde versorgen. Heute Abend ist Josephines Mama schon wieder zu Hause bei ihrer Familie.«

Vivien nickt und setzt sich langsam auf. Ich gebe ihr die Honigmilch in die Hand, an der sie vorsichtig nippt. Nach einer Weile spüre ich, dass sie noch etwas beschäftigt. Ich rutsche neben sie und lehne mich an die Wand.

»Warum haben wir Mama nicht ins Krankenhaus gefahren?« So gescheit diese Frage ist, so wenig weiß ich, wie ich sie beantworten soll. Beim Gedanken daran, dass Vivien mindestens vier Stunden gemeinsam mit ihrer toten Mutter in einem Zimmer verbracht hat, dreht sich mir auch heute noch der Magen um. Zwischen meinen Schulterblättern bilden sich Schweißperlen und ich spüre, wie sie mein T-Shirt fluten. Eigentlich sollte ich dankbar sein, dass Vivien endlich über das Erlebnis spricht, aber ich habe Angst, etwas Falsches zu sagen. Sie geht zwei Mal in der Woche zu einer Psychologin, bei der sie bis jetzt nur Bilder malt, weil sie nicht reden mag. Ich hatte damit gerechnet, dass sie sich eher dieser Frau anvertraut als mir. Ich bin nicht vorbereitet und ich frage mich, wie man sich auf so etwas vorbereiten soll. Ich kann nicht zählen, wie oft ich mich gefragt habe, was in diesen vier Stunden passiert ist. Hat Vivien geweint, geschrien? Wie verzweifelt muss dieses kleine Kind gewesen sein, ob des vielen Blutes und der bewusstlosen Mutter? Ich schlucke und fahre mir nervös durchs Haar.

»Wir haben die Mama ins Krankenhaus gefahren. Aber sie war sehr viel kranker als Josephines Mutti, verstehst du das?«

Vivien schüttelt den Kopf.

»Deiner Mama war leider nicht mehr zu helfen. Die Ärzte haben wirklich alles probiert, aber manchmal ...« Meine Stimme erstirbt. Ich muss mich zusammenreißen, weil mir Tränen aufsteigen. Tränen der Scham, denn ich sollte ehrlich zu mir selbst sein, für mich war ihr Tod schon nach kurzer Zeit eine Erlösung und vermutlich auch für sie selbst. In dem Moment, als ich die absolute Gewissheit über ihren Tod hatte, habe ich erst gespürt, welche Last all die Jahre auf meinen Schultern gelegen hatte. Mich hat nicht mal mehr die morbide und rücksichtslose Art, mit welcher sie ihrem Leben ein Ende bereitet hatte – vor den Augen der eigenen Tochter – schockiert. Sie befand sich damals in einer elend langen depressiven Phase. Ich hätte ihr alles zugetraut. Noch heute kann ich mich an das Gefühl der unendlichen Erleichterung erinnern, als der Arzt mir mitteilte, dass die Reanimation erfolglos geblieben war. Das Einzige, was wirklich schmerzte, war der enorme Verlust, den meine Tochter erlitten hatte. Ihr wurde die Mutter genommen, der sichere Hafen, der Fels in der Brandung. Für immer. Denn auch, wenn Claudia krank war, in den Zeiten, in denen sie zuverlässig ihre Medikamente einnahm, war sie eine gute, eine liebevolle Mutter für ihr Kind.

»Sie hat zu doll geblutet und sie konnte ja auch nicht mehr wachwerden«, sagt mein schlaues Kind plötzlich und lehnt ihren Kopf an meinen Oberarm.

Ich beiße mir auf die Unterlippe und nicke. »Weißt du, mein lieber Schatz, die Mama ist jetzt im Himmel bei meinem Papa. Und ich bin mir sicher, dass er auf sie achtgibt. So macht man das nämlich in einer Familie. Jeder passt auf jeden auf. Und ihr geht es gut, dort wo sie ist. Und sie schauen ganz bestimmt jeden Tag auf uns hinunter und passen auf uns auf.«

»Und was ist, wenn du mal blutest?«

Ich ziehe Vivien auf meinen Schoß und umarme sie. »Dann klebst du mir ein Pflaster drauf, okay? Ich verspreche dir, mir wird nichts passieren. Ich werde immer für dich da sein.« Sie lehnt ihren Kopf an meine Brust und flüstert: »Sie fehlt mir so.«

»Ich weiß, mein Schatz, mir doch auch. Was meinst du? Ich glaube, es ist an der Zeit in meinem Bettkasten zu stöbern. Ich konnte die letzte Nacht kaum schlafen.«

»Wieso denn das?« Viviens Augen werden groß vor Neugierde.

»Irgendetwas hat mich ziemlich auf Trab gehalten.«

Meine Tochter befreit sich aus meiner Umarmung und rennt ins Schlafzimmer. Ich laufe ihr nach und beobachte, wie sie mit aller Kraft die Matratze anheben will. Sie ist noch zu klein und zu schmächtig, um den Gurt hochzuziehen, was mich darin bestärkt, ihre Geschenke oder Dinge, die sie nicht sehen soll, genau dort zu platzieren. Ich ziehe an dem Gurt und öffne den Bettkasten, in dem der gleiche Hund auf sein Frauchen wartet, wie der, den wir heute verschenkt haben.

»Ein Hund«, ruft Vivien freudig aus und ich spüre, wie all die Anspannung der letzten Stunden aus ihr herausströmt. Sie scheint fast wieder das Mädchen zu sein, dass ich heute zum Geburtstag gebracht habe. Ich lege ihr den Plüschhund in die Arme und stupse an ihre Nase. »Ich bin gespannt, welchen Namen du ihm geben wirst.«

Sie überlegt einen Augenblick, dann sagt sie: »Es ist ein Weibchen und soll Tapsi heißen, weil sie so große Pfötchen hat.«

»Was für ein toller Name. Am besten zeigst du Tapsi mal die Wohnung und dein Zimmer und wenn ihr Hunger habt, kommt ihr in die Küche, okay?«

Das Vibrieren meines Handys katapultiert mich zurück in die Realität. Denn da wartet heute noch einiges auf mich.

Ich hoffe, Vivien geht es wieder besser. Kannst du in einer Stunde in der Pizzeria Al Dente sein? Gruß Sina

Ich schaue kurz zur Uhr und überlege, ob es eine gute Idee ist, heute noch mal mit Vivien rauszugehen. Allerdings denke ich, dass jede Art von Normalität keinen Schaden anrichten kann. Im Gegenteil. Wenn meine Tochter sieht, dass es Sina gut geht, wird es sie beruhigen, also tippe ich zur Antwort: *Werde da sein. LG Glenn*

KAPITEL 26

GEGENWART – SINA

»Warum willst du ausgerechnet heute mit ihm reden?«, fragt Paula als wir in der Notaufnahme anstehen. Vor uns warten drei weitere Patienten am Tresen auf Abfertigung. Ich hasse dieses Krankenhaus. Es erinnert mich daran, wie schlecht es mir damals ging. Damals, als ich wusste, dass ich schwanger und Glenn fort war. Zu jener Zeit bin ich jeden Tag laufen gegangen, habe trainiert wie eine Irre. Vermutlich wollte ein Teil von mir, dass ich das Kind verliere, genauso wie ich Glenn verloren hatte. Ich war rücksichtslos zu mir und meinem Körper. Zehn Kilometer täglich waren Minimum, die letzten tausend Meter arteten jedes Mal in einen Sprint aus. Bis zu dem Tag, an dem ich über eine Wurzel gestolpert war und mir einen Bänderriss am Fuß zugezogen hatte. Durchgeschwitzt und völlig runter mit den Nerven bin ich damals in diese Notaufnahme gehumpelt. Ich bin ganze vier Kilometer mit meinem Bänderriss hierhergelaufen. Alles in mir war taub gewesen, alles bis auf den Fuß, der aufgrund der Verletzung und zusätzlichen Belastung beinahe aufs Doppelte angeschwollen war. Ich weiß noch, wie ich damals gefroren hatte, als ich endlich hier ankam. Beim Gedanken daran ziehe ich die Jacke fester um meinen Oberkörper. Meine Hand, die ich immer noch wie einen Fremdkörper nach oben halte, habe ich nicht durch den Ärmel bekommen. »Jetzt sag schon«, quengelt Paula, »ihr könnt doch ein anderes Mal mit ihm reden.«

»Schon gut, ich wills hinter mich bringen und Leo auch. Seitdem er Glenn gesehen hat, ist er wie ausgewechselt, völlig nervös und verunsichert. Ich kann ihn verstehen.«

»Ja, aber die ganze Sache hat ja nun nichts mit Leo zu tun.«

»Hat es wohl!« Das Pärchen vor uns dreht sich um. Ohne es zu merken, bin ich lauter geworden als beabsichtigt. Ich senke meine Stimme. »Alles hat mit Leo zu tun. Er hat mir damals aus dem ganzen Schlamassel herausgeholfen. Er war derjenige, der für mich dagewesen war. Er ist Josephines Vater. Ich meine, ihr tatsächlicher Vater – nicht nur ein Erzeuger, der sich mir nichts, dir nichts aus dem Staub gemacht hat. Er ist meine Zukunft«, sage ich und meine es so. Er war damals der Physiotherapeut, der mir nach der Fußoperation das Laufen neu beibrachte. Außerdem ließ er sich durch meinen schwangeren Bauch nicht davon abhalten, Gefühle für mich zu entwickeln.

»Schon gut, ich wollte dich nicht aufregen. Im Gegenteil.«

»Weiß ich doch. Aber nun weiß Glenn von Josephine. Er weiß, wie alt sie ist. Meinste nicht, der kann eins und eins zusammenzählen? Der riecht den Braten, das garantiere ich dir. Schon allein deswegen, weil ich nicht mit offenen Karten gespielt habe.«

Paula zuckt mit den Schultern. »Dann sagt es ihm halt. Nur habe ich echt Schiss vor seiner Reaktion.«

»Frag mich mal.«

Endlich kann ich mich anmelden. Die Schwester öffnet erstaunlich behutsam meinen selbst angelegten Druckverband und wirft einen kurzen Blick auf die

Wunde, die zwar nicht mehr so stark blutet, aber immer noch klafft. »Das muss genäht werden. Sind sie Tetanus geimpft?«

»Bin ich«, antworte ich, dann darf ich mich ins Wartezimmer setzen. Ich stecke meine Versichertenkarte zurück in die Jackentasche, wo ich mal wieder Claudias Brief ertaste. Einem Impuls folgend ziehe ihn hervor und stecke ihn sofort wieder ein. Paula bemerkt es und hebt ihre Chefinnenaugenbraue. »Ist das der Brief? Von dieser Claudia?«

Ich nicke.

»Hast du ihn inzwischen gelesen?«

Ich schüttele den Kopf.

Paula schnaubt. »Ich weiß nicht, wie du das aushältst. Glenn will, dass du ihn liest. Also tue es, verflucht noch mal, sonst tue ich es.«

»Wieso willst denn ausgerechnet du, dass ich den verdammten Brief lese?«

Sie verdreht die Augen. »Ist doch klar: weibliche Neugier. Aber auch, weil da irgendetwas drinstehen muss, was mit dir zu tun hat. Bist du denn überhaupt nicht neugierig? Diese Frau hat sich umgebracht. Auch, wenn ich sie nicht kenne, interessiert mich, was Menschen so schreiben, bevor sie aus dem Leben scheiden. Ich habe noch nie einen Abschiedsbrief gelesen.«

Ich muss schmunzeln. Paulas Art, mir den Brief schmackhaft zu machen, hat keine wirkliche Substanz. Und nur Neugierde ist mir zu wenig. Ich fürchte mich wahnsinnig davor, dass mich der Brief in irgendeiner Form beeinflusst.

»Ich lese ihn schon allein deshalb nicht, weil Glenn

es sich so sehr wünscht. Ich hatte auch Wünsche. Aber wurden die mir erfüllt? Nein!«, sage ich stur.

»O man, du kannst doch hinterher immer noch behaupten, dass wir ihn nicht gelesen haben.«

»Jetzt sind es schon *wir*, ja?«

»Na, wenn du ihn liest, kann ich ihn auch lesen. Das macht dann auch keinen Unterschied mehr.«

»Borr, du nervst, weißt du das?«

»Wie redest du eigentlich mit deiner Chefin?«

»Treib' es ja nicht auf die Spitze, sonst kündige ich.«

»Okay, aber erst lesen wir den Brief.«

»Ich kann nicht«, jammere ich leise.

»Wir sitzen hier garantiert noch zwei Stunden. Der Brief wird dir ein Loch in die Tasche brennen.«

Ich atme tief ein und langsam und lange aus. Dann ziehe ich den vermaledeiten Brief mit spitzen Fingern aus der Jackentasche und lege ihn auf meinen Schoß. Wieder einmal bestaune ich die schöne Handschrift, in der Glenns Name auf dem Umschlag geschrieben steht. Ich schaue mich um, als würde ich gleich eine Straftat begehen. Mein Blick wandert zu Paula, die versucht, nicht zu grinsen und nur noch geradeaus guckt. Ich öffne den Brief und spüre, wie sich mein Puls dabei beschleunigt. Dann liegt er wie eine Offenbarung vor mir. Ich lese.

Glenn, Liebster,

das Schreiben dieses Briefes wird so ziemlich das Letzte sein, was ich in diesem Leben tue. Ich gebe auf. Nicht, ohne mich am Ende bei dir zu entschuldigen. Ich will dich für die letzten Jahre um Verzeihung bitten. Ich habe viele Fehler gemacht. Der Größte war, dich an mich ketten zu wollen. Es war falsch, mit der Androhung, mir etwas anzutun, Druck auf dich auszuüben.

Denn ich wusste, dass du einknickst, weil du ein guter Mensch bist. Doch was bleibt? Am Ende muss ich mir eingestehen, dass ich dich immer mehr geliebt habe, als du mich. Auch falsch, vermutlich hast du nicht mal ansatzweise dasselbe empfunden wie ich für dich. Du bist nur aus Sorge um Vivien bei mir geblieben. Vivien, unser kleiner Schatz. Die letzten Jahre waren die Hölle, für uns alle, aber am meisten für sie.

Nahm ich regelmäßig das Lithium, funktionierte ich – in euren Augen, ihren kleinen Kinderaugen. Aber die Wahrheit ist, ich bin jedes Mal wie unter Wasser, spüre nichts. Ich spielte euch vor, dass ich etwas fühle, aber da war nichts. Keine Liebe, keine Gefühle. Von außen eine hübsche Hülle, war ich innen leer und tot. Ich bin es leid, meine Tabletten immer wieder abzusetzen und darauf zu warten, dass Gefühle entstehen, immer wieder aufs Neue. Ist das ein Leben? Doch mit Lithium ist es, als wären all meine Sinne abgeschaltet. Als würde ich nichts schmecken, riechen oder hören. Kein Essen, keine Musik, kein Film, kein Buch, keine Umarmung, weder von dir noch von Vivien vermochten mein Innerstes zu berühren. Das ist kein Leben. Es fühlt sich an, wie lebendig begraben zu sein. Das war der Grund, weshalb ich das Lithium immer wieder abgesetzt habe. Nicht, um euch wehzutun, sondern um wieder etwas fühlen zu können. Um euch lieben zu können. Und glaub mir, Glenn, ich weiß, dass ich schon nach kurzer Zeit eine Zumutung für euch und für andere war. Mein Leben ist ein einziger Albtraum. Und ja, ich hätte mit diesem Albtraum gelebt – auch bis ans Ende unserer Tage. Aber nicht mit der Erkenntnis, die sich Nacht für Nacht mehr und mehr in meine Seele frisst. Denn ich weiß nun, dass du nach all den Jahren, in denen wir jetzt zusammen sind, in denen wir uns ein gemeinsames Heim geschaffen, unsere Tochter aufgezogen und Familie gespielt haben, immer noch liebst. Denn du hast die Fähigkeit nicht verloren. Auch, wenn du tagsüber für uns funktionierst, so bist du in der Nacht bei ihr. Nicht bei mir. Du liebst sie. Schon immer. Nie mich. Sogar noch nach all den Jahren. Ich erkannte es, als du im Schlaf ihren Namen sagtest. Du hast im Schlaf gesprochen und es zerriss mir nicht nur das Herz, sondern auch das Band, von dem ich annahm, dass es zwischen uns besteht. Ein Teil von mir wusste es wohl schon immer, doch nun ist es an der Zeit, mir einzugestehen, dass ich all die Jahre eine Lüge gelebt habe. Eine egoistische Lüge. Und ich bin selbst schuld, da ich vor allem mich selbst belogen habe. Mir war von Anfang an bewusst, dass du dich nur wegen Vivien für mich entschieden hattest. Dein Herz hat immer dieser anderen Frau gehört. Sina.

Geh zu ihr. Leb mit ihr. Zieht unsere Tochter groß. Macht sie zu einem besseren Menschen als ich es war. Ich war nicht nur krank. Ich war auch schwach. Doch nun werde ich das erste Mal im Leben richtig stark sein und euch das Leben zurückgeben, das für euch bestimmt war. Lebt es. Werdet glücklich. Passt auf unsere Tochter auf und sagt ihr, dass ich sie über alles liebe. Sie wird es hoffentlich irgendwann verstehen.

Claudia

Ich schlucke und schaue auf die zwei dicken Tropfen, die sich irgendwie aus meinen Augen gestohlen haben. Ich falte den Brief zusammen und schiebe ihn wieder in die Jackentasche.

»Wie jetzt? Und ich?«, höre ich Paula wie aus weiter Ferne.

»Ich ... ich glaube«, stottere ich. »Ich glaube, sie hat sich wegen mir umgebracht.«

Paula schnaubt. »Also wirklich. Jetzt nimm dich mal selbst nicht so wichtig. Wieso sollte sie sich wegen dir umbringen? Was steht in dem verdammten Brief?«

Paula sieht mich beschwörend an.

»Glenn hat offenbar im Schlaf meinen Namen gesagt.«

»Ja, und?« Sie zuckt mit den Achseln. »Ich spreche ständig von Idris Elba – auch im Schlaf! Das ist noch lange kein Grund, dass Anton ...«

»Hör auf, Paula, das ist jetzt nicht mehr lustig. Das steht in ihrem Abschiedsbrief. Und sie hat ernst gemacht. Die Frau ist tot, wenn ich dich erinnern darf. Ein Kind ist Halbwaise.«

»Gibt sie dir denn direkt die Schuld?«

»Das nicht, aber indirekt schon. Sie weiß, dass sie Glenn mit der Schwangerschaft und dem angedrohten Selbstmord emotional erpresst hat. Sie wusste, dass er bei ihr bleibt.«

»Dann hat sie nichts anderes verdient. Komm schon, Sina, zieh dir die Jacke nicht an. Die Frau war krank und rücksichtslos obendrein. Sie wusste, dass er dich liebt und hat sich einen Scheiß darum geschert.«

»Paula, sie hat sich selbst umgebracht, um Glenn und mir den Weg zu ebnen. Um uns nicht mehr im Weg zu stehen, verstehst du?«

»Sie hat den Märtyrer gespielt und das auch noch ein paar Jahre zu spät. Was denkt sie sich? Glaubt sie, du hättest dich in irgendeinem Loch verkrochen und nur darauf gewartet, dass Glenn zurückkehrt?«

»Was weiß ich denn, was sie gedacht hat? Die Frage ist, warum Glenn mir diesen Brief gegeben hat. Er trägt ja mindestens genauso viel Schuld wie sie. Er hätte sich ja zur Wehr setzen und hierbleiben können. Wir hätten alle zusammen eine Lösung finden können.«

»Hätte, hätte, Fahrradlenker! Schatzi, er wusste

doch aber gar nicht, dass du auch schwanger warst.«

»Aber er wusste, wie sehr ich ihn liebe.«

»Sina Hartung, Behandlungszimmer drei«, höre ich den Ausruf aus der Gegensprechanlage. Gleichzeitig ängstlich wegen der bevorstehenden Behandlung und erleichtert, der Diskussion mit Paula zu entkommen, stehe ich auf und visiere Behandlungszimmer drei an.

KAPITEL 27

5 JAHRE ZUVOR – SINA

»Du brauchst Handgepäck für zwei Tage.« Glenns Stimme klingt gleichsam belustigt wie geheimnisvoll. »Wir haben eine Übernachtung.«

»Fahren oder fliegen wir?«

»Wir fliegen.«

»Ins Warme oder Kalte?«

»Ins Warme, aber einen Bikini brauchst du nicht.«

»Keinen Bikini? O man, du sprichst echt in Rätseln. Aber ich vermute mal eiskalt einen heißen Städtetrip. Nur wohin?«

»Das, meine Liebe, bleibt die Überraschung.«

»Von wo aus fliegen wir denn? Tegel oder Schönefeld?«

»Tegel. Aber jetzt ist es genug mit der Ausfragerei. Leg endlich auf. Ich muss auch noch ein paar Sachen packen. In einer Stunde bin ich bei dir.«

»Warte«, rufe ich, »wie lange wird der Flug dauern?«

Ich höre, wie Glenn laut auflacht, dann legt er grußlos auf.

»Mistkerl«, murmele ich und grinse dabei wie ein Honigkuchenpferd. Jeden Tag liebe ich diesen Mann mehr. Selbst meine Mutter ruft fast täglich an, um mich über ihn auszufragen. Die Idee, nach Ferch zu fahren, war im Nachhinein betrachtet, wirklich nicht die Beste gewesen, wie ich noch am Nachmittag unseres Ausfluges feststellen musste. Meine Eltern hatten uns beim Ausparken erwischt, während sie ihren Sonntagsspaziergang machten. Meine Mutter verübelt es mir seitdem, dass ich mich im Auto reflexartig duckte, als ich sie entdeckt hatte, obwohl ich ihr immer wieder versichere, dass ich nur Kleingeld aufheben wollte, das mir in dem Moment hinuntergefallen war. Eine kleine Notlüge. Ich werde mich wohl nie daran gewöhnen, dass Mütter ihre Kinder aus mehreren Kilometern Entfernung gegen den Wind wittern. Anders kann es nicht sein. Am Ende nutzte es auch nichts, dass ich schwor, wir hätten keinen Hunger, was im Übrigen ebenso gelogen war wie das heruntergefallene Kleingeld. Meine Eltern bestanden darauf, uns mit nach Hause zu nehmen und gemeinsam Kaffee zu trinken und Kuchen zu essen.

Glenn war toll. Während meine Mutter ihn die ganze Zeit anschmachtete, hatte sich mein Vater mit ihm über Hausboote unterhalten. Ich weiß, dass meine Eltern schon lange von einem träumen. Neu war mir, dass Glenns Firma auch Derartiges vermittelt. Meine Mutter erklärt mir seitdem, wie gut er aussieht, als wüsste ich das nicht allein. Im Grunde wäre sie dafür zuständig, mir zu sagen, dass ich mich von seinem Aussehen besser nicht blenden lassen sollte. Nützt bloß nichts, wenn sie selbst das Brett vor dem Kopf hat. Ich rolle drei T-Shirts ein, nehme Unterwäsche und Socken und verstaue alles im Rucksack. Dann schiebe ich Ladekabel, Powerbank und meinen Kindle in die Seitenfächer, obwohl ich bezweifle, dass ich zum Lesen kommen werde. Mein Handy klingelt. Carmen.

»Ich habs ganz eilig«, begrüße ich sie und stöpsele Airpods ein, damit ich die Hände frei habe, um weiter zu packen.

»Dann haste heute schon wat vor, ja?«

»Ja, aber das wusste ich bis vor einer halben Stunde

selbst nicht.«

»Und wat steht an?« Sie klingt genervt, vermutlich weil sie vorhatte, mich zu treffen.

»Keine Ahnung, Glenn hat mich auf einen Kurztrip nach ‚irgendwohin' eingeladen.«

»Ihr seid jetzt richtig zusammen, oder?«, fragt sie und der Verdruss darüber spiegelt sich im Ton ihrer Stimme überdeutlich wider. Manchmal wünschte ich, ich wäre nicht so feinfühlig. Jedes Schweigen, jeder Unterton, jede Missempfindung meines Gegenübers drängt sich mir regelrecht auf. Leider habe ich ultrafeine Antennen für Stimmungen beziehungsweise Missstimmungen, aber im Grunde hat mir dieses Einfühlungsvermögen in der Vergangenheit in kritischen Situationen auch schon helfen können.

»Glaub schon. Wieso?«

»Na ja, erinnerste dich, dass du sagtest, du willst dich jetzt nur noch uff Typen einlassen, mit denen du dir eine Zukunft vorstellen könntest?«

»Ja, schon«, sage ich lakonisch, gehe ins Bad und hole meine Reisezahnbürste und eine Probierpackung Zahnpasta. Ich habe gerade null Bock auf ihre Negativ-Glenn-Propaganda und würde am liebsten auflegen.

»Dann sind wa mal ehrlich, Glenn is eher nicht der Typ zum Heiraten und Kinderkriegen, oder?«

Ihre Worte versetzen mir einen Stich und ich ärgere mich, dass ich zu der Sorte Mensch gehöre, die stets freundlich bleibt. Warum eigentlich?

»Und wenn doch? Was wäre denn, wenn er der Mann ist, den ich eines Tages heiraten werde?«, frage ich schnippisch.

Ich höre ihr kehliges Lachen und wie sie kurz

darauf an einer Zigarette zieht. »Als ob. Mit dem kannste dir die Nächte um die Ohren hauen und die neue Matratze einweihen. Für den Ring am Finger is der nüscht.«

Ich will widersprechen, aber wieder einmal schafft es Carmen, dass ich beginne zu schwanken. Denn sie drückt genau den Knopf, der sowieso immer leuchtet, wie Jacketkronen im Schwarzlicht. Aufdringlich und hässlich. Es fällt mir eh schwer, Zweifel zu ignorieren. Warum muss sie jedes Mal noch Salz in diese ewig klaffende Wunde streuen?

»Wir werden es ja sehen, ob er was taugt. Erst mal machen wir diesen Trip, dann gucken wir weiter. Wer nicht wagt, der nicht gewinnt.«

»Na ja, dann wünsch ick euch Turteltäubchen viel Spaß. Bis bald.«

Sie legt auf und überlässt mich meinen Selbstzweifeln. Ist es wirklich so abwegig, dass ein Typ wie Glenn auf mich stehen könnte? Eine Kurznachricht holt mich aus meinen Gedanken.

Fahre los. Komm schon mal runter! Kuss

»Hast du alles?« Glenn fährt auf die Autobahn und gibt Gas.

»Woher soll ich das wissen, wenn du mir nicht sagst, wohin es geht?«

»Bist du aufgeregt?« Er nimmt meine Hand und hält sie fest. Nach Carmens Anruf das schönste Gefühl auf der Welt. Ich nicke und versuche, den Augenblick zu genießen.

»Musst du nicht.«

Ich zucke die Schultern. »Ich fliege nicht so gern.«

Glenn blickt mich von der Seite an. »Hast bestimmt

Angst vor Kontrollverlust, hm?«

»Hab ich nicht.«

»Doch, das hab ich mal gelesen über Menschen mit Flugangst. Sie fürchten sich davor, anderen Menschen die Kontrolle über ihr Leben zu überlassen.«

»Mag sein. Ich vertraue halt schwer.« Ich erwidere seinen Blick, der offen ist und auf mich ehrlich wirkt. Warum funktionieren meine feinen Antennen nur bei Empfindungen und nicht bei der Partnerwahl. Ich spüre, dass ich gerade dabei bin, mich Hals über Kopf in diesen Mann zu verlieben. Was, wenn es wieder nur ein Reinfall wird? Wie oft kann ein Herz brechen, bevor es sich für immer vor der Liebe verschließt?

»Woran denkst du?«, holt Glenn mich aus meinen trüben Gedanken.

Ich schüttle den Kopf. »An nichts weiter. Carmen hatte mich vorhin noch angerufen. Sie wollte sicher was mit mir unternehmen.«

»Weiß sie, dass wir zusammen sind?« Er streichelt mit seinem Daumen über meine Hand, während mir bei seinen Worten ganz warm ums Herz wird. Wir sind zusammen. Wir sind ein Paar. Wir werden es langsam angehen, aber ich wünsche mir nichts auf der Welt so sehr, wie, dass es klappt mit uns.

»Sie weiß es. Aber ich glaube, sie ist nicht gerade begeistert.«

»Na ja, ich nehme ihr die beste Freundin weg, zumindest ein kleines bisschen.«

»Ich finde das völlig okay, aber es wäre natürlich schön, wenn sie sich mit mir freuen könnte.«

»Wird sie noch. Warts nur ab.«

Wir fahren aufs Flughafengelände und parken das Auto.

»Am liebsten würde ich dir die Augen zuhalten, damit du ahnungslos am Ziel aussteigst«, sagt Glenn. Wir bleiben stehen und sehen uns tief in die Augen.

»Vergiss es. Das kommt ja einer Entführung gleich.«

»Passt doch.« Er kommt näher und flüstert in mein Ohr. »Erst entführen, dann verführen.« Er zwinkert mir zu und verwandelt meine Knie einmal mehr in Wackelpudding. Allein der Gedanke, dass wir bald zum ersten Mal Sex haben werden, versetzt meinen Körper in ein widerstandsloses Etwas. Das, was ich gerade empfinde, habe ich so noch nie erlebt. Aber ich muss mir auch eingestehen, dass mich ein Kerl noch nie so lange hingehalten hat wie Glenn. Und irgendwie gefällt es mir. Seine Zurückhaltung steigert die Vorfreude ins Unermessliche und jede Berührung, ob zufällig oder beabsichtigt, entfacht Feuerwerke der Lust in mir. Glenn sieht an mir hinunter und seine Augen ruhen auf meinen steif gewordenen Brustwarzen. Das enganliegende Top ist mir keine große Hilfe, mein Verlangen zu verheimlichen. Ich fühle mich nackt unter seinen Blicken. Ich lehne mich an ihn und flüstere: »In einer guten Beziehung teilt man sich die Arbeit. Deshalb schlage ich vor, dass du mich entführst und ich dich verführe.«

Glenn beugt sich zu mir hinunter und stoppt kurz, bevor seine Lippen auf meine treffen. Mein Herz schlägt bis zum Hals und ich schiebe meine Hände in seine und schmiege mich noch enger an ihn. Wir stehen immer noch auf dem Parkplatz und um uns herum laufen Menschen in verschiedene Richtungen, halten Ausschau nach dem richtigen Abflugsteig, während ich nirgendwo mehr ankommen will, weil ich hier und jetzt da bin, wo ich sein möchte. Ich spüre seinen Herzschlag, der mindestens so rast wie meiner und etwas tiefer registriere ich noch was, das mich fast wahnsinnig macht. Ich schmiege mich fester an ihn, höre sein schweres Atmen und genieße sein Ringen um Kontrolle. Als er mich küsst und unsere warmen Zungen einander liebkosen, bebt nicht nur mein Körper. »Sucht euch ein Zimmer, man«, höre ich jemanden rufen, was unserem Kuss ein jähes Ende bereitet. Glenn löst sich von mir und räuspert sich. »Ein Zimmer wäre jetzt eine wirklich gute Idee.«

»Ich hoffe, da wo wir hinfliegen, gibt es ein Zimmer für uns«, sage ich.

»Du wirst überrascht sein. Es wird ein Zimmer geben und uns und ...«

»Und mehr brauche ich gerade nicht«, beende ich den Satz.

Glenn streicht mir eine Haarsträhne aus dem Gesicht und lächelt mich zärtlich an.

»Ich auch nicht und vermutlich auch nie wieder.« Sein Lächeln und seine Hand, in die ich meine lege, ist nur eine kleine Geste, aber es fühlt sich an wie ein Versprechen für die Ewigkeit.

KAPITEL 28

5 JAHRE ZUVOR – GLENN

»Rom also.« Sina strahlt.

Ich nicke, greife über sie, um sie anzuschnallen, während rotlippige Flugbegleiterinnen die Sicherheitsvorkehrungen performen.

»Aber wieso ausgerechnet Rom?«, fragt sie aufgeregt.

Ich zucke die Schultern, denn es ist mir peinlich, die Wahrheit zuzugeben.

»Komm schon, Glenn! Warum Rom?«

Ich grinse und will sie als Antwort küssen, doch Sina weicht vor mir zurück.

»Also gut, du Nervensäge. Weil ich schon so viel Wunderbares über diese Stadt gehört habe.«

»So? Was denn?«

»Na, hör mal, du Kulturbanause, allein das Kolosseum, die Vatikanstadt, der Trevi-Brunnen, der Petersdom, die spanische Treppe ..., willst du mehr hören oder reicht dir das?« Ich zwinkere ihr zu und hoffe, dass sie mir den Reiseführer abnimmt, denn allmählich beginnt mein Vorhaben, mir selbst ein wenig Angst einzuflößen. Ich bete, nur dass sie mir das nicht anmerkt. Denn ich war mir mit dieser einen Sache noch nie so sicher wie in diesem Augenblick.

»Okay, also Sightseeing bis zum Abwinken, ja? Das ist dein Plan?«

»Klar. Freust du dich drauf?«

Sina nickt mit geröteten Wangen und die Vorfreude auf unseren Trip steht ihr ins Gesicht geschrieben.

Wenige Minuten später heben wir ab und nach zwei Stunden schnuppern wir endlich italienische Luft. Als uns das Flughafengelände freigibt, erscheint der Himmel unwirklich in strahlendem Blau und die Temperaturen sind zwar hoch, aber nicht mehr hochsommerlich. Ein perfekter Tag, um die Stadt zu erkunden.

»Wir fahren erst in die Unterkunft und bringen unsere Sachen weg, okay? Und dann darfst du dir aussuchen, was wir zuerst anschauen.«

Sinas Mund steht offen. Sie sieht sich nach allen Seiten um und scheint das neue Land und die Leute in sich aufsaugen zu wollen.

»Hotel, Pension oder Wohnung?«

»Wohnung. Ist das in Ordnung für dich? Ich wollte lieber nicht in ein Hotel. Da ist immer alles so anonym. Ich habe uns eine pittoreske Wohnung über *Airbnb* gebucht. Die ist hier ziemlich in der Nähe. Und wir können zusammenwohnen spielen.« Ich winke uns ein Taxi heran und halte dem Fahrer mein Handy mit der Adresse entgegen.

»Zusammenwohnen spielen hört sich gut an. Ich hoffe, es gibt zwei Schlafzimmer.«

Bei Sinas Worten wird mir ganz mulmig. Meint sie das etwa ernst? Ich überlege fieberhaft, kann mich aber beim besten Willen nicht daran erinnern, ob die Wohnung zwei Schlafräume hat. Ich hatte darauf geachtet, dass sie gepflegt und modern eingerichtet ist und gute Bewertungen hat, aber zwei Schlafzimmer? Mit großen Augen schaue ich sie hilflos an. Sekunden später prustet sie los vor Lachen.

»Jetzt hast du echt Schiss gekriegt, oder?«, lacht sie schallend und mir rollt ein Stein der Erleichterung vom Herzen.

»Du Mistbiene«, presse ich hervor, nicke bedächtig und verdrehe die Augen. »Das zahl ich dir heim«, flüstere ich und zwicke ihr blitzschnell in den Oberschenkel, so dass ihrem hämischen Lachen ein spitzer Schrei folgt. Unterdessen hält der Taxifahrer vor einer dreistöckigen, weißen Villa und Sina holt einen Zwanzig-Euro-Schein aus ihrer Jeanstasche, bevor ich mein Portemonnaie hervorholen kann.

»Hey, hör zu. Das ist mein Wochenende, das ich dir schenke. Ich habe dir gesagt, du sollst dein Geld zu Hause lassen und das meinte ich auch so.«

»Quitschquatsch«, sagt sie, gibt dem Taxifahrer mit einer abwinkenden Geste zu verstehen, dass er das Wechselgeld behalten soll und steigt aus. Wir schultern unsere Rucksäcke und ich suche nach dem hinterlegten Schlüssel, der wie abgesprochen unter einem Blumenkasten versteckt ist. Die Vermieter sind offenbar gerade selbst verreist und haben ein Urvertrauen in die Menschheit, wie man es selten noch erlebt. Mit dem großen Schlüssel kommen wir in die Villa und mit dem kleinen verschaffen wir uns Zutritt zur Wohnung in der ersten Etage - genauso wie es mir der Vermieter in der E-Mail beschrieben hatte. Alles ist herrlich unkompliziert und meine Aufregung wächst ins Unermessliche. Wir betreten die Wohnung und als Erstes fällt mir auf, dass sie tatsächlich zwei Schlafzimmer hat.

»Welches nimmst du?«, frage ich schelmisch grinsend und deute mit dem Blick auf die beiden Türen. Sina beißt sich auf die Unterlippe und sagt: »Das mit dem großen Bett.« Sie grinst breit und streckt mir die Zunge heraus. Sie schnippt ihre Sneakers von den Füßen, hopst wie ein aufgeregtes Kind Richtung Bett und schmeißt sich mit einem lauten Juchzen drauf. Ich trete langsam ein und betrachte sie, wie sie daliegt und mich erwartungsvoll ansieht. Ich gehe zum Fenster und öffne es, dann ziehe ich die schweren Vorhänge etwas zu, um das Zimmer in ein angenehmes Halbdunkel zu tauchen. Von der Straße her hört man gedämpft den Verkehr, der mich daran erinnert, dass es da draußen noch eine Welt gibt, in der Menschen alltägliche Dinge verrichten. Ich bin gerade gefangen in meiner eigenen Welt, in der nur Platz ist für Sina und für mich. Ich streife meine Turnschuhe von den Füßen und gehe hinüber zum Bett. Ich schaue auf Sina hinunter, unsere Blicke halten einander fest und lassen sich nicht mehr los. Ich beobachte, wie sich ihr Brustkorb hebt und senkt. Ihre Jeans sitzt auf ihren Hüften und das weiße Top ist leicht hochgerutscht, so dass ich ihren Bauchnabel sehen kann.

»Wirst du mich jetzt lieben?«, fragt sie mit rauer Stimme.

»Wenn du mich lässt«, sage ich und schiebe wie in Zeitlupe mit meinem Knie ihre Beine auseinander. Sie lässt es bereitwillig zu und sieht mich aus blauen Augen unter dichten Wimpern an. Ich komme über sie und verlagere mein Gewicht auf meine Arme, um sie nicht zu erdrücken. Doch so zierlich sie wirkt, kraftvoll umarmt sie mich und zieht mich fest an sich. Kein Blatt Papier würde mehr zwischen uns passen. Ich küsse sie, schmecke sie und genieße jeden noch so kleinen lustvollen Seufzer von ihr. Gierig und mit fahrigen Fingern zieht sie mir das T-Shirt über den Kopf, noch bevor ich mich an ihrem Top zu schaffen machen kann. Sie nestelt am Reißverschluss meiner

Hose, doch nun packe ich ihre Hände und halte sie über ihrem Kopf zusammen. Sie will sich befreien, drückt ihr Becken an meines und ich kann selbst kaum an mich halten. Ich will es sicher genau so sehr wie sie. Doch viel lieber möchte ich ihr jede Menge Vergnügen schenken, bevor ich an mich denke. Langsam wandert meine Zunge mit kreisenden Bewegungen ihren Hals hinunter. Sina reagiert auf jede noch so kleine Berührung mit leisen lustvollen Lauten. Jedes Zucken, jedes Stöhnen ist Bestätigung und Anreiz für mich, mich zurückzuhalten. Sie windet sich unter mir, bis ihr das Top von den Schultern rutscht und ihre vollen Brüste freigibt. Mein Mund findet wie von selbst zu den harten Nippeln, die sich mir entgegenrecken. Ich sauge an ihnen, liebkose sie, beiße zärtlich hinein und jeder ihrer Seufzer macht mich rasend. Die Reaktionen ihres Körpers spiegeln mein eigenes Verlangen. Es fühlt sich so an als stünden wir in Flammen, nein, als wären wir eine gemeinsame Flamme. Ich lockere meinen Griff und ziehe ihr das Top aus. Für einen kurzen Augenblick wird sie ruhiger, überlässt sich meinen Händen und meiner Zunge, die jetzt ihren Bauchnabel und die zarte Haut über ihrem Schambein liebkosen. Langsam und Stück für Stück wandern meine Lippen tiefer und tiefer. Gegenseitig befreien wir uns aus den Jeans. Und dann – endlich – kann ich ihr all die Aufmerksamkeit schenken, die sich seit Wochen Nacht für Nacht wie ein Film in meinen Träumen abgespielt hat. Kurz halte ich inne und schaue hoch zu ihr. Ihre Hände krallen sich in die Laken und ihr Gesicht ist gerötet. Sie hebt ihren Blick und flüstert: »Hör nicht auf, hör nie wieder damit auf.«

»Das habe ich nicht vor«, sage ich. Sie stützt sich

auf die Unterarme und sieht mich herausfordernd an.

»Gefällt dir, was du siehst?«, fragt sie mit dunkler Stimme.

»Du bist wunderschön«, sage ich, »sogar mehr als das.«

Sie öffnet ihre Beine etwas weiter und zieht mich mit sich. Im nächsten Augenblick bin ich über, dann in ihr. Als sich mein Verstand wieder einschaltet, will ich mich zurückziehen, weil mir einfällt, dass sich irgendwo in den Untiefen meines Rucksacks Kondome befinden.

»Sorry«, murmele ich aufgeregt. »Ich habe Kondome dabei.« Ich will schon aufstehen, doch Sina hält mich fest. »Ich nehme die Pille und bin völlig gesund. Wie siehts mit dir aus?«

»Ich nehme keine Pille«, sage ich grinsend.

»So muss es sich anfühlen, wenn man füreinander bestimmt ist«, sagt Sina. Sie hält mein Gesicht in den Händen und sieht mir tief in die Augen.

»Genau so fühlt es sich an. Das ist ein Versprechen«, sage ich und besiegle es mit einem Kuss. Gleich, wo wir gerade sind, es spielt keine Rolle, ob Rom oder Berlin. Im Augenblick ist Sina der Ort, an dem ich für immer sein will. Wir liebkosen einander, nehmen uns alle Zeit der Welt, unsere Körper kennenzulernen und einander zu erforschen. Wir lieben uns mehr als einmal. Wir lieben uns bis zur totalen Erschöpfung. Ich kann nicht sagen, wie lange wir später wie hypnotisiert daliegen, ineinander verschlungen, so als wären wir eine Person, und uns gegenseitig festhalten. Aber an eine Sache werde ich mich für den Rest meines Lebens erinnern. In dem Augenblick, in dem wir gleichzeitig Atem schöpfen, um etwas zu sagen, flüstern wir beide dieselben Worte: Ich liebe dich so sehr.

KAPITEL 29

GEGENWART – GLENN

»Da ist Sina!«, ruft meine Tochter und drückt ihren Hund vor Aufregung ganz fest an ihre Brust. Ich schnalle sie ab und helfe ihr beim Aussteigen, woraufhin sie sich nicht mehr halten lässt. Ich schließe das Auto ab und meine Tochter rennt Sina, Leo und Josephine entgegen, die vor dem Restaurant auf uns warten, aufgereiht wie eine eingeschworene gemeinschaftliche Mauer, durch die nichts hindurch kommt.

»Pass auf Sinas Hand auf«, rufe ich ihr noch nach, doch unnötig, denn meine Tochter schmiegt sich behutsam um Sinas Taille, als wäre sie zerbrechliches Porzellan.

»Geht es deiner Hand wieder besser?«, fragt Vivien.

Sina nickt. »Der Doktor hat alles heil gemacht. Ich bin praktisch wie neu.« Sie lächelt meiner Tochter aufmunternd zu, hält ihren verbundenen Arm hoch und streichelt ihr mit der anderen Hand in mütterlicher Geste über die blonden Haare.

»Gehts dir auch wieder besser?«

Vivien nickt und zeigt Sina ihren Hund. »Das ist Tapsi.«

Dann treffen sich unsere Blicke und für den Moment sagt niemand etwas, bis Leo sich räuspert.

»Einer Lust auf Pizza?«, fragt er die Kinder, die nur noch Augen für ihre Stofftiere haben. Josephine scheint die Pizzeria zu kennen, denn sie zieht Vivien mit sich in eine gemütliche Spielecke, die extra für

Kids eingerichtet wurde. Gemeinsam betreten wir das Restaurant und Leo steuert im hinteren Bereich auf einen Sechsertisch zu, der für ein vertrauliches Gespräch wie geschaffen erscheint. Der Kellner reicht uns die Speisekarten und nimmt die Getränkebestellung entgegen, und obwohl ich so gut wie nie Alkohol trinke, bestelle ich mir, wie Sina und Leo, ein Glas Rotwein.

»Also schön«, sage ich, »du, ... ich meine *ihr* wolltet mit mir reden?«

Leo und Sina werfen sich verstohlene Blicke zu. Sie wirken nervös und offenbar weiß keiner, wie er beginnen soll.

»Sina und ich ..., wir ... wollten dir was sagen.«

Ich nicke.

»Aber bevor wir dir das erzählen«, unterbricht ihn Sina, »musst du uns versprechen, dass ...« Sie bricht mitten im Satz ab und Leo nimmt ihre Hand und streichelt sie. Ich schlucke ob der intimen Geste und senke den Blick. Ich will das nicht sehen. Ich will nicht hier sein. Oder anders. Ich will schon hier sein, aber ich will nicht, dass Leo hier ist.

»Was soll ich euch denn versprechen?«, frage ich behutsam und suche Sinas Blick, der an ihren ineinander verschlungenen Fingern klebt. Sie löst sich davon und versucht, mir in die Augen zu sehen.

»Ich weiß nicht, wie ich es dir sagen soll. Weil ich es dir nicht sagen will.« Sie verengt ihre Augen zu Schlitzen und ihr Mund ist nur noch eine schmale Linie. »Weil es dich damals auch nicht interessiert hat.« Ihre Stimme zittert und ich sehe, wie Leo ihre Hand drückt.

Die Getränke werden gebracht und endlich lösen

sie ihren Händeknoten auf und Sina trinkt hastig einen großen Schluck Wein. Als die Bedienung fort ist, frage ich behutsam: »Ihr wollt mir etwas sagen, aber auch irgendwie nicht?«

»Es geht um Josephine«, sagt Leo, der sich bis jetzt zurückgehalten hat. Auch er scheint jede Sekunde nervöser zu werden.

»Was ist mit eurer Tochter?«, frage ich. Und während ich die Frage völlig arglos, unschuldig und gänzlich ohne Hintergedanken stelle, fällt es mir plötzlich wie Schuppen von den Augen. Das, was mir nachmittags noch als flüchtiger diffuser Gedanke in den Sinn kam und ob seiner Absurdität sofort wieder verlorenging und nicht mehr greifbar für mich war, wird mir jetzt mit absoluter Sicherheit schlagartig bewusst. Und ob dieser schockierenden Erkenntnis, ist mir, als träte mir jemand in den Magen. Wie vom Blitz getroffen, stehe ich auf, will etwas sagen, aber ich wüsste nicht was. Blitzschnell greift Sina nach meiner Hand und zieht mich wieder auf den Stuhl: »Bitte, bleib hier und bitte, sie weiß es noch nicht. Du darfst jetzt nicht durchdrehen. Niemand darf durchdrehen!«

Kraftlos lasse ich mich zurück auf den Stuhl fallen und schaue hinüber zur Spielecke, wo, wie mir soeben klar geworden ist, zwei Schwestern miteinander spielen.

»Stimmt es? Josephine ist meine Tochter?«, frage ich leise hinter vorgehaltener Hand. Ich weiß nicht, was größer ist. Die Freude, dass Sina und ich ein gemeinsames Kind haben oder die Scham darüber, dass ich es weder wusste, noch in Erwägung gezogen habe.

»Aber du sagtest damals, du nimmst die Pille. Wie

kann das sein?«

Sina massiert ihre Schläfen und schnaubt kopfschüttelnd. »Dinge passieren, Glenn. Auch, wenn andere keine Notiz davon nehmen. Wir haben damals an drei Gelaterias Eis gegessen. Vielleicht kannst du dich an unsere letzte Nacht erinnern.«

»Ich kann mich an alles erinnern. An jede einzelne Sekunde«, sage ich in festem Ton und mein Blick streift Leo, dessen Gesicht zu einer starren Maske gefriert. »Du hast dich übergeben. Und wenn du dich bitte erinnerst, ich war die ganze Zeit bei dir.«

»Gut«, sagt Sina mit eiskaltem Blick und schneidender Stimme. »Dann kannst du dir meine Schwangerschaft vielleicht durch Logik herleiten.«

»Sina«, murmele ich und schaue wieder hinüber zu den Kindern. Ich kann es nicht fassen, dass ich mit der Frau, die ich über alle Maßen liebe, ein Kind gezeugt habe, ohne es zu wissen. Erst in diesem Augenblick wird mir klar, wie sehr ich sie verletzt haben muss, als ich Vivien, wie zur Erklärung für mein damaliges Verschwinden, zu ihr in die Kita gebracht habe. Wird sie mir das je verzeihen können? Ich habe sie mit unserem Kind im Stich gelassen, um bei einer anderen Frau zu sein, die ebenso ein Kind von mir erwartete. Wie dumm kann ein Mensch sein?

»Ich ..., ich weiß nicht, was ich sagen soll«, stottere ich und spüre, wie sich eine Träne aus meinem Auge löst und schwer auf den Tisch tropft. Ich wische sie hoffentlich für alle unbemerkt weg, denn ich habe keinen Grund zu weinen. Sina hatte die letzten Jahre die schwere Bürde zu tragen. Ein Kind ohne Vater großzuziehen, muss ... ich sehe hinüber zu Leo, dessen Blick eiskalt auf mir ruht. Innerlich zucke ich zusammen, denn für ihn muss es genauso furchtbar sein wie für uns. Er war vermutlich all die Jahre für Josephine der Vater.

»Hast du sie adoptiert?«, frage ich ihn.

»Hat er nicht«, sagt Sina mit wütendem Blick, »und dennoch ist er ihr Vater. Wird es immer sein. Er war da, als du es nicht warst. Er war derjenige, der sie mit mir entbunden hat, der ihr die Windeln gewechselt und sie die Nächte hindurchgetragen hat. Er war derjenige, der das aufgefangen hat, was du mir nichts dir nichts hingeworfen hattest, ohne auch nur einen einzigen Blick zurückzuwerfen.«

»Doch unwissentlich, Sina. Meinst du nicht, ich hätte mich anders entschieden, wenn ich *das* gewusst hätte?«

»Tja«, sagt Sina kalt, »dafür hätte man ein Fünkchen Interesse haben müssen. Hattest du aber nicht. Hauptsache, Claudia ging es gut. Hauptsache, du hattest, was du wolltest.«

»Hey, hört auf! So bringt das doch alles nichts«, sagt Leo in beschwichtigendem Ton und auf einmal bin ich dankbar, dass er hier ist. Er scheint, Sina beruhigen zu können, denn sie lehnt sich zurück und atmet tief durch. Für eine Weile sitzen wir schweigend da, jeder in seine Gedanken vertieft.

»Ich wollte Josephine adoptieren, wenn wir verheiratet sind«, sagt Leo. Er streichelt sanft über Sinas Rücken, die mit leerem Blick auf ihr Weinglas starrt. »Hätte ich gewusst, dass du lebst, hätte ich das schon viel früher gemacht.«

Ich verstehe ihn gut, dennoch regt sich Trotz in mir. »Josephine muss nicht adoptiert werden, sie hat einen Vater.«

»Vielleicht hat sie einen Erzeuger, aber der Vater sitzt hier, bei mir, auf meiner Seite und du wirst einen Teufel tun und die beiden auseinanderbringen. Ich schwöre dir, wenn du das versuchst, wenn du wieder alles kaputt machst, ...« Sie lässt die Drohung unausgesprochen im Raum stehen. Aber das und wie sie es sagt, reicht mir, um zu sehen, dass es ihr Ernst ist. Sie wirkt wie ein Tier, das man in die Ecke drängt, was mir plötzlich leidtut. Ich will nicht, dass Sina sich schlecht fühlt oder Angst vor mir hat.

»Und wie geht es jetzt weiter?«, frage ich.

»Haben Sie schon gewählt?«, fragt der Kellner, der wie aus dem Nichts an unserem Tisch auftaucht.

Ich schüttle den Kopf, weil ich keinen Hunger habe, dann fällt mir Vivien ein, die immer Spaghetti Carbonara beim Italiener isst. Ich bestelle eine Portion für sie und Sina dasselbe für Josephine, was uns allen ein klägliches Schmunzeln abnötigt. Der Kellner geht und wir schweigen aufs Neue.

Irgendwann sagt Leo: »Gib uns Zeit. Wir werden mit Josephine reden.«

»Leo!«, schimpft Sina mit steiler Zornesfalte auf der Stirn. »Soll er wieder alles kriegen, was er will? Er hat Josy nicht verdient.«

»Sie ist seine Tochter. Ob verdient oder nicht. Oder meinst du, er wird jetzt noch erlauben, dass ich sie adoptiere?« Provozierend sieht er mich direkt an.

»Hört zu«, sage ich, »ich weiß erst seit fünf Minuten, dass Josephine meine Tochter ist. Und wie ihr vorhin mitbekommen habt, hat Vivien durch den Tod ihrer Mutter massive Probleme, mit denen wir allein dastehen«, erkläre ich, »Claudia hat Selbstmord begangen. Und als wäre das nicht genug, hat Vivien den halben Tag über bei ihrer toten blutüberströmten Mutter gesessen, bevor ich nach Hause gekommen war. Ich weiß nicht, was sich in dieser Zeit in dem Kind abgespielt haben muss, aber es muss das schiere Grauen für sie gewesen sein.« Leo nickt und senkt bestürzt den Blick. In Sinas Augen blitzen Tränen der Betroffenheit. »Vivien ist verstört und wird mit Sicherheit noch Jahre brauchen, um das Erlebte zu verarbeiten«, fahre ich fort. »Was wir jetzt und auch für die Zukunft gar nicht gebrauchen können, ist ein weiteres Kind, das traumatisiert wird. Also vielleicht darf ich mir selbst erst mal Gedanken darüber machen, wie es weitergehen könnte.«

»Das ist nur fair«, lenkt Leo ein.

Sina springt auf. »Wirklich Glenn, keiner will, dass irgendwer noch leidet, aber das Leben ist nun mal nicht fair und du bist nur der verdammte Erzeuger meiner Tochter!« Wütend stapft sie davon und hockt sich zu den Kindern und es scheint, als würde sie neue Kraft aus der Nähe der beiden schöpfen. Leo und ich sitzen schweigend da und betrachten die Szene, die vordergründig einfach nur harmonisch wirkt.

»Wirst du sie mir wegnehmen?«, flüstert Leo.

Ich sehe zu ihm hinüber und mir fegt nur das Wort ‚wen?' durch den Kopf. Und obwohl wir nichts sagen, wissen wir ganz genau, dass es um beide geht. Dennoch schüttele ich den Kopf.

KAPITEL 30

GEGENWART – SINA

Nachdem wir Josephine ins Bett gebracht haben, liegen wir wie erschlagen im Bett, unfähig, uns zu rühren. Keiner von uns will mehr reden. Jeder ist gefangen in seinen eigenen Gedanken. Meine schweifen immer wieder zu Claudias Abschiedsbrief. Ich will nicht mehr daran denken, aber Glenn soll Recht behalten. Dieser Brief gibt mir eine andere Sicht auf die Dinge. Und irgendwie auch nicht. Ich wünschte, ich hätte ihn nicht gelesen, weil er Glenn in ein Licht rückt, das ihm nicht zusteht. Denn egal, was Claudia schreibt und egal, wie hoch sie ihre eigene Schuld an dem Desaster einordnet, am Ende hat sich der Mann, den ich liebte, für eine andere entschieden. Und damit gegen mich und unser Kind.

»Ist eigentlich ganz gut gelaufen«, sagt Leo in meine Gedanken hinein.

»Findest du?«

»Na ja, wenigstens weiß er jetzt Bescheid.«

»Also, wenn du mich fragst, bereitet mir genau diese Tatsache das größte Kopfzerbrechen. Wer weiß, was er jetzt für Pläne schmiedet.«

»Im übertragenen Sinne hat er gesagt, dass er Josephine nicht schaden will. Ich denke, der Mann hat momentan andere Sorgen. Du hast doch gehört, was er gerade mit Vivien durchsteht.«

»Vivien«, murmle ich. »Sie tut mir wirklich leid. Das arme Kind. Ob sie das Erlebte jemals verarbeiten wird?«

Leo zuckt die Schultern. »Wer weiß. Aber sag mal, was meinst du? Wie schätzt du Glenn ein? Wird er um das Sorgerecht kämpfen?«

Ich setze mich auf. »Woher soll ich das wissen? Echt, Leo, diese Frage macht mich total nervös. Du warst derjenige, der unbedingt wollte, dass wir mit Glenn sprechen.«

Auch Leo setzt sich auf. »Klar, das war auch das absolut Richtige, davon bin ich überzeugt. Trotzdem darf die Frage gestattet sein, wie du sein Verhalten einschätzt.«

»Kann ich nicht. Ich kann ihn nicht einschätzen. Er macht ja doch, was er will. Wenn ich dich erinnern darf, auf meine Expertise ist, was Glenn angeht, null Verlass. Ich habe ihn schon mal falsch eingeschätzt.«

»Na ja«, sagt Leo, »eigentlich auch nicht. Er steckte damals offenbar in einer Zwickmühle.«

»Wie bitte?«, frage ich und spüre, wie sich mein Puls beschleunigt.

»Ehrlich, Sina, er wusste doch gar nicht, dass du schwanger warst. Aber er wusste, dass diese Claudia von ihm ein Kind erwartete. Ich weiß, dass er dir furchtbar wehgetan hat, aber ein klein wenig kann ich mich auch in seine Lage hineinversetzen.«

»Echt jetzt?«, frage ich und muss schwer an mich halten, um nicht in Tränen auszubrechen. Was Leo sagt, verletzt mich so stark, dass ich am liebsten aufstehen und für immer gehen will. »Der Punkt ist nicht, dass er sich für eine andere entschieden hat, obwohl das natürlich geschmerzt hat. Der Punkt ist, dass er ohne ein Wort gegangen ist. Er war von heute auf morgen verschwunden. Weg. Verstehst du?« Und jetzt heule ich doch. All der Schmerz, den ich vor

Jahren durchgemacht habe, flammt wieder auf. All die Ohnmacht und Ungewissheit von damals überfluten mich erneut und ich bin so unsagbar wütend, dass ausgerechnet Leo Partei für ihn ergreift.

»Ich sagte doch, dass mir klar ist, dass er dich verletzt hat. Hey, ich bin auf deiner Seite, vergiss das nicht.«

»Wärst du auf meiner Seite, hätten wir nie mit Glenn gesprochen!«, schreie ich verzweifelt.

»Sina, jetzt mach dich nicht lächerlich und bitte, kannst du etwas leiser reden, denk an Josephine. Sie ist gerade erst eingeschlafen.«

Ich schnaube und senke meine Stimme. »Falls du meinst, ich mache mich lächerlich, will ich dich sehen, wenn unsere Tochter jeden Monat für zwei Wochen bei ihrem Erzeuger wohnt.«

»Das sagst du doch jetzt nur, um mich zu ärgern!«, entfährt es Leo nun auch etwas lauter und ich frage mich, was wir hier gerade tun. Niemals zuvor haben wir lautstark gestritten oder uns wegen irgendwelcher Meinungsverschiedenheiten die Schuld zugewiesen. Aber das, was Leo mir eben an den Kopf geworfen hat, ist einfach zu viel für mich.

»Niemand will hier irgendwen ärgern. Mein Leben war verpfuscht, als dieser Kerl mich mit einem Kind hat sitzen lassen. Ich weiß nicht, wie er es anstellt, aber er hat immer noch Macht über mich, denn er schafft es wieder und wieder, dass ich mich ohnmächtig und ängstlich fühle. Damals konntest du mich vielleicht auffangen, aber jetzt ist er zurück und wenn du mich fragst, wird er nicht ruhen, bis er hat, was er will.«

»Das sehe ich komplett anders, Sina. Denn mein Leben hat erst angefangen, als ich dich getroffen habe.

Ich habe immer zu dir und unserer Tochter gestanden. Aber es ist aufschlussreich zu hören, dass du dein Leben mit mir als verpfuscht ansiehst und Glenn immer noch Macht über dich hat.«

»Ja, hat er das etwa nicht? Und bitte, drehe mir nicht das Wort im Mund um! Es muss doch auch dir klar sein, dass er in dem Bewusstsein, ein gemeinsames Kind zu haben, nun jederzeit die Möglichkeit, nein das Recht hat, sich in unsere Erziehung und unser Leben einzumischen. Ich finde schon, dass ihm das Macht verleiht.«

»Oh, dann war das wohl der klassische Freud'sche Versprecher, denn, wenn ich dich erinnern darf, hat er dann nicht nur Macht über dich, sondern über uns drei. Oder gehören wir nicht mehr dazu?«

»Fang jetzt nicht an, jedes Wort auf die Goldwaage zu legen. Meine Nerven liegen eh schon blank.«

»Das will ich auch gar nicht. Aber glaubst du, ich habe nicht bemerkt, wie er dich ansieht?«

»Also wirklich, Leo. Jetzt reichts langsam. Falls dir nicht passt, wie er mich anguckt, kläre das doch bitte mit ihm!«

»Das werde ich garantiert tun. Und bitteschön, was meintest du denn sonst damit, als du sagtest, er würde erst Ruhe geben, bis er hat, was er will? Was will Glenn, hm? Irgendeine Ahnung? Weil ... ich hätte da eine!«

»Wirklich, Leo, ich kann nicht mehr. Würdest du mir bitte etwas Raum geben, um diesen Tag zu verarbeiten? Wenn du mich fragst, will Glenn meine Familie zerstören. Und wenn ich uns beide hier so sehe, dann habe ich große Angst, dass er am Ende bekommt, was er will. Lass das nicht zu. Bitte.«

»Er will nicht vordergründig deine Familie zerstören. Trotzdem will er dich, Sina. Dich und Josephine. Ich bin nicht blöd.« Mit diesen Worten steht Leo auf, nimmt sein Bettzeug und verzieht sich ins Wohnzimmer. »Hier hast du deinen Raum«, blafft er mir noch entgegen, dann schließt er die Tür hinter sich.

Ich bin erleichtert. Endlich Ruhe. Endlich allein. Ich muss meine Gedanken sortieren. Eine Pro- und Contra-Liste erstellen. Moment mal ..., was will ich? Warum will ich das? Erwäge ich tatsächlich, Glenn noch eine Chance zu geben? Niemals. Niemals werde ich dem Mann, der mich und meine Liebe wie Altpapier weggeworfen hat, noch eine Chance geben!

Ich liebe Leo. Leo. Leo. Aber warum muss ich mir das immer wieder hersagen? Rede ich es mir selbst ein? Wo bin ich denn in letzter Zeit, wenn ich die Augen schließe, hm? Das sollte doch die Frage sein. Mir muss doch klar sein, dass ich mich selbst foltere, wenn ich meinen Gefühlen nicht nachgebe. Aber was ist die Folge, wenn ichs tue? Das ist ebenso Folter, denn ich werde am Ende mit nichts dastehen. Weil Glenn mich wieder fallenlassen wird. Warum kann ich nicht aufhören, ihn zu lieben? Was stimmt nicht mit mir? Warum kann ich nicht dasselbe für Leo fühlen wie für Glenn? Leo, der Gute, der Beständige, der Zuverlässige, der Loyale. Er steht doch am Ende für all das, was meine Eltern hatten, für all das, was ich je wollte! Aber selbst, wenn ich mich total auf ihn und seine Liebe zu mir konzentriere, und mir einrede, dass er der einzige Mann ist, auf den ich immer zählen kann, weiß ich im Herzen, dass ich die wahre Liebe nur für Glenn empfinde. Diese Scheiß-Liebe!!! Ich will nichts mehr fühlen. Ich will endlich wieder frei sein!

KAPITEL 31

5 JAHRE ZUVOR – SINA

»Wolltest du mir nicht Rom zeigen?«, flüstere ich in Glenns Armbeuge. In Löffelchenstellung liegen wir eng aneinandergeschmiegt im Bett. Die letzten Stunden, in denen wir uns geliebt haben, laufen wie ein Film in meinem Kopf ab und ich spüre, wie mein Gesicht schmerzt, weil ich nicht aufhören kann zu grinsen. Ich kann mich nicht erinnern, jemals im Leben so glücklich gewesen zu sein wie jetzt.

»Ich werde dir Rom zeigen. Essen müssten wir auch mal was. Ich bin am Verhungern.«

»Kann ich mir nicht vorstellen. Wovon solltest du denn Hunger haben? Den ganzen Tag hast du nur faul im Bett gelegen«, ziehe ich ihn auf und beiße sanft in seinen Unterarm. Er zieht mich an sich. »Wir können genauso gut hierbleiben, dann fress' ich dich mit Haut und Haar.« Ich quietsche, weil er beginnt, mich abzukitzeln. Irgendwie befreie ich mich aus seinem Griff und springe auf.

»Ich gehe zuerst unter die Dusche«, sage ich, wühle in meinem Rucksack nach Shampoo und Duschgel und tapse ins Badezimmer. Wenig später stehe ich eingeschäumt unter dem Wasserstrahl und vor der gläsernen Duschabtrennung steht Glenn, der mich mit einem breiten Grinsen im Gesicht beobachtet.

»Weißt du eigentlich, wie schön du bist?«, fragt er und steigt zu mir unter die Dusche.

»Hey, hier passen nicht zwei drunter«, schimpfe ich.

»Sagt wer?« Glenn umarmt mich und verreibt das

Duschgel über meinen Körper.

Man müsste meinen, wir hätten uns die letzten Stunden genug geliebt, aber wir schaffen es einfach nicht, die Finger voneinander zu lassen.

»Wenn es weiter so geht«, flüstere ich, »werden wir uns vor Hunger tatsächlich gegenseitig auffuttern.«

»Ich hätte nichts dagegen.« Glenn küsst mich und seine Hände tun Dinge, die meinen Hunger für einen weiteren kurzen Moment in den letzten Winkel meines Bewusstseins drängen.

»Hör schon auf, Liebster.« Ich reiße mich von ihm los und stelle das Wasser kälter.

»Hey, das ist unfair«, ruft Glenn erschrocken. Ich schiebe mich an ihm vorbei, steige aus der Dusche und wickle mich in ein Handtuch.

»Unfair ist, wenn die Frau verhungert, weil der Mann sexbesessen ist«, sage ich und gehe zurück ins Schlafzimmer. Ich ziehe mein dunkelblaues Sommerkleid, und weniger dazu passend Sneakers, an. Ich schätze, wir werden mehrere Stunden durch die Stadt ziehen und ich will mir mit den Riemchensandalen keine Blasen an den Füßen laufen.

Nachdem sich Glenn angezogen hat, schultert er seinen Stadtrucksack und wir können endlich los. Wir ergattern ein Taxi, das uns mitten in der Stadt absetzt und lassen uns durch kleine Gassen treiben, bis wir vor einem pittoresken, anheimelnden, typisch italienischen Restaurant in einem Seitenarm der Piazza del Popolo Halt machen. Wir setzen uns in den Außenbereich, von wo aus wir das bunte Treiben auf dem riesigen Platz beobachten können. Neben dem Restaurant, kitschiger könnte es nicht sein, spielt ein Einheimischer auf einer Mandoline melancholische

Melodien. Ich fühle mich wie im siebten Himmel und wie immer, wenn ich überglücklich bin, fängt mich die skeptische innere Stimme an zu nerven. Ich blicke in Glenns Gesicht und finde, er sieht genauso glücklich aus, wie ich mich fühle. Aber mein Gefühl hat mich schon so oft im Leben getäuscht. Insgeheim wünschte ich, dieser Tag würde nie enden.

»Woran denkst du gerade?«, fragt er mich und legt zärtlich seine Hand auf meine. Einem Impuls folgend ziehe ich meine fort, denn ich habe die irrationale Angst, er könnte durch bloße Berührung meine Gedanken lesen.

»Hey, was ist? Alles in Ordnung?«, fragt er und ich höre die Besorgnis in seiner Stimme.

»Ja, klar, alles in Ordnung«, winke ich ab und tue so, als würde ich etwas in meiner Handtasche suchen. Ich entdecke Taschentücher und täusche ein halbherziges Naseputzen vor. Auf Glenns fragenden Blick hin, sage ich nur: »Pollenallergie«.

»Hör mal.« Glenn greift wieder nach meiner Hand. »Ich weiß, dass das mit uns alles ziemlich schnell geht. Wenn du willst, kann ich einen Gang zurückschalten. Aber wenn ich ehrlich bin, will ich das nicht.«

»Nein, bitte, lass alles so, wie es ist. Alles andere würde mich verunsichern«, sage ich und wundere mich über die eigenen aufrichtigen Worte. Meistens spreche ich nicht so spontan aus, was mir durch den Kopf geht. Glenn streichelt meine Wange und rutscht ein Stück näher, um mich zu küssen. Die Bedienung, eine junge Italienerin, platzt versehentlich in unseren Kuss hinein und bekommt vor Verlegenheit einen roten Kopf. So professionell, wie es ihr möglich ist, nimmt sie unsere Bestellung entgegen. Da wir den ganzen Tag noch nichts Richtiges gegessen haben, ordern wir Salat und Pasta. Dazu gibt es Wasser und eine Karaffe Rotwein.

»Ich liebe Rom«, sage ich überschwänglich und blinzle gegen die Sonne.

»Ich auch«, sagt Glenn, »und dich. Dich noch mehr. Viel mehr.«

Nachdem wir uns die Bäuche vollgeschlagen und an der spanischen Treppe, dem Trevibrunnen und an zwei Eisdielen Zwischenstation gemacht haben, stehen wir zwei Stunden später in der Abenddämmerung auf der Engelsbrücke mit Blick auf die Engelsburg. Unter uns fließt der Tiber, über uns geht die Sonne unter. Ein Schauspiel vom Feinsten. Am Ufer gehen die ersten Laternen an und wir sehen, wie die Restaurants für die Abendgäste eindecken. Mein Blick schweift zur Engelsburg hinüber.

»O wie schade«, sage ich, »die Burg hätte ich mir gern von oben angesehen. Man soll einen unvergesslichen Ausblick über Rom haben.«

Ich bemerke, wie Glenn verstohlen auf seine Uhr späht. »Schon gut«, sage ich, morgen ist ja auch noch ein Tag.«

Ohne eine Antwort nimmt er meine Hand und zieht mich weiter Richtung Eingang der Engelsburg, vor der bereits eine Wache postiert ist, damit keine Besucher mehr hineingehen. Es ist nach zwanzig Uhr, das heißt für uns und alle anderen Feierabend.

»Warte kurz, ja?«, sagt Glenn, geht allein hinüber zur Wache und spricht mit dem jungen Mann. Langsam werde ich nervös, denn erst schüttelt der Mann den Kopf, dann zieht er die Stirn in Falten.

Doch plötzlich hellt sich sein Gesicht auf und er nickt. Ich weiß nicht, wie Glenn es schafft, doch im nächsten Augenblick tritt die Wache zur Seite, um ihn durchzulassen. Glenn dreht sich zu mir und ruft: »Komm Sina, ich habe eine Überraschung für dich.«

»Eine Überraschung?«, flüstere ich und laufe auf ihn zu. Der Wachposten zwinkert mir anzüglich zu und ich frage mich ernsthaft, was ihm erzählt wurde. »Ich habe dir das noch nie gesagt, aber ich stehe nicht auf Überraschungen«, sage ich und lasse mich dennoch ohne Murren ins Innere der Burg ziehen. Glenn spricht noch kurz mit einem Angestellten hinter einem Schalter, dann lässt man uns auch hier mit freundlicher Miene passieren. Was hat das nur zu bedeuten?

»Ich hoffe, du hast genügend Pasta gegessen«, spöttelt Glenn und nimmt erneut meine Hand.

»Salat, Pasta und Eis«, prahle ich, »aber wieso ist das so wichtig?«

»Nun ja, die Burg hat fünf Ebenen und allein in der unteren gibt es eine hundertzweiundzwanzig Meter lange Treppe zu bezwingen.«

»Du scheinst dich ja gut vorbereitet zu haben«, sage ich und schaue zu ihm hoch. Es rührt mich, dass er offensichtlich still und heimlich eine Überraschung für mich geplant hat. Also steigen wir die Stufen hinauf und sehen uns in aller Ruhe die alten Gemäuer an, bis wir zur zweiten Ebene und damit zu einem Gefängnis und alten Lagerräumen für Weizen und Öl gelangen. Auf der dritten Ebene, wo es zwei Innenhöfe mit militärischer Ausrüstung gibt, lugen wir durch kleine Mauerschlitze hindurch und erhaschen schon hier einen fantastischen Blick über die Stadt.

»Komm«, sagt Glenn und ich muss mich direkt

losreißen. Stundenlang könnte ich den Ausblick genießen. Kurz darauf besichtigen wir die päpstlichen Gemächer und das Museum. Und nachdem wir uns ausgiebig auf der vierten, der wohl wichtigsten Ebene mit dem Papstappartement umgesehen haben, steigen wir mit wackeligen Beinen und völlig aus der Puste die letzten Stufen zur Terrasse hinauf. Von hier aus – und da lügen weder meine Eltern noch sämtliche Reiseführer der Welt – hat man den wohl schönsten Ausblick über Rom. Sprachlos und überwältigt treten wir ins Freie und abgesehen von einer Handvoll Menschen, die den Wachposten wohl auch bestechen konnten, sind wir allein auf der riesigen Plattform. Über uns schwebt eine Bronzestatue des Erzengels Michael, von dem mir meine Mutter in meiner frühen Kindheit schon erzählt hat. Ich gehe nach vorn bis zur Brüstung und kann mein Glück nicht fassen. Glenn umarmt mich von hinten und hält mich fest, so dass ich meinen Hinterkopf an seine Brust lehnen kann.

»Danke«, hauche ich. »Noch nie in meinem ganzen Leben habe ich etwas Schöneres gesehen.« In stiller Andacht lassen wir unsere Blicke minutenlang über die Dächer Roms schweifen. Wir sehen hinunter auf die Engelsbrücke, den surreal türkisblau wirkenden Tiber und erkennen in der Ferne sogar den Petersdom und den berühmten Fluchtweg in den Vatikan. Alles läuft ab wie im schnulzigsten Liebesfilm aller Zeiten und mein Himmel hängt voller Geigen. Jedenfalls kann ich in diesem Moment welche hören. Überrascht drehen wir uns um und jetzt wird mir klar, dass die Menschen, von denen ich dachte, sie hätten ebenso wie Glenn ein Arrangement gebucht, auf ihren Geigen spielen.

»Was?«, frage ich völlig hingerissen. »Wie viel Glück

kann man haben? Was ist das für ein Lied?«

»Es heißt Requiem for a dream.« Glenn nimmt meine Hand und fängt an, mich zu führen. Langsam tanzen wir in der untergehenden Sonne über den Dächern Roms und ich will zerspringen vor Glück.

»Das hast du auch arrangiert?«, frage ich fassungslos.

»Für dich würde ich alles tun, Liebste. Kannst du dich daran erinnern, was du mir über deine Eltern erzählt hast?«, flüstert Glenn in mein Ohr.

»Was genau meinst du? Ich habe dir so Einiges über sie erzählt.«

»Ich meine die eine Sache, mit der alles begonnen hat.« Glenn bleibt stehen, holt ein Kästchen aus der Hosentasche und geht vor mir auf die Knie.

»O mein Gott, was tust du?«, frage ich und mein Herz will mir aus der Brust springen.

»Ich habe einen Traum.« Er schaut mich von unten an und die letzten Sonnenstrahlen des Tages spiegeln sich in seinen braunen Augen.

»Einen Traum?« Meine Stimme zittert und ich muss mich zusammenreißen, weil in Momenten wie diesen ist es nicht hilfreich, dass ich so nah am Wasser gebaut habe. »Welchen?«

»Ich träume von dir und mir, also von uns. Und für immer.«

Ich schlucke und nun geben meine Augen doch Glückstränen frei. Glenn öffnet das kleine Schmuckkästchen und entnimmt ihm einen Ring. »Ich weiß, Sina, es ist verdammt früh für diese besondere Frage und du darfst dir alle Zeit der Welt nehmen, sie mir zu beantworten. Aber ich möchte, dass du weißt, dass ich derjenige bin, der sich an ein Versprechen binden will.«

Ich kann nicht anders, ich geh ebenso wie er auf die Knie und halte ihm meinen Ringfinger entgegen. »Ich brauche keine Zeit. Was ich brauche, kniet vor mir.«

»Wirklich?« Glenn wirkt aufrichtig und trotzdem fassungslos. »Dann wirst du meine Frau?«

»Nie würde ich etwas anderes wollen.« Mit zitternden Fingern steckt er mir einen Ring aus Weißgold mit einem Diamantensplitter an und während die Geigen die letzten Töne spielen, besiegeln wir unser Versprechen mit einem Kuss.

KAPITEL 32

5 JAHRE ZUVOR – GLENN

»Na los, Liebster, leg schon auf.«

»Ich kann nicht«, nörgele ich.

»Es ist fast Mitternacht. Ich muss morgen arbeiten.«

»Wir würden schon längst schlafen, wenn du bei mir geblieben wärst. Wie soll ich jemals wieder ohne dich einschlafen?«

Sina lacht mit dunkler Stimme. »Wir würden alles, aber nicht schlafen und das weißt du genau. Falls es dir ein Trost ist, bald werden wir jeden Abend gemeinsam einschlafen und morgens zusammen aufwachen, was mir jetzt schon Kopfschmerzen bereitet.«

»Was? Wieso?« Ich bin ziemlich müde, doch ihre Worte machen mich wieder wach.

»Mir ist in Rom aufgefallen, dass du schnarchst.«

»Was ich?«, frage ich und muss lachen. »Absurd, da hast du wohl dein eigenes Schnarchen gehört.«

»Frauen können gar nicht schnarchen. So steht's schon in den Geschichtsbüchern geschrieben.«

»Die will ich lesen!«

»Okay, du schnarchst nicht. Und ich darf jetzt schlafen, okay?« Sina gähnt theatralisch.

»Darfst du. Und wenn ich vom Maklerseminar zurück bin, habe ich eine Überraschung für dich.«

»Sagte ich schon, dass ich keine Überraschungen mag?«

»Diese wirst du lieben, versprochen.«

»Kann schon sein, die erste jedenfalls war die Beste meines Lebens. Wann kommst du zurück?«

»In drei Tagen. Ich vermiss dich jetzt schon.«

»Drei Tage. Das wird hart.«

»Wirds nicht. Sei dir gewiss, ich denke eh die ganze Zeit an dich. Jetzt mach die Augen zu und vergiss mich nicht.«

»Niemals. Gute Nacht.«

Ich höre ein Klicken in der Leitung, dann ein gleichmäßiges Tuten. Sina hat aufgelegt. Ich grinse. Ich grinse seit Tagen und bin so glücklich wie nie zuvor. Wir werden heiraten und Kinder kriegen. Ich werde mit der Frau, die ich über alles liebe, eine Familie gründen. »Familie«, sage ich laut in die Dunkelheit und muss noch mehr grinsen. Obwohl es auch für mich höchste Zeit ist, einzuschlafen, bin ich durch das letzte Wochenende wie elektrisiert. In sechs Stunden muss ich aufstehen, ich sollte endlich runterkommen, ermahne ich mich selbst, drehe mich auf die Seite und schließe die Augen. Es dauert nicht lang, ich bin kurz vor dem Einschlafen, als es klingelt. Wer kann das sein um diese Zeit? Ich luge zur Uhr, es ist weit nach Mitternacht. Mehr alarmiert als genervt schlage ich die Bettdecke zurück, schalte das Licht ein und gehe zur Tür.

»Wer ist da?«, frage ich durch die Gegensprechanlage.

Ich höre ein Räuspern, dann eine dünne Männerstimme: »Herr Smith? Hier ..., hier ist der Vater von Claudia. Ich weiß, es ist spät, aber kann ich kurz mit Ihnen sprechen?«

O man, denke ich, da kann nur was Schlimmes passiert sein. Woher weiß Claudias Vater, wo ich wohne? Woher weiß er überhaupt, dass ich existiere? Schließlich haben wir uns nie kennengelernt. Mit gemischten Gefühlen betätige ich den Türöffner und schiebe die Wohnungstür auf. Im spärlichen Flurlicht kommt ein Schatten die Treppe hinauf.

»Es ..., es tut mir wahnsinnig leid, dass ich Sie so spät störe, aber ich weiß mir keinen anderen Rat«, sagt der alte gebrechliche Mann nach Luft ringend. Mag sein, dass es an der schlechten Beleuchtung liegt, aber falls nicht, ist er entweder sehr alt oder sehr müde. Vermutlich beides, geht es mir durch den Kopf.

»Schon gut. Was ist passiert?«, frage ich, obwohl ich es nicht wissen will. Innerlich versuche ich, mich zu wappnen, denn es kann nur etwas Unangenehmes sein, wenn der Vater meiner Exfreundin bei mir auftaucht.

»Sie will mit niemandem reden. Nur mit Ihnen. Wirklich nur mit Ihnen«, wiederholt er den letzten Satz außer Puste.

»Wer? Claudia?«, frage ich, obwohl die Antwort klar ist.

Der Alte, der sich mit zitternden Händen am Treppengeländer festhält, nickt.

»Geht es Ihnen gut?«, frage ich. Beinahe rechne ich damit, dass er jeden Moment vor mir zusammenklappt.

Er winkt ab. »Geht schon. Es geht hier nicht um mich. Bitte, ich bitte Sie inständig, sprechen Sie mit ihr, bevor sie das Gleiche nochmal tut.«

»Das Gleiche nochmal tut? Wovon reden Sie überhaupt?«, frage ich und mache einen Schritt auf ihn zu. »Wollen Sie reinkommen? Ich sehe doch, dass Sie ziemlich fertig sind.«

»Nein, nein, ich bin gleich wieder weg. Fahren Sie bitte zu Claudia. Sie liegt in der Waldklinik. Wenn Sie nicht hinfahren, wird sie es sicher wieder tun.

Jedenfalls hat sie das gesagt.«

»Was? Wieso liegt sie im Krankenhaus? Und was wird sie wieder tun?«, frage ich beklommen.

»Ach so.« Der Alte fasst sich an den Kopf, »das können Sie ja nicht wissen. Sie hat versucht, sich umzubringen.«

»Wie bitte? Was?«

»Und beinahe hätte sie Erfolg gehabt. Es grenzt an ein Wunder, dass sie noch lebt. Sie hat sich die Arme aufgeschnitten, wissen Sie, da war überall Blut und sie war mehr tot als lebendig, als ich sie gefunden habe. Sie ist nicht ans Telefon gegangen, aber sie geht immer ran, wenn ich anrufe. Bei mir kann ja auch mal was sein. Bin ja auch nicht mehr der Jüngste. So oft rufe ich sie ja nicht an, wissen Sie?«

Ich nicke und mir kommt der Tag in den Sinn, an dem ich sie in meinem Handy blockiert habe, damit sie mich endlich nicht mehr nervt. Ich habe sie einfach geghostet, wollte nie wieder etwas von ihr hören oder mit ihr zu tun haben. Nicht, dass es jetzt anders wäre, aber ich konnte ja nicht ahnen, dass sie sich etwas antut.

»Verstehe«, sage ich nur und mir ist, als hätte mir jemand in den Magen geboxt.

»Werden Sie hinfahren?«

Ich nicke, obwohl sich alles in mir sträubt. Gerade nach dem letzten Wochenende ist mir klar geworden, wie schön und leicht das Leben sein kann, mit einem Menschen an meiner Seite, der völlig normal ist. Claudia ist krank – wie sich heute wieder beweist.

»Ich nehme das als ein *Ja*?« Der Alte sieht mich fragend an und wendet sich zum Gehen.

»Ja, ich werde sie besuchen. Morgen«, verspreche

ich.

»Gut.« Der Alte ist fast außerhalb meines Blickfeldes, als er plötzlich innehält und sich nochmal umdreht. »Ihr hattet großes Glück. Das Kind lebt.«

Wenn die Nachricht vom Selbstmordversuch nicht sowieso schon ein Tritt in den Magen ist, so zieht mir das Letztgehörte gerade den Boden unter den Füßen weg.

»Welches Kind?«, frage ich und spüre, wie mein Puls anfängt zu rasen.

»Das Kind. Euer Kind.«

»Moment mal«, sage ich. »Ich weiß von keinem Kind.« Mir wird schwindlig und gleichzeitig übel.

Der Alte fasst sich ans Herz. »Ich wusste nicht, dass Claudia noch nicht mit Ihnen gesprochen hat. Es ist absolut verrückt, aber sie ist schwanger.«

Und wieder überkommen mich Gewissensbisse, weil ich sie blockiert habe. Bestimmt wollte sie mir das die ganze Zeit über mitteilen und ich Blödmann habe ihre ständigen Anrufe fehlinterpretiert. Das darf alles nicht wahr sein.

»Mir tut es leid«, murmele ich. »Machen Sie sich keine Sorgen, Herr Singer. Ich fahre morgen zu ihr und kläre das.«

Ohne eine weitere Antwort höre ich, wie sich Claudias Vater wie in Zeitlupe die Treppen hinunterschleppt, und frage mich, wer von uns beiden momentan mehr Kraft hat, er oder ich? Ich fühle mich mindestens genauso alt und ausgelaugt. Ich gehe zurück in mein Schlafzimmer und lasse mich erschöpft in den Sessel fallen. Den Rest der Nacht ist nicht mehr an Schlaf zu denken und das Seminar kann ich vergessen. Vor meinem inneren Auge erscheint Sina.

Wie soll ich ihr das nur erklären? Ich kann mir doch nicht ein Leben mit ihr aufbauen und gleichzeitig mit einer kranken Frau ein Kind aufziehen. Wie soll das gehen? Das ist doch von Anfang an zum Scheitern verurteilt. Ich raufe mir die Haare und spüre, wie mir Hoffnungslosigkeit träge durch die Adern fließt. Ich suche nach Optionen, nach einem Ausweg und Stunden später sitze ich immer noch völlig erschöpft da. Ohne Lösung. Claudia ist selbst wie ein Kind. Wie will sie – so unstet wie sie nun mal ist – ein eigenes großziehen? Obendrein mein Kind! Wie soll das gehen? So glücklich ich bis vor einigen Stunden noch war, so sehr hadere ich nun mit meinem Schicksal. Muss ich mich am Ende entscheiden? Für Sina und gegen mein Kind. Oder – kaum vorstellbar – für mein Kind und gegen Sina?

Es ist kurz nach sieben, als ich mit rasendem Herzen aufwache. Ich sitze immer noch im Sessel und muss wohl irgendwann weggedämmert sein. Obwohl mein Rücken schmerzt, ist meine Welt noch für eine flüchtige Sekunde heil. Ich liebe Sina und sie liebt mich. Wir werden heiraten. Sie hat ja gesagt. Wir werden eine Familie gründen und zusammen alt werden. Im nächsten Augenblick ordne ich das Herzrasen etwas anderem zu. Dem nächtlichen Besuch von Claudias Vater, der ganz sicher nicht nur ein entsetzlicher Albtraum war. Ich strecke den Rücken durch und versuche, das Gefühl von Watte aus meinem Hirn zu schütteln. Ich schlurfe in die Küche und mache mir einen doppelten Espresso, den ich mit viel Zucker auf ex trinke. Die Wirkung entfaltet sich unter der Dusche und ich beginne, meine Situation zu analysieren. Wenn Claudia tatsächlich schwanger ist, kann ich sie vielleicht überreden, es abzutreiben. Machen mich meine Gedanken zu einem schlechten Menschen? Jedoch glaube ich, solange ich mir genau diese Frage aus den richtigen Gründen stelle, bin ich derjenige, der Verantwortung übernimmt. Ich habe keinen Hunger, trotzdem quäle ich mir ein halbes Brötchen runter und checke mein Handy. Als Erstes entblocke ich Claudias Telefonnummer und rechne fest damit, dass nun verpasste Nachrichten von ihr eintreffen, aber das Telefon bleibt stumm. Das bedeutet vermutlich, dass sie tatsächlich keine Möglichkeit mehr hatte, mich zu kontaktieren. Ich erschrecke, denn im selben Moment erreicht mich eine Textnachricht von Sina.

Ich vermisse dich jetzt schon. Kuss S, sehe ich in der Vorschau. Ich öffne die Nachricht vorerst nicht, um nicht antworten zu müssen. Jedoch ist mir klar, dass es nur ein temporärer Aufschub ist. Irgendwann werde ich mit ihr reden und ihr alles erklären müssen. Wie das gehen soll? Keine Ahnung. Ich stecke mein Handy ein, nehme die Autoschlüssel vom Brett und fahre in die Waldklinik.

»Glenn Smith. Ich möchte zu Claudia Singer.« Die Dame hinter dem Tresen schaut im Computer nach und kräuselt die Stirn.

»Moment, Herr Smith.« Sie nimmt den Telefonhörer und wählt eine Nummer.

»Hallo Doktor Larsson, Uta Krempe von der Administration. Vor mir steht ein Herr Smith. Er will zu Claudia Singer. Darf ich ihn hochschicken?«

Sie wartet eine Antwort ab und beendet das Gespräch, woraufhin sie mir den Weg erklärt. »Dritte

Etage. Psychiatrie. Sie nehmen am besten den Fahrstuhl.«

Ich folge der Aufforderung und wenig später steht mir eine Frau gegenüber, die so jung und zerbrechlich wirkt, dass ich direkt ihre Kompetenz in Zweifel ziehe.

»Larsson.« Mit überraschend festem Händedruck begrüßt sie mich. »Schön, dass Sie kommen. Frau Singer ist nun seit drei Tagen hier. Physisch geht es ihr besser, aber leider will sie nicht mit mir sprechen. Sie fragt die ganze Zeit nach Ihnen.«

»Ich wusste nicht, dass sie hier ist«, rechtfertige ich mich.

Sie nickt. »Ich hätte Sie schon früher kontaktiert, aber Frau Singer hat uns erst gestern Ihre Adresse mitgeteilt. Nun sind Sie ja hier.« In ihrem Blick liegt Erleichterung. Wir gehen den Flur hinunter und bleiben vor einem Zimmer stehen.

»Einen Moment«, bitte ich, da ich mich noch nicht ausreichend bereit und informiert fühle, um Claudia gegenüber zu treten. »Könnten Sie mich ins Bild setzen, bevor wir da reingehen? Was erwartet mich denn?«

»Nun, es ist so«, beginnt Frau Doktor Larsson, »Claudia wurde vor drei Tagen mit dem Notarztwagen hier eingeliefert. Sie hat sich die Pulsadern aufgeschnitten und wurde wohl von ihrem Vater aufgefunden. Wir gehen davon aus, dass sie tatsächlich in suizidaler Absicht gehandelt hat. Offenbar war es eher einem Zufall zu verdanken, dass ihr Vater sie rechtzeitig gefunden hat. Der Chirurg konnte sie retten, aber wie ihre Psyche alles verkraftet, wird sich erst noch zeigen.«

»Verstehe. Und stimmt es, dass sie schwanger ist?«

»Eigentlich darf ich Ihnen das gar nicht sagen, da Sie kein direkter Angehöriger sind, aber da Sie es ohnehin wissen – ja, sie ist schwanger. Und dem Kind geht es gut.«

Ich spüre selbst, wie sich meine Gesichtszüge verhärten. »Ich nehme an, es ist von Ihnen und war nicht geplant?«, fragt die Ärztin.

Ich schüttele den Kopf. »Ich denke mal, ja und nein. Von meiner Seite war das nicht gewollt.«

»Nun, lassen Sie uns erst mal zu ihr gehen. Sollte sie wünschen, dass ich das Zimmer verlasse, versuchen Sie bitte, sie davon zu überzeugen, dass ich nur helfen will.«

»Ich gebe mein Bestes.« Ich atme tief ein und lange aus und nicke ihr zu. Frau Doktor Larsson drückt die Türklinke und wir treten ein. Claudia hat ein Einzelzimmer, liegt im Bett und hat uns den Rücken zugewandt. Sie regt sich nicht, als wir eintreten. Ich wechsele einen kurzen Blick mit der Ärztin, die mich mit einem Kopfnicken animiert, etwas zu sagen.

»Hallo Claudia«, sage ich. Meine Stimme klingt selbst in den eigenen Ohren seltsam fremd. Ich räuspere mich und gehe langsam ums Bett herum, um mich in ihr Blickfeld zu schieben. Ihre Augen sind offen, der Blick starr an die Wand geheftet. Sie wird es mir nicht leichtmachen.

»Hey, wie gehts dir?«, versuche ich, ihr eine Regung zu entlocken. Ich sehe, wie sich ihre Augen bewegen, meinem Blick ausweichen wollen. »Komm schon«, ermuntere ich sie, »dein Vater war bei mir. Du wolltest doch, dass ich herkomme. Also rede bitte auch mit mir.«

Sie schnaubt verächtlich und verdreht die Augen.

Hilfesuchend blicke ich zur Ärztin, die mit vor der Brust verschränkten Armen das Geschehen beobachtet.

»Claudia, wollen Sie nun mit Herrn Smith ...«

»Glenn«, unterbreche ich sie.

»Wollen Sie mit Glenn sprechen?«

Claudia setzt sich auf und bewegt ihren Kopf wie in der Aufwärmphase vor einem Boxkampf hin und her. Sie fasst sich ins Genick und massiert sich die Schultern. Unter ihren Augen liegen schwarze Ringe, außerdem hat sie, obwohl sie schon immer extrem schlank war, zusätzlich abgenommen. Sie wirkt wie ein Schatten ihrer selbst.

»Ich möchte gern anwesend sein bei dem Gespräch. Ist das in Ordnung für Sie?«, fragt die Psychiaterin ihre Patientin.

Claudia zuckt mit den Schultern. »Mir egal«, sagt sie und ihre Stimme ist so dünn wie ihr Körper. Nervös trete ich auf der Stelle und entschließe mich, auf dem Stuhl, der direkt neben dem Bett steht, Platz zu nehmen. Claudia sitzt nun im Schneidersitz auf ihrem Bett und versucht, die verbundenen Handgelenke unter den Ärmeln ihres Hoodys zu verstecken.

»Was machst du nur für Sachen, hm?«, frage ich vorsichtig.

Sie hebt den Blick und sieht mich direkt an. Ihre Augen wirken glanzlos und müde.

»Kann dir doch egal sein. Willst ja eh nichts mehr von mir wissen.«

»Ich will doch aber, dass es dir gut geht.«

»Wie soll es mir gutgehen, wenn ich dich nicht erreichen kann, hm? Wir bekommen ein Kind, Glenn und ich schaff' das nicht allein. Da ist es besser, ich bin tot.«

»Claudia«, sagt die Ärztin, »ich habe Ihnen doch schon gesagt, dass es andere Möglichkeiten gibt. Sie sind krank. Sie müssen das Kind nicht austragen. In Ihrem Fall ...«

Claudias wütender Blick schnellt zu Doktor Larsson: »Was wollen Sie eigentlich noch? Ich nehme doch das verdammte Lithium.«

»Das weiß ich doch«, antwortet die Ärztin beschwichtigend.

»Ich lasse das Kind nicht abtreiben. Es ist von dem Mann, den ich liebe.« Ihr Blick wandert zu mir. »Wenn er es nicht will, werde ich nicht weiterleben. Das kann ich euch versprechen.« Wie ein trotziges Kleinkind schiebt sie die Unterlippe vor.

»Du kannst mir doch nicht mit Selbstmord drohen«, sage ich.

»Darüber haben wir doch schon gesprochen.« Der Blick der Ärztin verdunkelt sich. »Emotionale Erpressung ist keine Lösung, Claudia. Wir wollen doch eine für alle positive Klärung finden.«

»Sie wollen nur, dass ich mein Kind abtreibe. Aber das können Sie vergessen. Eher springe ich vom Hochhaus. Das Baby gehört mir!«

»Was willst du denn mit einem Kind?«, bricht es aus mir heraus. »Du kannst dich doch nicht mal um dich selbst kümmern. Ständig bist du gefühlsmäßig am Limit. Wir haben all die Monate, die wir zusammen waren, nur gestritten. Du warst unberechenbar.« Hilfesuchend schaue ich zur Ärztin und wiederhole: »Sie ist unberechenbar.«

Claudia strafft sich. »Bin ich nicht mehr, Glenn. Ich verspreche es. Wenn du bei mir bleibst, verspreche ich, regelmäßig mein Lithium zu nehmen. Es wird nie mehr so wie früher sein. Du darfst mich auch überwachen. Von mir aus, gib du mir täglich die Dosis. Ich werde dir beweisen, was ich aus Liebe zu dir und unserem Kind alles schaffe.« Verzweifelt wandert ihr Blick zwischen uns hin und her.

Ich schüttele nur den Kopf. »Ich liebe dich nicht, Claudia. Ich habe eine neue Freundin.«

Claudia springt auf und läuft nun wie ein Tiger durchs Zimmer. »Ich habs gewusst, dass du eine andere hast.«

»Ich habe ja auch keinen Hehl daraus gemacht. Ich habe schon vor Wochen mit dir abgeschlossen. Und das weißt du!«

»Ist das wahr?« Die Ärztin stellt sich Claudia in den Weg, sodass sie stoppen muss.

Claudia winkt ab und wendet sich mir zu. »Das weiß ich doch alles. Aber Glenn, du hast mich doch mal geliebt. Du wirst mich wieder lieben. Wenn ich nur regelmäßig das Lithium nehme. Ich bin immer noch die, die du mal kennengelernt hast.«

»Claudia, ich habe so viele Seiten, besonders unschöne, an dir kennengelernt, dass es mir ganz schwindlig wird. Ich weiß doch überhaupt nicht, wer du bist.«

»Du wirst mich neu kennenlernen«, fleht sie. »Du wirst mich wieder lieben. Ich verspreche es dir. Ich werde die sein, die du willst.« Sie beginnt zu weinen und ich stehe auf. Langsam bewege ich mich auf sie zu und sie lässt sich kraftlos in meine Arme sinken. »Bitte, Glenn, du wirst mich wieder lieben. Und unser Kind auch. Du kannst nicht anders. Es ist doch auch deines.«

Ich halte sie. Doch ich schüttele den Kopf. »Ich liebe eine andere Frau. Sie heißt Sina. Wir wollen uns zusammen etwas aufbauen. Bitte verstehe doch, dass ich nicht bei dir bleiben kann.«

Claudia versteift sich, ballt ihre Hände zu Fäusten und beginnt, wütend auf meine Brust einzutrommeln. Sie hat kaum Kraft, weswegen ich ihre Hände schnell zu fassen kriege. Resigniert lässt sie sich von mir zum Bett führen. Im nächsten Moment liegt sie wieder in Embryonalstellung da und starrt die Wand an.

»Und jetzt?«, frage ich.

Claudia sieht mich ein letztes Mal an. »Liebe, wen du willst. Aber wenn du nicht bei mir bleibst, werden wir das nicht überleben. Und das ist keine Drohung, sondern ein Versprechen.« Sie umarmt ihren dürren Körper und wiegt ihn beschützend hin und her.

Ich will noch etwas entgegnen, aber ich weiß nicht was. Entmutigt verlasse ich das Zimmer und kann erst wieder richtig Atem schöpfen, als ich das Flurfenster öffne.

Minuten später, ich starre immer noch aus dem Fenster, steht Frau Doktor Larsson hinter mir.

»Wird sie es wieder tun?«, frage ich und rüste mich innerlich gegen die Antwort, die ich mir auch selbst geben kann.

»Vielleicht. Vielleicht auch nicht. Aber wenn ich Ihnen einen Rat geben darf?«

Ich drehe mich um und nicke.

»Überlegen Sie sich das ganz genau, ob Sie sich das antun wollen. Claudia wird immer mit ihrer Krankheit leben müssen. Bleiben Sie bei ihr, müssen Sie ebenso damit klarkommen. Und sollte das Kind das Licht der Welt erblicken, werden Sie der Anwalt Ihres Kindes sein, falls ihre Mutter nicht in der Lage ist, es zu versorgen.«

»Wenn es nur um Claudia ginge ...«

»Ich weiß. Ich will nicht in Ihrer Haut stecken.«

»Was ist, wenn ich jetzt und hier für immer gehe, ohne mich umzudrehen?«

»Ehrlich?«, fragt die Ärztin.

»Ehrlich.«

»Ich an Ihrer Stelle würde es tun.«

»Danke. Aber das würde bedeuten, dass ich den Tod zweier Menschen billigend in Kauf nähme.«

»Ich weiß.« Die Ärztin schlägt den Blick nieder. »Wie gesagt, niemand will jetzt in Ihrer Haut stecken. Glenn, entschuldigen Sie meine Eile, aber ich muss noch zu anderen Patienten. Rufen Sie mich jederzeit an, wenn Sie einen Rat wollen oder eine Lösung gefunden haben.« Doktor Larsson zieht eine Visitenkarte aus ihrer Kitteltasche und überreicht sie mir.

»Mach ich«, sage ich und schaue der jungen Frau nach, die kurz darauf in einem anderen Zimmer verschwindet.

KAPITEL 33

GEGENWART – GLENN

Ich spüre ein Zucken neben mir und schaue hinunter in das schlafende Gesicht meiner Tochter. Ihre Gesichtszüge sind friedlich und entspannt, obwohl sie noch vor zehn Minuten felsenfest behauptet hat, nicht müde zu sein. Sie liegt in meinem Arm, ihr Kopf an meiner Brust, ihr Atem flach und ich frage mich, ob ich je ein schöneres, behaglich trautes Gefühl erlebt habe. Ein schöneres vielleicht nicht, aber wenn ich an Sina und Rom denke – an den Morgen, an dem sie nackt und schlafend neben mir gelegen und leise geschnarcht hatte – dann war es zumindest vertraut. Und es war Liebe, tief empfundene Liebe – so wie jetzt. Ich beuge mich zu ihr hinunter und atme den Duft ihres Haars. So sehr mich die unerfüllte Liebe zu Sina belastet, so glücklich bin ich über Momente wie diesen, der mir vor Augen hält, dass nicht alles ein Fehler war. Vivien ist mein ein und alles. Und wenn es bedeutet, dass meine Liebe auf ewig verloren ist, so bleibt am Ende das Glück meiner Tochter dasjenige, das zählt. Behutsam klappe ich das Märchenbuch zu, lege Vivien auf die Seite und schäle mich aus dem Bett. Ich setze das Nachtlicht in die Steckdose und lasse die Tür halboffen wie jeden Abend. Im Wohnzimmer warten noch etliche Kartons, die eingepackt werden wollen. Wieder ein Umzug. Ich hoffe, Vivien wird diese letzte einschneidende Veränderung verkraften, aber hierbleiben kann und werde ich nicht. Auch wenn Sina unseren Traum nicht mehr leben will, ist er alles, woran ich mich die letzten Jahre geklammert und festgehalten habe, selbst wenn es nur nachts und in meinen Träumen war. Vielleicht wusste ich instinktiv, dass ich eines Tages hierher zurückkehren werde. Die Bücher, die ich erst vor ein paar Wochen in den Schrank einsortiert habe, nehme ich nach und nach heraus und verstaue sie in einem Karton, der noch vom letzten Mal beschriftet ist. Es sind lange nicht mehr so viele, wie vor dem Umzug von Seattle nach Berlin, da ich mich seinerzeit schon von den meisten Büchern getrennt hatte. Als Nächstes wäre das Küchengeschirr dran. Aber ich werde mich wohl lieber an meine Garderobe machen, damit ich Vivien mit dem Geklapper nicht aufwecke. Ein Läuten an der Tür holt mich aus den Gedanken. Ich gehe los, um zu öffnen.

Da hätte ich wohl besser durch den Spion gesehen, denn vor mir steht Leo. Und das Wort »angepisst« bekommt eine völlig neue Bedeutung, wenn ich in sein Gesicht sehe. Erst mal hören, was er will, denke ich und versuche, meinen Puls runter zu regulieren.

»Willst du reinkommen?«, frage ich, als er auch schon die Wohnung betritt.

»Wohin?« Er dreht sich um und sieht mich provozierend an.

»Vorn links ist das Wohnzimmer und wir müssten bitte leise sprechen, Vivien ist gerade erst eingeschlafen.«

Ich schließe die Tür des Kinderzimmers, während Leo wortlos in die Stube geht. Wie ich ihn so von hinten sehe, fällt mir zum ersten Mal auf, was für ein breites Kreuz er hat. Ob er trainiert? Ob er sich mit mir prügeln will? Irgendwie erscheint mir seine

Körperhaltung bedrohlich.

»Kann ich dir was anbieten?«, frage ich und deute auf meine bescheidene Hausbar, die überdeutlich zeigt, dass ich so gut wie nie Besuch bekomme. Ich habe lediglich Whiskey und Selters im Angebot.

Zur Antwort wirft er mir einen Briefumschlag auf den Couchtisch, den ich sofort als das identifiziere, was es ist. Claudias Abschiedsbrief. »Im Ernst jetzt?«, fragt Leo in die kurze Zeitspanne hinein, in der ich versuche einzuordnen, wie ausgerechnet er an diesen Brief gekommen ist. Hat Sina ihm den etwa gegeben? »Glaubst du, dass du sie so zurückgewinnst?«, fragt er.

»Was? Wie?«, stottere ich, obwohl klar ist, was er meint. Zumindest mir selbst gegenüber muss ich eingestehen, dass ich den Brief als Mittel zum Zweck eingesetzt habe.

»Spiel nicht das Unschuldslamm«, knurrt Leo und setzt sich in den Sessel. Er scheint sich zum ersten Mal umzusehen. »Ziehst du etwa um?«, fragt er und ich höre aufkeimende Hoffnung in seiner Stimme.

Ich nicke. »Ins Umland. Raus aus der Stadt.«

»Davon träumt Sina seit Jahren«, murmelt Leo und fährt sich nervös durchs Haar.

»Und was ist mit Josephine?«, fragt er, kurz bevor unser Schweigen unangenehm wird.

»Josephine«, sage ich. »Sie ist toll. Ihr habt das wirklich großartig gemacht. Ich muss dir danken und das meine ich aufrichtig, Leo.« Ich suche seinen Blick, doch er weicht meinem aus.

»Sag mir nicht, dass sie toll ist, das weiß ich selbst. Ich bin ihr Vater.«

Obwohl seine Worte schmerzen und einen empfindlichen Nerv bei mir treffen, sage ich: »Du liebst sie, das sieht man. Und Josephine sieht dich als ihren Vater an. Ich habe nicht vor, das in irgendeiner Form in Frage zu stellen. Bist du deswegen hier?«

Wieder fährt er sich nervös durchs Haar. »Auch.«

»Auch? Dann erzähl, wieso du hier bist. Hat Sina dir den Brief gegeben, damit du ihn liest?« Falls dem so ist, habe ich sie falsch eingeschätzt. Die Sina von früher hätte das nicht getan. Die Sache mit uns hat vordergründig nämlich nichts mit Leo zu tun.

»Sina hat es nicht so mit der Wäsche, deshalb mach ich das. Und gestern wollte ich ihre Jacke waschen. Da ist mir dann der Brief in die Hände gefallen.«

Ich beiße mir auf die Zunge, damit mir nichts herausrutscht, was ihn provoziert, allerdings bin ich mehr als wütend. Er hatte kein Recht, ihn zu lesen.

»Na, dann muss ich dir wohl dankbar sein, dass du Claudias Hinterlassenschaft gerettet hast«, sage ich und hoffe, er versteht die Ironie meiner Worte.

»Stimmt es, was in dem Brief steht?« Leo wirkt nervös. Er erhebt sich, gießt sich einen Whiskey ein und nimmt einen großen Schluck. Er verzieht das Gesicht als hätte er in eine saure Zitrone gebissen.

»Da steht vieles drin. Was genau meinst du?«

»Hör auf, mich für blöd zu verkaufen. Du weißt genau, was ich meine. Liebst du Sina? Und hast du sie all die Jahre über geliebt?«

Ich schüttele den Kopf, zu absurd erscheint es mir, mit dem zukünftigen Mann meiner großen Liebe über dieses Thema zu sprechen. Wem würde die Wahrheit etwas nützen?

»Komm schon, du hast doch nichts zu verlieren. Liebst du sie?«

Ich schnaube. »Was denkst du wohl?«

»Ist das ein Ja?« Leos Unterkiefer mahlen vor Anspannung und sein Blick liegt eisig auf mir.

»Hat es denn Sinn zu leugnen?«, frage ich zerknirscht.

Leo verzieht sein Gesicht, als hätte ich ihn geohrfeigt.

»Hör zu, Leo. Die Sache zwischen Sina und mir – das hat überhaupt nichts mit dir zu tun. Ich habe vor langer Zeit eine falsche Entscheidung getroffen. Oder anders: Ich habe damals einen Entschluss fassen müssen, und den Fehler gemacht, Sina im Stich zu lassen. Ich werde das bis ans Ende meines Lebens bereuen. Du kannst mir keinen Strick draus drehen, dass ich mich meinem Fehler stelle und Sina sage, was ich für sie empfinde.«

»Was soll das bringen nach all den Jahren?«

»Es hat mir eine ganze Menge gebracht, auch wenn es in deinem Leben Unruhe stiftet. Ich habe erfahren, dass ich eine Tochter habe.«

»Josephine ist auch meine Tochter!« Leos Stimme hallt dröhnend von den Wänden wider.

Ich hebe abwehrend beide Hände. »Hey, hör zu. Ich habe dich hereingebeten. Aber es geht nicht, dass du hier herumschreist. Ich habe nebenan ein schlafendes Kind. Wenn du dich nicht zusammenreißt, fliegst du raus.« Zur Untermauerung meiner Worte stehe ich auf und kremple die Ärmel meines Pullis hoch. Ich habe wirklich keine Lust, mich mit ihm zu prügeln, aber ich lasse mich auch nicht von ihm tyrannisieren.

»Schon gut.« Er winkt ab und trinkt noch einen Schluck. Er stellt das Glas ab und stützt sein Gesicht in die Hände. Eine hilflose Geste, die mich einlenken lässt.

»Hey, hör zu, Leo. Ich habe nicht vor, dir oder Sina Josephine wegzunehmen. Wenn du willst, gebe ich dir das schriftlich. Ich weiß doch, was du für die beiden getan hast. Und glaub mir, ich will auch nicht, dass Josephine unter der Situation leidet. Also mach dir ihretwegen keine Sorgen. Ich verspreche dir, ich werde fair sein.«

Leo nickt und sieht mich an. Sein Gesicht ist eine Mischung aus Erleichterung und geprügelter Hund. Die Situation nimmt ihn sichtlich mit.

»Was ist, wenn Sina dich wählt?«

Ich schnaube. »Mach dich nicht lächerlich. Du kennst sie – inzwischen sogar besser als ich. Sie hasst mich aus tiefster Seele. Ich habe sie verloren. Ich Idiot habe mich weggestohlen wie ein Feigling.«

»Und trotzdem hast du sie all die Jahre über nicht vergessen können.«

»Hab ich nicht. Aber das ist leider nur meine Seite, die so fühlt. Sina wird mir nie im Leben verzeihen. Schon allein deshalb musst du dir keine Sorgen machen.«

»Man Alter, wie dumm du bist«, bricht es aus Leo heraus. »Du raffst echt gar nichts, oder?«

»Was soll ich nicht raffen?« Dieses Mal bin ich tatsächlich ratlos.

»Es geht dich absolut nichts an. Aber es hat Jahre gebraucht, bis Sina Vertrauen in unsere Beziehung gewonnen hat. Es hat Jahre gebraucht, bis sie dich vergessen konnte. Und jetzt, wo du da bist, glaube ich, sie hat dich gar nicht wirklich vergessen. Ich weiß nicht warum ..., ich kann es mir denken ..., sie hat es nie verwunden, dass du ohne ein Wort abgehauen bist.

Sie hat mir damals erzählt, du seist tot. Verstehst du? Tot! Sie hat sich eingeredet, dass du tot bist, weil es einfach zu abwegig gewesen wäre, dass du weiterlebst, obwohl sie dich so sehr geliebt und ein Kind von dir erwartet hat. Kannst du auch nur im Ansatz ermessen, was du ihr angetan hast? Ich kann es, weil ich sie jahrelang wieder zusammenflicken musste. Und jetzt kommst du daher und laberst was von wegen Fehler oder falsche Entscheidung. Alter, du hast es verbockt, also verpiss dich aus unserem Leben.«

»Ja klar, ich bin ja schon dabei«, sage ich und deute auf die Umzugskartons. »Und ich verstehe jedes Wort, das du sagst und auch deine Wut und deine Angst um Josephine. Aber ehrlich, wenn du Sina all die Jahre ein ehrlicher Partner und aufrichtiger Freund warst und ihr so geholfen hast, wie du sagst, hast du doch nichts zu befürchten. Komm schon, lass uns nicht streiten, um unserer Töchter willen. Lass uns erwachsen und vernünftig bleiben.«

»Das versuche ich die ganze Zeit. Aber was nützt es mir, erwachsen und vernünftig zu sein, wenn das Herz meiner Freundin für einen anderen Mann schlägt – immer geschlagen hat?«

Ich hole Luft, will etwas sagen, aber mir bleiben die Worte im Hals stecken. Einerseits überkommt mich so eine Wucht an Erleichterung über das eben Gehörte, andererseits aber so viel Angst davor, dass genau jene Worte nur die Hirngespinste eines ängstlichen Mannes sind.

»Wenn es denn so ist, tut es mir aufrichtig leid für dich, auch wenn ich nicht mehr daran glaube, dass Sina mir verzeihen wird. Ich denke, sie wird ein Leben in Sicherheit und an deiner Seite vorziehen, weil sie weiß, was sie an dir hat. Für den Fall gratuliere ich dir. Fakt jedoch ist und bleibt, ich werde diese Frau und unser gemeinsames Kind bis ans Ende meiner Tage lieben – egal, für wen sie sich entscheidet.«

Leo starrt ins Leere. Seine Mimik wirkt versteinert und ratlos. Ich kann ihm nachfühlen. Denn auch ich weiß nicht mehr, was es noch zu sagen gibt.

»Okay, die Karten liegen auf dem Tisch. Dafür muss ich wohl dankbar sein. Es ist spät. Ich denke, ich geh dann mal. Danke für den Drink, ich finde allein hinaus.«

Er nimmt den letzten Schluck, stellt das leere Glas auf den Tisch, steht auf und Sekunden später höre ich die Haustür ins Schloss fallen. In dieser Nacht sitze ich das erste Mal seit Jahren schlaflos in meinem Sessel und höre wieder und wieder die Worte, an denen ich mich festkralle wie ein Ertrinkender: Aber was nützt es mir, erwachsen und vernünftig zu sein, wenn das Herz meiner Freundin für einen anderen Mann schlägt – immer geschlagen hat?«

KAPITEL 34

GEGENWART – SINA

»Hey, Sina kommst du mal?«, weht Paulas Stimme über den Flur.

»Sorry, ich bin zu spät, ich weiß. Ich schlafe nicht so gut in letzter Zeit«, sage ich und das ist glatt gelogen, denn ich habe das Gefühl, so gut wie gar nicht mehr zu schlafen.

Paula winkt mich ins Büro, schiebt mir einen Kaffee über den Tisch und ihren Concealer. Ich muss schmunzeln. »Wirklich nett.«

»Wir haben die letzten Tage gar keinen Morgenkaffee zusammen getrunken. Was is'n los mit dir?«

Ich nehme den Kaffee, trinke einen Schluck und zucke mit den Schultern. »Mein Leben ist gerade etwas aus den Fugen geraten.«

»Ist es noch die Glenn-Sache? Abgesehen davon, dass Glenn nun über Josy Bescheid weiß, ist irgendwas passiert?«

»Wenn ich ehrlich bin, hatte ich übelsten Streit mit Leo.«

»Und wieso?«

»Seit Glenn wieder da ist, ist alles anders. Leo schnüffelt mir ständig hinterher. Neulich hat er den Abschiedsbrief von Claudia gefunden.«

»Was? Wie das denn?«

»Er meinte, er hätte vorgehabt, meine Jacke zu waschen und ihm wäre der Brief zufällig in die Hände gefallen. Was Quatsch ist. Er lügt. Er hat gesucht und etwas gefunden, das ihm nicht gefiel.«

»Und er hat ihn gelesen?«

»Nicht nur das. Er hat den Brief genommen und ist damit direkt zu Glenn gelaufen. Wie bekloppt kann man sein?«, frage ich und fasse mir an die Stirn.

»Oder verzweifelt«, sagt Paula. »Du musst Leo auch verstehen, man, der liebt dich über alles. Vielleicht sieht er seine Felle wegschwimmen.« Paula beugt sich über den Tisch und nimmt meine Hände in ihre. »Schwimmen seine Felle denn weg?«

Die Frage trifft mich mit einer solchen Wucht, dass ich meine Hände fortziehe. »Was für eine blöde Frage!«, sperre ich mich und spüre, wie mir die Tränen kommen. Es sind Wuttränen. Ich habe so eine unendliche Wut auf Glenn, jedoch mehr noch auf mich. Wieso kann mein Herz nicht von ihm lassen? Wieso kann er nicht endlich Ruhe geben?

»Die Frage ist ganz und gar nicht blöd, und das weißt du auch.« Paulas Blick ist bohrend. »Ich liebe Leo«, sage ich und meine es so. »Ich liebe ihn wirklich.«

Paula nickt. »Das weiß ich doch, Sina. Aber was ist es dann, was dich umtreibt? Ich sehe doch, dass es dir nicht gutgeht. Hat Glenn damit gedroht, euch Josephine wegzunehmen?«

»Nein, hat er nicht. Ich glaube auch nicht, dass er das vorhat. Er hat uns versprochen, fair zu sein. Es wird sicher darauf hinauslaufen, dass er sowas wie ein Wochenendpapa für sie wird. Was ich völlig okay finde.«

»Aber was ist es dann?«, forscht Paula.

»Glenn wird ab jetzt immer in meinem Leben sein. Und ich kann das nicht. Ich will das nicht. Ich will, dass er fortgeht und nie wieder kommt.« Und schon während ich es ausspreche, straft mich mein schweres Herz Lügen.

»Vielleicht kann ich dich dahingehend beruhigen. Er hat heute Morgen Viviens Kita-Platz gekündigt.«

»Was?« Mein Kopf schnellt hoch und mein Herz beginnt zu rasen. »Und ..., und hat er gesagt, wohin sie gehen?« Meine Nervenenden vibrieren und spätestens jetzt sollte ich mir eingestehen, dass ich mir auf gar keinen Fall wünsche, Glenn würde für immer aus meinem Leben verschwinden.

»Nee, ich habe aber auch nicht nachgehakt. Ich hatte ihm ja anfänglich nahegelegt, für seine Tochter eine andere Kita zu finden. Ich wäre ihm sogar behilflich gewesen, das hatte ich dir doch erzählt.«

»Ja, aber wohin geht er jetzt?«, frage ich panisch.

»Man Sina, merkst du eigentlich nicht, was mit dir los ist?«

Ich atme tief ein und wieder aus, nicht wissend, was ich sagen soll. Die Wahrheit schmerzt zu sehr.

»Mit mir ist nichts. Ich muss mich nur erst mit der neuen Situation abfinden, das ist gar nicht so leicht. Außerdem muss ich mit Glenn eine Regelung für Josephine finden. Wenn das alles erledigt ist, geht jeder seiner Wege.«

»Sagte die Vernunft.« Paula guckt mich skeptisch an.

»Ach sei doch still«, blaffe ich und trinke noch einen Schluck vom heißen Kaffee.

»Bin ich gleich. Nur noch eines. Glenn bat mich heute Morgen, dass er noch ein kurzes Gespräch mit dir führen kann. Da er nicht zu dir nach Hause kommen will, fragte er mich, ob er dich in meinem

Büro sprechen kann.«

Mein Herz macht einen Hüpfer. Vor Freude. Er will mir etwas sagen. Nur was? Ich sollte mich nicht freuen. Ich sollte wütend sein und angewidert und kampfbereit.

»Und was hast du geantwortet?«, frage ich.

»Dass ich dich fragen werde. Und darf er kommen?«

In meinem Kopf hallen tausend »Ja's« wider, doch ich reiße mich zusammen und tue gleichgültig. »Na, ist ja vielleicht wegen Josephine. Vermutlich ist es okay, wenn wir uns ein letztes Mal zusammensetzen.«

Nur drei Stunden später fällt mir zum ersten Mal, seitdem ich hier arbeite, auf, wie klein und beengt Paulas Büro ist. Ich sitze auf ihrem Stuhl und Glenn auf meinem Morgenkaffeesessel.

»Das mit dem Brief tut mir leid«, sage ich ohne jede Begrüßung. Ich muss es loswerden, weil es mich schon so lange quält. Nie im Leben hätte ich Leo den Brief gegeben, und ich hoffe, Glenn weiß das.

»Leo scheint ihn gelesen zu haben.«

Ich nicke. »Vermutlich. Er ist momentan ein wenig aus dem Häuschen. Er hat Angst. Um Josephine«, schiebe ich nach.

»Schon klar.« Glenn steht auf und ich weiche instinktiv zurück. »Schon gut«, sagt er und setzt sich wieder. »Ich bin etwas nervös«, gibt er zu und kratzt sich am Kinn. Sein Aftershave liegt in der Luft und erinnert mich an früher. Glenn hat schon immer gut gerochen und er weiß, dass ich diesen Duft liebe.

»Ich auch«, gebe ich zu. »Dann lass es uns hinter uns bringen. Warum wolltest du mich sprechen?«

»Nun, als Erstes wollte ich wissen, ob du den Brief gelesen hast.«

Ich nicke. »Hab ich.«

»Gut.«

»Aber er ändert nichts.« Meine Stimme ist fest und mein Blick weicht seinem nicht aus. Er soll nicht merken, wie es um mich steht.

»Ich verstehe.« Glenn nickt und senkt den Blick. Er sieht aus wie ein geprügelter Hund. »Weißt du, Sina, ich gebe zu, dass ich mir Hoffnung für uns gemacht habe. Alles, was in dem Brief steht, stimmt. Ausnahmslos. Ich habe dich immer geliebt und werde dich immer lieben.«

»Ich will das nicht hören«, sage ich und halte mir wie ein kleines Kind die Ohren zu, wobei mich seine Worte wärmen wie lange nichts in meinem Leben. Seine Worte sind Balsam für meine geschundene Seele. Ich nehme die Hände von den Ohren, weil ich mir albern vorkomme.

»Ich wollte nur, dass du es weißt.« Sein Blick ist ruhig und ich muss an Rom denken, an den Morgen, an dem ich aufgewacht bin und wir Gesicht an Gesicht gelegen und uns einfach nur angesehen haben. Er sieht noch so aus wie damals und wieder könnte ich mich in seinen Augen verlieren.

»Es zählt nicht, was du sagst. Du hast mir damals auch gesagt, dass du mich liebst und es hat mich beinahe um den Verstand gebracht. Diese Macht wirst du nie wieder über mich haben.«

»Ich? Ich habe Macht über dich? Genau das Gegenteil ist der Fall. Du hast Macht über mich?! Nur sehe ich, dass du dich neu verlieben konntest. Du wirst wieder heiraten und glücklich sein. Schön für dich. Für dich läufts doch gut, Sina. Im Gegensatz zu dir habe ich all die Jahre neben einer Frau gelebt, die verrückt war und bin trotzdem jede Nacht mit deinen Bildern im Kopf eingeschlafen. Erzähl du mir bitte nichts von Macht!« Glenns Stimme vibriert, er ist gereizt und scheint wütend.

»Was verlangst du eigentlich von mir? Soll ich mich jetzt entschuldigen, dass ich weitergelebt habe? Wenn ich dich erinnern darf, war nicht ich diejenige, die sich in einer Nacht- und Nebelaktion klammheimlich aus dem Staub gemacht hat.«

»Wie oft wollen wir das noch durchkauen, hm?«, fragt er und steht nun doch wieder auf. Wie ein Tiger im Käfig geht er vor dem Schreibtisch hin und her. »Man Sina, verstehst du denn immer noch nicht?«

»Was soll ich denn nicht verstehen?«, schreie ich und bin kurz davor, mir erneut die Ohren zuzuhalten, weil ich die Wahrheit nicht hören will. Sie wird nämlich nichts an unserer Situation ändern.

»Wir lieben uns doch«, sagt er gequält. »Verschließ nicht die Augen davor. Ich spüre, wie du mich ansiehst. Ich bin mir sicher, dass du mich noch liebst.«

Ich schnaube vor Empörung und halte mir den Mund zu, damit ich nichts sage, was ich hinterher bereue. Aus meinen Augen schießen Tränen der Hilflosigkeit. Alles, was Glenn sagt, ist richtig und doch wird es nichts ändern. Niemals. Er kommt um den Schreibtisch und geht vor mir auf die Knie. »Sina, wenn du mich liebst, besteht doch immer noch die Chance, dass wir gemeinsam glücklich werden.«

Ich schüttele den Kopf und spüre, wie meine Tränen mein Gesicht fluten. Immer noch halte ich mir den Mund zu. Glenn greift nach meiner anderen

Hand, hält sie fest und allein diese Berührung tut so unendlich gut. Und wenn ich nur ganz kurz nachgebe, nur für den Moment? Nur als Belohnung dafür, dass ich in den letzten fünf Jahren so tapfer gewesen bin?

»Wenn du mir sagst, du liebst mich nicht, werde ich gehen und dich für immer in Ruhe lassen.« Glenn nimmt meine Hände, legt sie sich um den Hals und drückt mich an sich. Ich hasse mich dafür, aber ich lasse es widerstandslos zu. Ich bin wie eine Marionette, die an Fäden hängt und Glenn, der Puppenspieler, weiß, was zu tun ist. Ich lege meinen Kopf an seine Brust und werde so ruhig wie seit Wochen, seit Jahren nicht. Ich schließe die Augen, atme seinen Duft und spüre die weiche Haut seines Halses an meinen Lippen. Ich spüre seine Küsse auf meiner Stirn, seinen Atem auf meiner Haut. Er ist nicht zudringlich, er ist einfach nur da und macht, dass ich mich endlich wieder gut und geborgen fühle.

»Ich liebe dich«, sage ich mit brüchiger Stimme. »Ich werde dich immer lieben.« Die Worte gehen mir wie selbstverständlich von den Lippen. »Aber ich werde dir nie wieder so viel Macht über mich geben.« Glenn zieht mich noch enger an sich.

»Dann wirst nur noch du Macht über mich haben.« Seine Lippen suchen meine und wie selbstverständlich verschmelzen unsere Münder zu einem Kuss. Einem Kuss, der für den Rest meines Lebens, eines Lebens mit Leo, reichen muss. Für immer werde ich mich daran erinnern. Mehr wird es für uns beide nicht mehr geben. Davon bin ich felsenfest überzeugt. Vorsichtig löse ich mich aus der Umarmung und sortiere meine Gedanken. Ich streichele über Glenns Wange und lächele ihn an.

»Ich werde Leo heiraten. Für Josy finden wir eine Lösung, okay?! Auch wenn mein Herz jeden Tag und jede Nacht aufs Neue bricht, werde ich nie wieder zu dir zurückkommen.«

Und plötzlich verfliegt all die Wut auf ihn und ich werde immer ruhiger. Glenns Blick ist leer, als er aufsteht und zur Tür geht. Kurz bevor er sie öffnet, dreht er sich noch einmal um. Er greift in seine Hosentasche und legt ein kleines Schlüsseltäschchen auf den Tisch.

»Vivien und ich ziehen nach Ferch. Das sollte damals die Überraschung für dich werden. Ich habe das Haus für uns alle renovieren lassen. Josephine hat dort auf jeden Fall ein Zimmer, falls sie mich besuchen darf. Und du natürlich auch.«

Ich schlucke und muss schwer an mich halten. Vor meinem inneren Auge spielen zwei Kinder im Garten unter blühenden Kirschbäumen Fangen und ich sitze händchenhaltend mit der Liebe meines Lebens auf der Hollywoodschaukel. Aber das sind alles nur Träume, die niemals in Erfüllung gehen werden.

»Ich werde das Leben führen, dass wir uns damals ausgemalt haben. Ob mit dir oder ohne dich. Mit dir wäre schöner, aber das sagte ich wohl schon.«

Unfähig etwas zu erwidern starre ich auf den Schlüssel und höre, wie die Tür von außen zugezogen wird.

KAPITEL 35

5 JAHRE ZUVOR – SINA

Vier Tage sind inzwischen vergangen und ich bin kein Mensch mehr. Nicht eine einzige Nachricht von Glenn, weder per WhatsApp noch als SMS oder per Anruf. Auf seine Ausrede bin ich jetzt schon gespannt. Seminar hin oder her, es wird doch möglich sein, mal eine Nachricht zu versenden, oder auf meine Anrufe zu reagieren. Er muss mittlerweile um hundert verpasste Anrufe von mir auf dem Display haben. Ich frage mich die ganze Zeit, ob er dasselbe mit dieser Claudia abgezogen hat. Liebesnacht, Heiratsantrag ..., vermutlich sitzt er in diesem Moment mit der nächsten Eroberung im Cabrio und erklärt ihr seine Liebe und dass ich, Sina, seine stalkende, verrückte Exfreundin bin, mit der er längst abgeschlossen hat. Ich habe schon davon gehört, dass es Menschen gibt, die immer nur den Kick der ersten Verliebtheit brauchen und sich kurz darauf der nächsten Person zuwenden. Hat es alles schon gegeben. Wie dumm war ich bloß? Mein Bauch schmerzt, in meinem Kopf spielen die letzten Wochen mit Glenn in Dauerschleife und ich frage mich immer wieder, wieso jemand so etwas macht. Und was, wenn nicht Claudia die Kranke ist, sondern er?

Ich schaue in den Spiegel und begutachte die dunklen Ränder unter meinen Augen, die von durchwachten Nächten zeugen. Wieso nur kann ich nicht loslassen? Müsste ich es nicht längst gewohnt sein, von Männern verarscht zu werden? Ja, aber doch nicht von Glenn, flüstert eine innere verzweifelte Stimme. Sie ist weinerlich, sie ist fix und fertig. Sie hält beinahe nichts mehr aus, weil es für mich dieses Mal wirklich die große Liebe ist. Ich sehne mich nach Glenn, nach seinen Berührungen, danach, wie er mich ansieht, mich liebt, ich sehne mich nach seinen Versprechungen oder danach, wie er sich die Zukunft mit uns ausmalt. Soll das alles nur Fake gewesen sein? Mir wird übel. Kotzübel. Noch ehe ich den Reiz unterdrücken kann, beuge ich mich über die Toilette. Selbst jetzt muss ich an unsere erste Begegnung denken, daran, wie er mir beim Spucken die Haare nach hinten gehalten und mir hinterher ein Taschentuch gegeben hat. Wieso nur meldet er sich nicht? Er hatte doch versprochen, einer von den Guten zu sein. Ich kapiere es einfach nicht.

Es klingelt an der Wohnungstür. Ich sehe zur Uhr. Nach acht. Hoffnung pumpt durch meine Adern, als hätte mir jemand Adrenalin gespritzt. Ich sammle mich, renne los und schieße wie eine Verrückte durch die Wohnung. Mein Herz klopft mir bis zum Hals. Das wird er sein. Und er wird mir erklären, dass er sein Handy verloren hat. Es wird ihm unendlich leidtun. Er wird mich in die Arme ziehen und machen, dass nun alles gut wird. Ich reiße die Tür auf und die Enttäuschung zieht mir beinahe den Boden unter den Füßen weg.

»Sag mal, wieso jehste denn nich an dein verdammtes Telefon?« Carmens Augenbrauen sehen aus wie Gewitterwolken und jetzt fällt mir ein, dass ich ihre Anrufe auf stumm gestellt habe. Sie hat aber auch keine Ruhe geben wollen. Ich will, dass sie augenblicklich verschwindet, denn ich habe keine

Kraft, mir auch noch ihre Hypothesen anzuhören.

»Ich ..., ich ..., mir gehts nicht so gut«, stottere ich. »Wenn es nicht dringend ist, Carmen, sei mir nicht böse. Ich glaube, ich habe mir was eingefangen.« Ich fasse mir an die Kehle, um Halsschmerzen vorzutäuschen.

»Komm schon, lass mich rein«, sagt Carmen und betritt meine Wohnung. »Kann et sein, dat deine Krankheit ‚Glenn' heißt?« Sie streichelt mir sanft über die Oberarme und zieht mich in eine Umarmung. Sie ist mir unangenehm. Ich will nur noch zu Glenn. Ich will nicht, dass Carmen hier ist. Und schon kommen mir wieder die Tränen. Ich wende mich von ihr ab und gehe ins Wohnzimmer. Erst jetzt fällt mir auf, welches Chaos hier herrscht. Der Boden ist übersät von benutzten Papiertaschentüchern. Eine leere Weinflasche liegt umgefallen vor der Couch. Auf dem Tisch liegen übereinandergestapelt drei Pizzaschachteln, zum Teil unangerührt.

»Wenn du auch nur einmal sagst, du hättest es von Anfang an vorhergesehen, schmeiß ich dich raus«, sage ich mit einer Stimme, die keinen Widerspruch duldet.

Carmen schüttelt den Kopf und hebt die Hände. »Schon jut, ick mach mir nur Sorgen um dich.«

»Sorgen«, brumme ich. »Ich mache mir auch Sorgen. Um Glenn.«

»Okay«, sagt Carmen. »Wat is passiert?«

»Ich weiß es nicht.« Ich erzähle in groben Zügen vom Wochenende in Rom, von Glenns Exfreundin Claudia und dass er sich seit der Fahrt zum Seminar nicht mehr bei mir gemeldet hat.

»Und dattet wat mit dieser Claudia zu tun hat, schließte aus?«

Ratlos zucke ich mit den Schultern. »Inzwischen schließe ich gar nichts mehr aus. Ich weiß nur nicht, wo ich ansetzen soll.«

»Warste schon bei ihm zuhause?«

»Ja, einmal. Aber er hat mir nicht aufgemacht. Allerdings war das gestern, da sollte er ja auch noch auf dem Seminar sein. Außerdem sind all seine Nachbarn total sensibilisiert. Er hat allen eingeimpft, keiner Frau die Tür zu öffnen, weil diese Claudia ihn wohl öfter terrorisiert hat. Ich habe mich nicht getraut, bei anderen Bewohnern zu klingeln.«

»Ick trau' mich«, sagt Carmen und steht auf. »Los zieh' dir wat an. Wir fahren zu Glenn.«

»Echt jetzt?«

»Ja, klar, willste nun wissen, wat los is oder willste dich noch ein paar Wochen hier einschließen und grämen?«

»Ich weiß nicht. Im Grunde ist er erst seit gestern zurück. Ich will ihm nicht so auf die Pelle rücken wie diese Claudia.«

»Hey, du erzählst mir hier, der hat dir einen Heiratsantrag jemacht. Ganz ehrlich, Sina. Dem kann ja auch wat passiert sein oder haste dit überhaupt noch nich in Erwägung jezogen? Wat, wenn ihn diese Verrückte jefangen hält?«

»O man, ehrlich, Carmen, ich weiß nicht, welche Vorstellung brutaler ist. Dass er mich verlassen haben könnte, einen Unfall hatte oder ihm ein Messer an die Kehle gehalten wird. Ich könnte alles nicht ertragen.«

»Wir werden trotzdem herausfinden, wat los ist.« Carmen holt mich von der Couch, manövriert mich ins Schlafzimmer und zieht mir einen Hoody über.

»Willste die Jogginghose anbehalten?«, fragt sie.

Ich nicke.

»Gut. Dann los.«

Ich schnappe lediglich meinen Wohnungsschlüssel, den Rest übernimmt Carmen. Wir setzen uns in ihren Wagen und fahren zu Glenns Wohnung. Für einen kurzen Moment bleiben wir noch im Auto sitzen. Ich schaue hinauf zu seinen Fenstern, die geschlossen sind. Untypisch für diese Jahreszeit. Es ist Sommer, es ist warm. Die Fenster der Nachbarn sind entweder offen oder zumindest angekippt.

»Er ist nicht da«, sage ich.

»Dit werden wir gleich sehen.« Carmen steigt aus dem Auto und wartet, bis ich mich auch dazu entschließe. Gemeinsam gehen wir zur großen Eingangstür, an der Carmen Glenns Klingelschild sucht.

»Smith, richtig?«, fragt sie und lässt den Blick über das Klingelbrett schweifen.

»Oben rechts«, sage ich und während ich diese Worte ausspreche, entdecke ich, dass sein Schild leer ist. Gestern, da bin ich mir sicher, stand an der Stelle noch sein Name. Kalter Schweiß bricht mir aus. »Scheiße, er ist weg.« Meine Knie werden weich wie Pudding und ich lehne mich haltsuchend gegen die Eingangstür.

Carmen drückt mit der flachen Hand beinahe alle Klingelknöpfe des Hauses gleichzeitig. Was mir sonst unangenehm wäre, soll mir jetzt recht sein. Zu verlieren habe ich nichts mehr. Wieso fehlt sein Klingelschild? Es kann doch nicht sein Ernst sein, einfach so zu verschwinden, ohne mir auch nur einen einzigen Ton zu sagen. Er hat mich gebeten, seine Frau zu werden. Ohne dass ich es will, fluten Tränen mein Gesicht, während wie aus weiter Ferne der Türöffner betätigt wird. Geistesgegenwärtig lehnt sich Carmen dagegen und öffnet sie.

»Dritter Stock«, sage ich und fange instinktiv an zu rennen. Ich sprinte die Treppe hinauf zu seiner Wohnung und bleibe wie vor den Kopf geschlagen davor stehen. Auch hier ist kein Name mehr an der Tür. Ich drücke den Klingelknopf nieder und lasse nicht mehr los.

»Glenn«, rufe ich und hämmere gleichzeitig mit Fäusten gegen die Tür. Carmen steht mit solidarischer Miene daneben.

»Glenn, mach auf«, rufe ich laut. Mein Hämmern wird lauter und meine Knöchel schmerzen schon nach kurzer Zeit. Der Nachbar von gegenüber öffnet die Tür und steckt seinen Kopf hindurch.

»Wat soll'n der Lärm hier, he?«

»Wissen Se, wo Herr Smith ist?«, fragt Carmen. Beschämt nehme ich den Daumen von der Klingel, um zu hören, was der Nachbar, ein älterer Herr, zu sagen hat.

»Nee, keene Ahnung, aber jestern issa ausjezogen. Die Möbelpacker ham allet mitjenommen.«

Seine Worte sind wie ein weiterer Faustschlag in meinen Magen.

»Aber seine neue Adresse ham Se nich zufällig?«, hakt Carmen nach.

»Nee, interessiert mir och nich. Und jetzt jeben Se mal Ruhe hier.«

»Ist ja jut«, blafft Carmen und nimmt meine Hand. »Komm Sina. Hat keen' Sinn. Er ist fort. Arschloch eben.«

Carmens Worte dringen nur noch temporär an

mein Ohr. Ich will nichts mehr hören. Glenn ist weg. Ohne ein Wort. Ohne, mir Bescheid zu geben. Hat sich meine Welt eben noch gedreht, so steht sie nun still. Und ich wünsche mir nichts mehr, als einfach nicht mehr da zu sein – fort zu sein, an einem Ort, an dem es keine Gefühle mehr gibt.

KAPITEL 36

5 JAHRE ZUVOR – GLENN

So muss sich Sterben anfühlen, denke ich als ich im Flugzeug sitze. Neben mir schnallt sich Claudia fest, die genauso nervös wirkt wie ich. Das Einrasten der Schnalle ist gleichbedeutend mit einer Fessel, die mich vermutlich auf Jahre binden wird. Ein letztes Mal checke ich mein Handy, das über achtzig eingegangene Nachrichten von Sina anzeigt. Sina, die Liebe meines Lebens. Ich lasse sie im Stich. Ich lasse uns im Stich. Noch schlimmer ist, ich habe es nicht übers Herz gebracht, mit ihr zu reden, um ihr meine Beweggründe zu erklären, denn ich bezweifle, dass sie sie verstanden, geschweige denn akzeptiert hätte. Außerdem weiß ich nicht, wie man der Liebe seines Lebens erklärt, dass man bei einer kranken Freundin bleibt, um das eigene Kind zu schützen – eigentlich um beide zu schützen. Vielleicht macht mich das zu einem guten Menschen. Aber dass ich ohne ein Wort verschwinde, ist unverzeihlich, das macht mich zu einem Monster. Ich verspiele alles, was mir heute und hier etwas bedeutet. Nur um zu hoffen, dass mir Claudia und mein ungeborenes Kind eines Tages auch etwas bedeuten werden. Noch kann ich es mir nicht vorstellen. Noch will alles in mir zurück zu Sina. Sämtliche Antennen stehen auf Flucht. Sina ist alles, was ich will. Es zerreißt mich förmlich, wenn ich daran denke, wie sie sich im Moment fühlt. Ob sie schon in meiner Wohnung war und sieht, dass ich weg bin? Ich schalte mein Handy aus und stecke es in das am Vordersitz befindliche Netz und nehme mir vor, es einfach dort zu belassen. Schon allein, damit ich nicht in Versuchung komme, Sina doch noch zu kontaktieren. Das stundenlange Telefonat mit meiner Mutter hat mir deutlich gemacht, dass ich mich für eine Sache entscheiden und dann aber auch daran festhalten muss. Fliege ich mit Claudia in die Staaten, werden wir das Kind dort bekommen, und meine Mutter hilft uns dabei, es aufzuziehen. Sie sagte, es gibt Kindergärten und Schulen, in denen Deutsch gesprochen und unterrichtet wird, so dass wir jederzeit nach Deutschland zurückkehren könnten, sollten wir das in Erwägung ziehen. Ich hoffe einfach darauf, dass Claudia ihre Medikamente regelmäßig einnimmt – so wie sie es versprochen hat – vielleicht wird sie irgendwann einsichtig und verstehen, dass das zwischen uns keine Liebe ist. Als würde Claudia meine Gedanken lesen und mich vom Gegenteil überzeugen wollen, schiebt sie ihre Hand in meine und alles, woran ich denken kann, ist und bleibt Sina. Ich halte eine falsche Hand in meiner. Neben mir sitzt die falsche Frau und obendrein ist es falsch, dass wir in einem Flugzeug sitzen, dass mich aus einem Leben reißt, das endlich gut war. Ich kann das nicht, rast es mir durch den Kopf.

»Ich kann das nicht«, kommen mir meine Gedanken über die Lippen.

»Was?« Claudia blickt mich ängstlich an.

»Ich kann das nicht. Ich kann doch nicht so tun, als würde ich dich lieben.«

»Glenn.« Claudias Stimme ist verzweifelt. Ich schnalle mich ab und stehe auf. Ich muss hier raus. Sofort. Ich muss zu Sina. Ich kann doch nicht mit einer Verrückten in die Staaten, um ein Leben zu führen, das nicht mir gehört. Der Gang ist frei. Ich laufe ihn entlang zur Einstiegsluke, die, wie ich nun feststelle, schon verschlossen ist.

»Entschuldigen Sie«, spreche ich eine Flugbegleiterin an, »bitte, ich muss aus dem Flieger raus. Bitte öffnen Sie mir die Tür, ja?«

Die Augen der Flugbegleiterin weiten sich. »Das geht nicht. Die Gangway ist bereits abgekoppelt und wir sind fertig zum Abflug. Bitte gehen Sie an Ihren Platz.«

»Nein, verstehen Sie mich bitte. Das ist ein Notfall. Ich muss hier raus«, flehe ich, als plötzlich Claudia hinter mir steht.

»Komm Schatz, setz dich wieder«, sagt sie in ruhigem Ton. »Mein Freund hat Flugangst«, erklärt sie der Flugbegleitung.

»Hab ich nicht«, blaffe ich sie an. »Und jetzt lassen Sie mich bitte hier raus.«

»Das zieht er jedes Mal ab. Beachten Sie ihn gar nicht. Er wird sich gleich beruhigen.« Claudia nimmt meine Hand und drückt fest zu. »Du weißt, was passiert, wenn du aus dem Flugzeug steigst.« Ihre Stimme ist leise, aber schneidend und ihre Worte erreichen meine Schwachstelle und bringen mich augenblicklich zur Räson. Ich gebe nach und lasse mich von Claudia zurückführen. Kraftlos sinke ich in meinen Sitz. Meine Glieder sind so schwer wie meine Gedanken düster.

»Ready for take off«, ertönt eine männliche Stimme, samt der Durchsage auf Englisch über die voraussichtliche Flugzeit, das Wetter und die Flugbedingungen. Sie dringen durch mein Ohr, ohne meinen Verstand zu erreichen. Mein Denken ist und bleibt bei Sina. Die Maschine setzt sich in Bewegung und mir wird klar, dass es zu spät ist. Zu spät zum Umkehren, zu spät für Sina und das Leben, das wir uns aufbauen wollten. Zu spät für die Liebe meines Lebens. Während wir abheben, stehlen sich Tränen aus meinen Augenwinkeln und ich lasse meinen verschwommenen Blick ein letztes Mal über Berlin schweifen, das mit jeder Sekunde kleiner und kleiner wird, bis es allmählich verschwindet.

KAPITEL 37

GEGENWART – SINA

Müde liege ich im Bett. Es ist Samstag und ich kann mich zu nichts aufraffen. Leo ist mit Josephine losgegangen, um Brötchen zu holen. Nach dem Frühstück wird er die Kleine nach Ferch zu ihrem Vater fahren, so wie er es nun seit einem halben Jahr jedes zweite Wochenende tut. Wir haben eine gute Regelung gefunden und unsere Tochter fühlt sich wohl bei Glenn. Sie spielt auch gern mit Vivien, die sie inzwischen als ihre Schwester ansieht. Dadurch, dass Leo die Regelungen für unsere Tochter mit Glenn abgesprochen hat, habe ich Glenn seit einem halben Jahr weder gesprochen noch gesehen. Der Gedanke daran macht mich schwermütig und ich stecke meinen Kopf unter die Bettdecke. *Ich will nichts fühlen. Ich will nichts fühlen* – mein Mantra seit Wochen, nein, seit Monaten. *Ich will nichts fühlen.* Jedes Mal, wenn mich die Wucht der Sehnsucht übermannt und sich über mir zusammenbraut wie eine Welle, tauche ich unter. Ich halte die Luft solange an, bis meine Lungen mehr brennen, als der Schmerz der Einsamkeit. Meistens ist er besonders stark, wenn ich weiß, dass Josephine zu Glenn fährt. Die ganze Zeit über will ich bei ihr sein. *Bei ihm willst du sein*, korrigiert mich eine innere Stimme, die niemals laut wird. Nur in meinem Innern wütet sie. Und wieder denke ich, die Zeit heilt alle Wunden. Ich bin schon einmal über Glenn hinweggekommen. Mit Leos Hilfe. *Ich werde es wieder schaffen. Ich muss es schaffen! Das Leben muss weitergehen.* Kämpferisch schlage ich die

Bettdecke zurück und setze mich auf. Ich schaue an mir hinunter. Meine Knie sind spitzer geworden, ich muss abgenommen haben. Ich stelle mich seit Wochen nicht mehr auf die Waage, aber natürlich merke ich deutlich, dass mir meine Sachen am Körper herumschlabbern. Ich schäme mich – für mich – für meinen Körper – für meine Gedanken, die so oft bei Glenn sind. Ich hoffe nur, dass Leo noch ein bisschen aushält, zu mir hält, nur solange, bis es mir wieder besser geht. Ich ziehe mein Nachthemd aus, schlüpfe in meine Jeans und werfe mir eines seiner Sweatshirts über. Es riecht nach ihm und so bin ich ihm nah. Mir fehlt unser früheres Leben, unsere Leichtigkeit, unser selbstverständliches Miteinander und unser vertrauter Umgang. Ich habe ständig das Gefühl, dass er etwas erwartet oder auf etwas wartet. Doch momentan bin ich zu müde, um Erwartungen oder Wünsche zu erfüllen. Wir schlafen kaum noch miteinander und wenn, fühlt es sich für mich an wie Pflichterfüllung. Ich fühle einfach nichts mehr. Vielleicht sollte ich einen Arzt aufsuchen, mich jemandem anvertrauen. Ich schaue in den Spiegel und sehe mein fahles Gesicht. Das Lächeln, das ich versuche, endet in einer schiefen Grimasse.

»Mama, kommst du?« Josphine steckt den Kopf durch die Tür.

»Habt ihr etwa schon Frühstück gemacht?«, frage ich und schaue zur Uhr. Es ist elf, wir sind spät dran. Eigentlich ist es abgesprochen, dass Josephine gegen Mittag bei ihrem Vater ist. Sie wird sich wohl verspäten.

»Klar, komm endlich«, ruft sie und rennt zurück in unsere Küche, wo Leo schon am Tisch sitzt und die

Brötchen aufschneidet.

»Sorry, bin noch mal eingeschlafen«, lüge ich und lächle entschuldigend.

»Schon gut.« Leo beißt vom Brötchen ab und ich nehme einen Schluck Kaffee, den er mir schon eingegossen hat.

»Wenn es weiter so schneit, können wir heute einen Schneemann bauen«, sagt Josephine und trinkt einen Schluck Kakao. Ich stelle mir Glenn vor, wie er im Garten mit den Mädchen im Schnee spielt. Ob er inzwischen eine neue Freundin hat? Ob er weitermacht? Leo legt mir ein halbes Brötchen auf den Teller, so als müsse man mich füttern.

»Danke«, sage ich, obwohl es mich nervt. Ich habe keinen Hunger, der Kaffee reicht allemal. Ich trinke noch einen Schluck. »Und wollt ihr vielleicht auch Schlitten fahren?«, frage ich. »In der Nähe gibt es dort einen tollen Rodelberg, gleich bei Oma und Opa um die Ecke.«

»Ich weiß nicht, ich frag den Papi mal.« Es ist neu, dass sie Glenn ‚Papi' nennt, aber ich finde es nicht merkwürdig. Viel eher war es abzusehen und neulich habe ich Leo und Josephine belauscht, als er ihr erklärte, dass manche Kinder großes Glück hätten, weil sie zwei Väter haben. Eine rührende Geste. Schweigend essen wir fertig.

»Ich putz noch schnell meine Zähne und packe meinen Rucksack, dann können wir los«, sagt Josephine, schiebt sich das letzte Stück Brötchen in den Mund und rennt Richtung Badezimmer.

»Soll ich dir helfen?«, frage ich und will schon hinterhergehen, als Leo meine Hand festhält. »Bleib bitte hier, ich möchte mit dir reden.«

»Was? Jetzt?«, frage ich überrascht. »Ihr müsst doch gleich los. Lass uns später reden, okay?« Ich will meine Hand fortziehen, doch Leo hält mich fest.

»Ich habe lange darüber nachgedacht«, beginnt er und lässt nun meine Hand los.

Ich fühle, wie mein Blutdruck steigt und die altbekannte Angst von mir Besitz ergreift. Er will mich nicht mehr.

»Du willst mich nicht mehr«, sage ich und spüre, wie mir die Tränen kommen.

Leo lacht mit traurigen Augen, dann sieht er mich an. Ich habe das erste Mal seit Wochen, das Gefühl, dass er mich wirklich ansieht. Sonst ist er mir ständig irgendwie ausgewichen.

»Ich kann gar nicht sagen, wie sehr ich dich will.« Liebevoll streichelt er meine Wange.

»Okay, und was willst du bereden?«, frage ich.

»Das wird jetzt nicht einfach für mich, aber es muss sein. Ich werde dir jetzt bei dieser Sache helfen, denn du selbst würdest dir niemals eingestehen, dass dein Herz woanders schlägt.«

»Tut es nicht«, sage ich und senke den Blick, damit er nicht merkt, dass ich lüge.

»Tut es wohl, denn obwohl du jeden Tag hier bist, bist du fort. Und das weißt du.«

»Nein, wirklich nicht. Hör zu, Leo, es tut mir leid. Du musst mir Zeit geben. Weißt du, ich glaube, ich stecke gerade in so etwas wie einer Depression.«

»Klar, bist du depressiv.«

»Ich werde zum Arzt gehen, versprochen. Am Montag.« Meine Stimme klingt verzweifelt, das höre ich selbst.

»Ich schätze, es reicht, wenn du ausziehst.«

»Ich soll was?«, frage ich und mir versagt vor Schock fast die Stimme.

»Ich habe gestern deine Koffer gepackt. Du hast es noch nicht mal gemerkt, weil du nicht mehr an deinen Schrank gehst. Du trägst ständig diese Jogginghosen und ...«, er deutet auf meinen Pulli und hält inne.

»Und ein Sweat-Shirt von dir, um dir näher zu sein. Was soll das heißen, du hast mir die Koffer gepackt? Flippst du jetzt völlig aus? Bitte, Leo. Ich gebe mir doch Mühe. Das wird schon wieder. Ich brauche sicher nur ein paar Tabletten. Es heißt doch: in guten wie in schlechten Zeiten.«

»Sina.« Leo schluckt. Er nimmt meine Hand in seine und streichelt sie. »Ich sehe doch, dass du dir Mühe gibst. Und ich gebe dir nicht die Schuld. Ich weiß, dass du nichts dafür kannst.«

»Dann verstehe ich nicht, warum du willst, dass ich ausziehe. Wohin soll ich überhaupt? Hast du mir etwa auch schon eine Wohnung besorgt? Das hier ist meine Wohnung. Wenn überhaupt, müsstest du ausziehen. Aber das will ja keiner. Hör jetzt auf mit dem Blödsinn.«

»Sina, schau mich an«, sagt Leo mit der Stimme, die mich noch immer beruhigt hat, »du weißt, dass ich dich liebe.«

Ich nicke. »Und ich liebe dich.« Meine Stimme klingt fest und das, was ich sage, ist wahr. Ich liebe Leo.

»Das weiß ich doch.« Er senkt kurz den Blick, überlegt, wie er fortfahren soll, dann sieht er mich wieder an. »Ich habe genauso große Angst vor dem nächsten Schritt wie du. Nicht umsonst habe ich so lange gewartet, ich wollte mir absolut sicher sein. Und das bin ich.«

»Hast du mir denn nicht zugehört, Leo? Ich liebe dich. Was willst du mehr?« Jetzt drücke ich seine Hand und beschwöre ihn mit Blicken, mit dem Theater aufzuhören.

»Ich weiß, dass du mich liebst. Aber ich weiß auch, dass du Glenn mehr liebst als mich. Das wirst du immer. Du kannst gar nicht anders. Er stand immer zwischen uns. Sogar, als er nicht da war. Das ist mir aber erst in den letzten Monaten klar geworden. Du hast immer schon ihm gehört, selbst wenn du mich geheiratet hättest, wärst du nie ganz mein gewesen. Und wirklich, Sina, ich gebe dir keine Schuld. Niemand sucht sich aus, wen er liebt.«

»Aber ich liebe doch auch dich.« Ich schaffe es nicht mehr, die Tränen zu unterdrücken, denn die Wahrheit tut so verdammt weh. Und noch heftiger schmerzt es mich, dass Leo es die ganze Zeit über wusste und dennoch so viel Geduld mit mir aufgebracht hat und sogar Verständnis dafür hat.

»Siehst du. Da ist es – das kleine Wörtchen ‚auch'. Ich möchte, dass mir deine Liebe allein gehört, aber das tut es nicht und wird es nie. Ich werde dich immer teilen müssen. Solange er fort war, konnte ich es. Aber nun sehe ich, wie ihr beide leidet.«

Tränenverschleiert senke ich schuldbewusst den Blick.

»Wir beide?«, flüstere ich.

Leo nickt. »Geh zu ihm, Sina. Werdet endlich gemeinsam glücklich. Verzeih ihm, denn allein schafft er es nicht, sich selbst zu vergeben. Er braucht dich, wie du ihn. Wenn jemand auf dieser Welt füreinander bestimmt ist, dann seid ihr es.«

»Aber du brauchst mich doch auch«, schluchze ich. »Ich wollte das nicht. Ich wollte doch dich.«

Leos Augen füllen sich mit Tränen. Bis jetzt konnte er stark sein, aber die nächsten Worte schafft er kaum auszusprechen: »Ich will nicht eines Nachts neben dir liegen, während du seinen Namen im Schlaf sagst, verstehst du das? Kannst du bitte nur das verstehen?«

Schluchzend falle ich ihm um den Hals. »Ich weiß. Es tut mir leid. Es tut mir so leid.«

Leo zieht mich an sich. Wir halten und trösten uns gegenseitig und ich weiß nicht, ob er nicht doch wütend auf mich ist oder sich die Sache nicht reiflich genug überlegt hat, aber ich spüre endlich so etwas wie Erleichterung. Mein Herz, das sich seit Monaten verkrampft anfühlt, schlägt plötzlich ruhig und wie von selbst. Es wird geflutet von Hoffnung und Liebe, auch wenn die Liebe zu Leo eine andere ist als die zu Glenn.

»Weint ihr?« Josephine steht startklar in der Küche und mustert uns beide.

»Ein bisschen«, sagt Leo. »Nur ein bisschen.«

»Ihr müsst nicht traurig sein«, sagt Josephine, »ich komme doch in zwei Tagen schon wieder.« Sie grinst. Leo schüttelt den Kopf.

»Komm mal her.« Josephine tritt näher und lässt sich von ihm auf seinen Schoß setzen. »Mama und du, ihr beide fahrt jetzt nach Ferch und bleibt dort für eine Weile, okay?«

»Wirklich?« Josephine sieht mich mit fragenden Augen an.

Ich zucke die Schultern. »Würdest du dich freuen, wenn ich mitkomme?«

»Klar. Der Papi bestimmt auch.«

»Kannst du mir etwas versprechen?« Leos Stimme klingt dünn, als er seine Tochter ansieht.

»Alles Papa, weißte doch!«

»Kommt mich mal besuchen, okay?« Aus seinen Augen kullern Tränen und Josephine greift die Frühstücksserviette und tupft sie ihm weg.

»Josephine ist deine Tochter«, sage ich mit fester Stimme. »Das wird sie immer sein, komme, was wolle.«

Leo nickt und zieht uns beide ein letztes Mal in eine Umarmung.

»Dann mal los, der Papi wartet sicher schon.«

Gemeinsam stehen wir auf und ich gehe in den Flur, um nach den Koffern zu sehen.

»Die sind schon im Auto«, sagt Leo.

Er hatte das alles geplant. In diesem Moment weiß ich nicht, wie ich diesen Mann jemals verdient habe. Er hat mich damals gerettet und heute. Meine Lippen formen ‚Danke' und Leo und ich wechseln einen letzten Blick, der uns versichert, dass am Ende alles gut wird – für alle.

KAPITEL 38

GEGENWART – GLENN

»Wo bleibt denn Josy?« Vivien hüpft wie ein Flummi auf der Stelle. Ich spähe durchs Küchenfenster zum Stellplatz, auf dem Leo für gewöhnlich parkt. Ich hoffe, es ist ihnen nichts passiert. Es schneit immer noch und die Straßenverhältnisse sind eher suboptimal, obwohl ich sein Auto für verkehrssicher halte. Es ist nach vierzehn Uhr und vielleicht haben sie sich schon mal um dreißig Minuten verspätet, aber inzwischen sind sie zwei Stunden über der Zeit.

»Wir warten noch eine halbe Stunde, dann ruf ich mal an. Vielleicht haben sie spät gefrühstückt, oder es kann ja sein, dass Josephine krank ist«, beruhige ich Vivien und mich selbst auch irgendwie.

»Dann müssen wir aber einen Krankenbesuch machen und ich will ihr Blumen schenken.«

Allein bei dem Gedanken, nach Berlin zu fahren und so plötzlich die Möglichkeit zu haben, Sina wiederzusehen, glimmt Hoffnung in mir auf. Ich bin schließlich Josys Vater. Sollte es ihr schlecht gehen, darf ich sie besuchen, so war es mit Leo abgesprochen. Ich checke mein Handy, auf dem immer noch keine Nachricht von ihm eingegangen ist. Als ich wieder hochschaue, sehe ich, wie Leo vorfährt. Meine Knie werden weich, vor Enttäuschung. Aber wenigstens sehe ich Josephine endlich wieder, tröste ich mich. Wie immer steigt sie als Erste aus und kommt aufs Haus zugerannt.

»Schau, da kommt deine Schwester«, sage ich. Vivien rennt los und öffnet die Tür. »Da bist du ja endlich«, ruft sie freudig aus.

»Weil die Mama so gebummelt hat«, sagt Josephine. Meine Töchter umarmen sich und wieder einmal geht mir das Herz auf, weil sie sich so sehr mögen. Vivien ist in den letzten Monaten förmlich aufgeblüht und das haben wir auch Josephines Frohnatur zu verdanken. Ich liebe es, die beiden beim Spielen und Herumtoben zu beobachten. Bis jetzt gab es noch nicht mal kleinere Meinungsverschiedenheiten, was bei Geschwistern ja eher selten ist. Ich geh in die Hocke und umarme sie ganz fest. Josephine drückt mir einen Schmatzer auf die Wange. »Hallo Papi.«

»Kommt der Papa ...«, kriege ich noch ausgesprochen, als ich im Augenwinkel sehe, wie Sina aus dem Auto steigt. Da waren sie wieder – die weichen Knie. Ich fasse mir ins Gesicht und ärgere mich, dass ich mich nicht rasiert habe und so wenig Zeit für meine Morgentoilette aufgewendet habe. Allmählich scheine ich zu verwahrlosen. Sina kommt näher und ich richte mich auf. Sie ist abgemagert und wirkt auf den ersten Blick niedergeschlagen. Ihre Augen sind gerötet, als hätte sie geweint. Nichts hält mich mehr, ich gehe ihr entgegen und als sie vor mir steht, ziehe ich sie kurzerhand in meine Arme. Ich erwarte Widerstand, aber da ist nichts. Im Gegenteil, sie lässt sich hineinfallen und schluchzt. Ich spüre, wie sie ihre Arme um mich schlingt und mich fest an sich zieht. Ihr Körper bebt vor Schluchzern.

»Hey, was ist denn los? Ist was passiert?« Ich will sie hereinbitten, aber ich kann sie unmöglich loslassen. Ich kann nicht anders, als den Moment ihrer

Traurigkeit auszunutzen, nur um sie endlich festhalten zu können. Die Kinder müssen schon ins Kinderzimmer gegangen sein, von ihnen hört man nichts mehr. Ich höre nur Sinas Weinen, das langsam abebbt. Minutenlang stehen wir da und halten uns fest, bis ich merke, dass sie zittert.

»Magst du reinkommen?, flüstere ich an ihr Ohr und spüre ein Nicken. Sina folgt mir und ich überlege krampfhaft, was passiert sein könnte. Ein Streit mit Leo? Oder ist sie krank? Von Panik ergriffen drehe ich mich um und frage: »Du bist nicht etwa krank, oder?«

Sina schüttelt den Kopf. »Nein.«

Ich schließe die Tür hinter uns und gehe vor ins Wohnzimmer, das ausgekühlt ist, weil die Tür die ganze Zeit über offenstand. Ich lege zwei Holzscheite in den Kamin und beobachte Sina, die sich umsieht. Ihr Blick schweift durchs Zimmer und bleibt an einem Bild hängen, das mich mit meinen beiden Töchtern zeigt. Ich liebe es. Wir haben es vor ein paar Wochen mit dem Selbstauslöser geknipst und jede Menge Spaß dabei gehabt. Doch jedes Mal, wenn ich das Foto ansehe, kommt mir in den Sinn, dass etwas fehlt, nein, dass jemand fehlt.

»Willst du einen Tee? Zum Aufwärmen?«, frage ich.

»Gute Idee«, sagt sie und ich laufe los in die Küche. Sina folgt mir, was mich freut. Wenn sie schon mal da ist, wäre jede Sekunde ohne sie verlorene Zeit. Ich befülle den Teekessel mit Wasser und schalte den Herd an. Meine Hände zittern, nicht mehr vor Kälte, nur vor Nervosität.

»Willst du mir erzählen, was passiert ist?«, frage ich und lege zwei Teebeutel in die Tassen. Sina steht einen halben Meter von mir entfernt an die Spüle gelehnt.

Ihre Arme sind vor der Brust verschränkt. Alles in mir sehnt sich danach, sie wieder an mich zu ziehen. Ich widerstehe dem Wunsch, weil ich sie nicht bedrängen mag.

»Ich ..., ich ..., Leo«, stottert sie und bricht ab.

»Was ist mit Leo, hm?«, hake ich nach und trete ein kleines Stück näher.

Sina fährt sich nervös durchs Haar und sieht mir das erste Mal seit einer gefühlten Ewigkeit direkt in die Augen. »Er ..., er hatte Angst«, stammelt sie und ich sehe, dass sie genauso aufgeregt ist wie ich.

»Okay«, sage ich, »wovor hatte er Angst?« So langsam frage ich mich, ob ernsthaft etwas vorgefallen ist. »Muss ich mir Sorgen um ihn machen?«, hake ich nach.

»Nein. Also eigentlich doch. Also nein.« Sina schüttelt über ihre Antwort selbst den Kopf. »Entschuldige. Ich drehe gleich durch.«

»Ich auch«, gebe ich zu und versuche ein aufmunterndes Lächeln.

»Er hat mir meine Koffer gepackt.«

»Leo?«, frage ich und so langsam werde ich mehr als nervös. Mein Herz donnert wie wild gegen meine Brust.

»Ja. Er hatte Angst.«

»Sina. Bitte«, flehe ich nun, »du sprichst in Rätseln. Ich gehe an den Kühlschrank, hole eine Flasche Whiskey heraus und gieße ihr einen Schluck in ein Glas. »Trink das, und bitte erzähl mir dann, was los ist.«

Sie zögert keinen Moment, nimmt das Glas und trinkt es in einem Zug leer. »Danke«, sagt sie und wischt sich den Mund mit dem Handrücken ab.

»Von vorn«, sagt sie, »Also, es war nicht leicht in letzter Zeit für uns.«

»Für niemanden«, sage ich und bereue es sofort, obwohl es stimmt.

»Vermutlich für niemanden«, sagt sie und lächelt schief. »Weißt du, ich habe es wirklich versucht. Ich habe versucht, weiterzumachen. Ich wollte das, was wir früher hatten. Du musst wissen, er ist der Beste. Leo ist ein guter Freund, ein guter Gefährte. Er ist ..., ich liebe ihn. Ich liebe ihn wirklich.« Aus ihren Augen kullern Tränen und mir dreht sich der Magen um. Sie liebt ihn. Sie sagt, sie liebt ihn. Und ich will mit ihr heulen. Ich reiße mich zusammen und beiße mir auf die Unterlippe. Ich kann dazu nichts sagen.

»Aber er hat es gefühlt. Er hat es die ganze Zeit gefühlt.«

»Was denn, Sina? Was hat er gefühlt?« Ich mime den Verständnisvollen, obwohl ich innerlich sterbe.

Sie senkt den Blick und ihre Tränen tropfen auf den Küchenfußboden. »Dass ich dich mehr liebe.« Ihr Schluchzen geht mir durch Mark und Bein und ihre Worte lösen einen Steinbrocken der unendlichen Erleichterung von meinem Herzen. Ich nehme ihre Hände und ziehe sie in meine Arme. »Weißt du, wie lange ich darauf gewartet habe?«

»Es ist so gemein«, heult sie, »das hat er einfach nicht verdient. Ich fühle mich so unsäglich schlecht. Wieso nur liebe ich dich so doll? Das ist nicht fair.« All ihre Verzweiflung heult sie an meine Brust und ich kann sie nur halten und glücklich sein, obwohl sie so unglücklich ist. Bedeuten ihre Worte, dass sie endlich zu mir zurückkommt?

»Das hat er nicht verdient«, tröste ich sie. »Aber du

auch nicht. Du musst aufhören, dich so zu zerfleischen. Du ..., wir mussten es so lange ertragen und es ist okay, zu kapitulieren.«

»Ich will das nicht. Ich hasse dich. Du hast mich allein gelassen. Du hast mich im Stich gelassen.«

»Ich weiß, Schatz, ich weiß. Und ich verspreche dir, ...«

Sina sieht auf und legt ihre Hand auf meine Lippen. »Versprich mir nichts mehr. Du hast jegliches Recht verwirkt, mir Versprechungen zu machen.«

Ich nicke und schweige und sie lässt ihre Hand sinken.

»Wirst du mir jemals verzeihen?«, flüstere ich und ziehe sie eng an mich.

»Ich weiß es nicht«, flüstert sie. »Ich will es versuchen, doch es ist so verdammt schwer.«

»Ich werde dich nicht mehr enttäuschen. Ich gebe dir mein Ehrenwort.«

Sinas Kopf schnellt hoch. »Ein Ehrenwort ist auch ein Versprechen.«

»Nicht wirklich. Ein Ehrenwort ist ein Ehrenwort.« Ich zwinkere ihr zu und sie muss sich ein Grinsen verkneifen. »Du bist ein echter Spinner. Und ich hasse dich.«

»Du liebst mich«, sage ich und küsse sie, bevor sie noch mehr sagt, dass mein Herz zerstört. Ich habe es tausend Mal geträumt, mir zweitausend Mal vorgestellt, aber die Realität ist Dreimillion Mal schöner. Sie fühlt sich warm und weich an. Es ist, als würde sich ein Pflaster über unsere Seelen legen. Wir küssen uns, halten uns und wagen es nicht, uns eine Sekunde loszulassen.

»Ich liebe dich so sehr«, flüstere ich, »und unsere

Tochter. Sie ist wie du. Sie ist perfekt.«

»Sie sieht aus wie du. Sie hat deine Nase und dein Lächeln. Sie wird Herzen brechen.«

»Wird sie nicht. Wir haben es in der Hand. Wir werden sie zu einem ehrlichen, aufrichtigen Menschen erziehen.«

»Ich möchte, dass Leo sie weiterhin jederzeit sehen darf.« Sinas Blick wird ernst und ich spüre, wie wichtig ihr das ist. Selbst dafür liebe ich sie. Sie sieht sich um, rennt nicht einfach vor einem Problem davon. Sie ist der Mensch, den ich seit Jahren vergeblich im Spiegel suche.

»Er wird weiterhin ihr Vater sein. Ehrenwort!«

»Gut.« Sina nickt zufrieden und lehnt ihren Kopf wieder gegen meine Brust.

»Darf ich dich was fragen?«

»Klar.«

»Darf ich deine Koffer reinholen? Wirst du ab jetzt bei mir ..., bei uns, also werden wir alle zusammenwohnen?«

Sie hebt ihren Kopf und schaut mir tief in die Augen. »Nie wieder will ich einen Tag ohne dich sein.«

»Heißt das ja? Heißt das, wir werden endlich eine richtige Familie sein?«

Sina zieht mich noch fester in die Umarmung und ich spüre Hoffnung in mir aufkeimen, dass alles gut wird. »Bevor ich dir große Versprechungen mache, will ich vielleicht doch noch ein Ehrenwort von dir.«

»Ein Ehrenwort? Bekommst du«, sage ich.

»Solltest du jemals die Nase voll von mir haben ...« Jetzt lege ich meine Hand auf ihren Mund. »Das wird nicht geschehen. Ehrenwort.«

Sie zieht ihren Kopf zurück. »Dann will ich, dass du

mir das sagst.«

»Ich gebe dir mein Ehrenwort. Im Ernst. Ich will mit dir alt werden. Ich will dich auf Händen tragen und den Rest meines Lebens mit dir verbringen.«

»Und willst du mir auch Frühstück machen?« Sina zwinkert mir zu.

»Es ist fast fünfzehn Uhr.«

»Egal. Ich verspüre ein Gefühl, das ich lange nicht hatte.«

»Ich auch«, sage ich und ziehe sie noch enger an mich.

»Oh ja«, haucht sie, »es ist unüberspürbar. Aber ich meine im Augenblick eher Hunger.«

»Ich auch«, sage ich und fahre mit der Hand durch ihr Haar, bis ich sie im Nacken halten kann, um sie wieder und wieder zu küssen.

Weiterhin erschienen:

Zum Glück ein Pörßenel-Trainer (2013)

Paulas Liebeskarussell (2014)

Liebesvergessen (2014)

Die Schuhe meiner Schwester (2014)

Was am Ende noch so bleibt (2014)

Liebe mit Risiken und Nebenwirkungen (2015)

Erinner dich an Liebe (2016)

Nach der Schuld (2016)

Bevor du vergisst (2017)

Was du liebst, das halte fest (2018)

Maskenball und Mondscheinküsse (2019)
mit Co-Autor Ole Noack

Buschpilot und Babybrei (2019)
mit Co-Autor Ole Noack

BABSY TOM

Babsy Tom, aufgewachsen in Potsdam Babelsberg, lebt seit vielen Jahren mit ihrer Tochter in ihrer Lieblingsstadt Berlin. Seit Langem schon ist das Schreiben ein fester Bestandteil ihres Alltags. Hauptberuflich arbeitet sie in einem Krankenhaus. Wenn sie gerade nicht schreibt, konsumiert sie Unmengen von Büchern, Serien und Schokolade. Sie liebt lange und inspirierende Spaziergänge in freier Natur. Den Rest ihrer Zeit verbringt sie am liebsten mit der Tochter und den besten Freunden der Welt.

Printed in Poland
by Amazon Fulfillment
Poland Sp. z o.o., Wrocław

75378535R00181